Svea J. Held
Projekt Eieruhr

Svea J. Held
Projekt Eieruhr

Für meine Lieblingsmenschen im Leben.

Mama, Papa, Patrick, Oma und Opa
Danke, dass Ihr mich bei allen Verrücktheiten unterstützt.

Sarah, Stefanie, Andreas, Lars, Sonja, Nafize, Christian

Danke, dass Ihr alle Verrücktheiten mit mir macht.

Bibliografische Information der Deutschen Nationalbibliothek
Die Deutsche Nationalbibliothek verzeichnet diese Publikation in der Deutschen Nationalbibliografie; detaillierte bibliografische Daten sind im Internet über http://dnb.dnb.de abrufbar.

© 2013 Svea J. Held | 1. Auflage

Alle Rechte, insbesondere das Recht der Vervielfältigung und Verbreitung sowie der Übersetzung, vorbehalten. Kein Teil des Werkes darf in irgendeiner Form (durch Fotokopie, Mikrofilm oder ein anderes Verfahren) ohne schriftliche Genehmigung der Autorin reproduziert oder unter Verwendung elektronischer Systeme gespeichert, verarbeitet, vervielfältigt oder verbreitet werden.

Infos und Feedback
Web: www.projekt-eieruhr.de | www.svea-j-held.de
Mail: stille-post@svea-j-held.de
Postfach 410221 | 34064 Kassel

Bilder und Fotos
Umschlag: iStockphoto
Blümchenmuster by mxtama, *Eieruhr* by tpzijl, *Postit* by stockcam
Svea J. Held by Anna Dernbach-Spautz

Covergestaltung und Satz
Danusch Onsori
Web: www.buchvermarkterin.de

Lektorat
Sarah Dietz, München

Herstellung und Verlag
BoD – Books on Demand, Norderstedt
ISBN: 978-3-7322-4515-4

Projekt Eieruhr

**Die Projektplanung –
»Boden-Nahkampf und emotionales Ringen«** **7**

Der Projektanstoß – Oder »Der berühmte letzte Tropfen«　8

Die Ist-Analyse – »Ich will so bleiben wie ich bin! Will ich?«　29

16 Uhr 50 ab Panikton　29

Es ist noch kein Meister von der Leinwand gefallen　35

Lebensratgeber raten und geben – und zwar den Rest　52

Die Ziel-Definition –
»Die Stärke eines Ackergauls und die Eleganz eines Lipizzaners«　**68**

Die Projektdurchführung – »Auf die Männer, fertig, los!« **87**

Experiment 1: Erst der Arsch, dann das Vergnügen　88

Experiment 2: Der Cyber-Space ist härter als die Realität　94

Experiment 3: Lissi und die sieben Dates　100

Experiment 4: Dem Frosch einen Teich bauen　110

Experiment 5: Kommentare sagen mehr als tausend Likes　124

Experiment 6: (Never) fuck the own company　135

Experiment 7: Es fehlt ein Glied in der Kette　143

Experiment 8: Lass die Karten sprechen　152

Experiment 9: Möge die universelle Macht mit mir sein　166

Experiment 10: Es steckt vielleicht die Bäuerin in Dir　177

Der Projektabschluss – »Leinen los!« **185**

Anhang **188**

   Arbeitsblätter und Projekt-Checklisten   **190**

      Die Liste der Wahrheit – die Exe im Überblick   190

      Man erkennt einen Menschen daran, wer seine Freunde sind   191

      Die Kernbohrung – Was macht mich aus?   192

      Muse oder Putzfrau? – Was biete ich in einer Beziehung?   193

      Versorger oder Gärtner? –
Warum brauche ich überhaupt eine Beziehung?   194

      Mein Rezeptbuch – Ich backe meinen Traummann   195

      Frisch und knackig – Ich bringe mich in Form   196

      Blitz und blank? – Mein natürlicher Lebensraum   197

      Mein perfekter Tag –
Damit ich auch morgen noch fröhlich aus dem Bett hüpfen kann   198

      Die Me-Map – Eine Lebenslandkarte mit Seegang   199

   Carrie Bradshaw knows good sex* (*and isn't afraid to ask)   200

      Staffel 1   200

      Staffel 2   203

      Staffel 3   206

      Staffel 4   210

      Staffel 5   215

      Staffel 6   217

      Der Film   221

Literaturhinweise **222**

Die Projektplanung

Boden-Nahkampf und emotionales Ringen

Der Projektanstoß – Oder »Der berühmte letzte Tropfen«

Es war noch früh an diesem Samstagmorgen. Aber Lissi steuerte bereits energisch den Einkaufswagen durch die Regale. Sie steckte hellwach in ihren Lieblingsjeans. Dazu trug sie Sneakers und einen hellblauen Strickpullover. Beides mit einem kleinen grünen Krokodil verziert. Das Blau des Hemdes wiederholte leuchtend die Farbe ihrer Augen. Nicht nur im Job, auch in ihrer Freizeit trat Lissi stets stilsicher gekleidet auf. Wer wusste schon vorher, ob man jemanden unerwartet treffen würde. Einen Kollegen, einen Kunden oder gar einen Verflossenen. Es wäre undenkbar für sie gewesen, diesen Menschen einmal ungestylt gegenüber zu stehen. Oder gar nachlässig zu erscheinen. Die Horrorvision jeder ehrgeizigen Frau. Genauer gesagt, wahrscheinlich jeder ehrgeizigen Single-Frau. Man konnte sich keine verpassten Chancen erlauben, wenn man ans Ziel kommen wollte. Somit für alle Begegnungen gerüstet, belud sie den Wagen im Vorbeifahren mit ihren Lieblings-Lebensmitteln. Obst, dazu einiges Gemüse, Käse, ein paar Scheiben würzigen Schinken, frischen Fisch. Joghurt, Knabbereien, Fruchtsaft. Natürlich durften auch zwei Flaschen trockener Rotwein aus Frankreich nicht fehlen. An diesem Wochenende würde sie sich es so richtig gut gehen lassen. Ihr Wagen sah aus, wie ihn übermotivierte Ernährungsberaterinnen empfehlen würden. Zumindest beinahe. Einige gemeine Kalorienbomben hatten sich durchaus mit eingeschlichen. Ein Wochenende ohne Kuchen war kein Wochenende. Aber ab Montag würde sie ohnehin wieder etwas kürzer treten. Das hatte sie sich fest vorgenommen. Gut, dass immer ein nächster Montag in Aussicht stand. Hier und da stoppte Lissi vor den Kühlregalen, um sich ein Etikett genauer anzusehen oder die Inhaltsstoffe zu prüfen. Die beschwingte Musik, die verkaufsfördernd aus den Lautsprechern des Supermarkts dudelte, summte Lissi leise mit. *Girls just wanna have fu-un*…. Ja, es schien zu funktionieren. Diese ausgebuffte Sache mit der Musik: Lissi hatte Lust dazu, leckere und schöne Dinge einzukaufen. Das Gefühl von Frühling, das sie schon seit dem Aufstehen begleitete, beflügelte sie ohnehin. Das typische Samstags-Gefühl: Die Erholung ist in vollem Gange und man hat die Möglichkeit haufenweise schöne Dinge zu tun. Man musste sich nur entscheiden, womit man seine freie Zeit genießen wollte. Doch an diesem Samstag war das Gefühl stärker als üblich. Es war etwas Besonderes. Ihr war es in den letzten Wochen ziemlich schlecht gegangen. Nur langsam hatte sie sich erholt und zurück zur Normalität gefunden. Zum ersten Mal seit einer schieren Ewigkeit fühlte sie ihren gewohnten Lebensmut und Tatendrang zu voller Größe aufkommen. So hatte ihr Körper an diesem ersten warmen Sonnenmorgen des Jahres leicht gekribbelt, als die Lebensgeister endlich wieder wachgeküsst wurden. Es war so etwas wie ein Durchbruch. Frühling. Der Winter war überstanden. Außen und innen. Die Welt sollte endlich wieder bunt werden. Sie war froh, sich wieder so beschwingt zu fühlen. Ein leichtes Lächeln umspielte Lissis Mundwinkel. Das tat es immer, wenn sie gerade einen frisch gefassten Plan im Kopf hatte, den es nun umzusetzen galt. Sie hatte sich für dieses Wochenende einiges vorgenommen. Sie konnte es kaum erwarten, die Ärmel hochzukrempeln und loszulegen. In Gedanken ging sie bereits eine strukturierte Liste ihrer nächsten Schritte durch. Wochenendeinkäufe, ins Gartencenter, Mama anrufen, die Wohnung bei guter-Laune-Musik auf Vordermann bringen. Frühjahrsputz war etwas Befreiendes. Raus mit dem alten Mief. Nachmittags die beiden Balkone fit für die sonnige Jahreszeit machen. Dazu die erste Ladung Milchkaffee und Kuchen. Abends nach getaner Arbeit etwas Leckeres kochen und mit Rotwein auf das Sofa kuscheln. Bei diesem Gedanken lief Lissi kurzentschlossen zurück zum Weinregal. Sie holte eine dritte Flasche, für alle Fälle, bevor sie den Faden ihrer Pläne wieder aufnahm und weiter zielstrebig durch die Regale steuerte. Am Sonntagvormittag zum Sport mit Charlie. Danach bei einer riesigen Tasse Milchkaffee und ein bis drei Stück Kuchen, auf dem dann frisch beblümten Balkon

Zeitschriften lesen. Und stundenlang mit ihren Freundinnen telefonieren. Das würde ein herrliches Wochenende werden. Ob sie es vielleicht noch schaffen könnte, sich mit Katharina zu treffen? Ihre letzten Verabredungen musste immer eine von beiden kurzfristig wegen beruflicher Verpflichtungen absagen. Sie würde sich am besten gleich nach dem Einkaufen mal bei ihr melden. Vielleicht könnten sie ein Zeitfenster finden. Lissis Überlegungen wurden jedoch von einer neu aufkeimenden Geräuschkulisse unterbrochen. Sie hielt mit einem knisternden Päckchen Kaffeebohnen in der Hand kurz inne und schaute zur Seite. Neben ihr hatte sich eine füllige junge Mutter zu ihrem etwa Vierjährigen runtergebeugt. Sie redete mit erhobenem Zeigefinger und bedrohlich zischender Stimme auf ihn ein. In der anderen Hand hielt sie eine Dose Sprühsahne, die sie ihm offenbar weggenommen hatte. Die Kappe war bereits heruntergenommen und die vereitelten Attentatspläne des Kleinen waren leicht zu erraten. Lissi konnte sein rundes Gesicht sehen. Die leicht wulstig nach vorne geschobene, zitternde Unterlippe des Knirpses ließ nichts Gutes erahnen, was den Geräuschpegel der nächsten Minuten betraf. Und das am frühen Morgen. Lissi wurde in ihren schlimmsten Erwartungen nicht enttäuscht. Der Junge stimmte ein Gebrüll an, das gar nicht seiner Körpergröße entsprach, sondern viel eher dem eines ausgewachsenen Gorillas. Sein Gesicht verfärbte sich unwillkürlich in ein ungesund aussehendes dunkelrot. Er entblößte bei weit aufgerissenem Mund sein Zäpfchen und seine kleinen weißen Zähne. Verstohlen schauten sich nun auch die wenigen anderen Kunden um, um den Unruheherd auszumachen. Kaum hatten sie ihn lokalisiert und die nun noch lauter zischende Mutter mit einem abfälligen Blick bedacht, widmeten sie sich demonstrativ genervt wieder ihren Einkäufen. Sonnenschein hin oder her. Bei Kindergeschrei hörte die Toleranz auf. Mit einem Schulterzucken legte Lissi die Kaffeebohnen in ihren Wagen. Der kleine Brüllaffe würde ihr nicht die Laune vermiesen. Nicht heute. *Ich melde mich auf jeden Fall bei Katharina und tüte ein spontanes Treffen ein.*

Das muss einfach klappen, bekräftigte sie ihren kurz zuvor getroffenen Entschluss. Sie griff den Wagen und nahm zügig Fahrt auf, um den Einkauf schnell zum Abschluss zu bringen. Schließlich hatte sie einiges vor. Außerdem schmerzte das Geschrei nun doch ein wenig in den Ohren. Ihr schulterlanges kastanienbraunes Haar, das sie zu einem Pferdeschwanz zusammen gebunden hatte, schwang nun bei ihren zackigen Schritten hin und her. Als Lissi alles beisammen hatte, prüfte sie nochmals ihren Einkaufszettel, nickte zufrieden und steuerte die Kassen an. Das wäre erledigt. Sie stoppte noch vor dem Zeitschriftenregal und stemmte forsch die Hände in die Hüften. Eine hochglänzende Auswahl von *verliere 10 Kilo in wenigen Stunden, ohne diese Kleidungsstücke ist man eine Aussätzige, Gehirne der Männer endlich enträtselt – und wir haben die Bedienungsanleitung* in unterschiedlichen Kombinationen und Aufmachungen, bot sich Lissi dar. Sie überflog die knallbunten Titelseiten und freute sich darauf, ihre Sonntagslektüre auszuwählen. Da piepte ihr Handy in der Handtasche. *Das wird sicher Charlie sein und unsere Sportverabredung für morgen noch einmal bestätigen. Das macht sie immer*, dachte Lissi freudig und griff gleich in ihre Tasche, um die SMS zu lesen. Doch den Namen, der dort auf dem Display stand, hatte sie nicht erwartet. Lissis Magen verkrampfte sich. Ihr wurde übel. Ihre Ohren rauschten. Sie suchte Halt. Mit einer Hand umklammerte sie den Griff des Einkaufwagens so fest, dass das Weiß der Knöchel hervortrat. Allein seinen Namen zu lesen, fühlte sich an wie ein eiskalter Griff in ihre Eingeweide. Carsten. Der Grund für ihren schlechten Gemütszustand der letzten Wochen. Ungläubig und mit pochendem Herzen starrte sie auf das Handy. Ihr war kalt. Ihr war schlecht. Ihre Beine fühlten sich an wie aus Gummi. Er hatte sich also tatsächlich wieder gemeldet. Vier kleine Worte. Mit drei kleinen verheißungsvollen Punkten. Nach Wochen des Schweigens. Sie las die Kurznachricht immer und immer wieder. *ich denke an dich…* stand da. Eine Flut an Erinnerungsfetzen brach unwillkürlich über Lissi herein. Ihre Gedanken fühlten sich an wie ein Sog. Sie sah sein

Gesicht viel zu real vor sich. Sein Lachen, sein Duft, seine strahlend blauen Augen. Sein kurzes braunes Haar, durch das sie so gerne mit den Fingern geglitten war. Seine breiten Schultern. Seine Leidenschaft. Es zog sie zurück in die Erinnerung. Wie er sie vor wenigen Monaten am Strand an sich gezogen und ihr die wild umherpeitschenden Haarsträhnen aus dem Gesicht gewischt hatte. *Die Zeit mit Dir ist einfach unglaublich. Das Leben mit Dir wird der Hammer!,* hatte er gelacht und Lissi leidenschaftlich geküsst. Es war ihre Idee gewesen, trotz Unwetterwarnung noch einen kurzen Spaziergang zu unternehmen. So waren sie in einen stürmischen Regen geraten und bis auf die Haut durchnässt, bevor sie auch nur wieder in der Nähe ihres Autos waren. Sie hatte es geliebt, dass er in solchen Situationen einfach herzhaft lachte, statt zornig zu werden. Es war alles so leicht und unkompliziert. Es war perfekt gewesen. Zurück im Hotel waren sie die nassen Sachen sehr schnell losgeworden. Die Berührung seiner Hände hatte sie beinahe willenlos werden lassen. Carsten… Lissi fühlte eine Gänsehaut von den Beinen aus über ihren gesamten Körper kriechen. Und die rührte nicht vom Kühlregal her. Sie atmete tief durch, um sich zu beruhigen und verstärkte noch einmal den Griff um den Einkaufswagen. Während sie mit pochendem Herzen da stand, bog die Mutter mit dem Jungen um die Ecke. Er sah kräftig verweint aus und wimmerte immer noch. Offenbar hatte ihn das Entschärfen seiner Sahnebombe stark mitgenommen. Doch kaum erblickte er die knallbunten Süßigkeiten neben der Kasse, blitzten seine Augen erneut auf. Ablenkung. Lissi brauchte schnell eine Ablenkung. Aber alle Schokoriegel der Welt hätten nicht verhindern können, dass die Gefühle in ihr aufbrausten. Sie stand einfach nur hilflos da. Ihr hämmerten die unzähligen nichtbeantworteten Fragen durch den Kopf. Sie konnte es einfach nicht verstehen, warum Carsten ihr das angetan hatte. Sie hatten von einer gemeinsamen Zukunft geträumt und Pläne geschmiedet. Von der ganz großen Liebe gesprochen. Sie war sich diesmal so sicher gewesen, dass er der Richtige war. Er sah gut aus, hatte einen tollen Job und zusammen waren sie unschlagbar gewesen. Alles in ihr hatte *Ja* geschrien. Doch oft war sie während ihrer Beziehung auch unglücklich und am Boden gewesen. Hatte um ihn gekämpft. Immer wieder auf sein Versprechen vertraut, schon bald ganz bei ihr zu sein. Endlich in die gemeinsame Zukunft zu starten. Von der er genauso rosig träumte wie Lissi. Eine gemeinsame Wohnung, später vielleicht ein Haus außerhalb der Stadt. Sie wollten reisen, das Leben zusammen genießen. Vorher müsse er halt nur mit seiner Frau und den Kindern sprechen. Die Ehe gäbe es sowieso nur noch auf dem Papier. Und er müsste seine Dinge regeln. Ganz bald. Nächste Woche. Versprochen. Aber es kam immer etwas dazwischen. Projekte, Termine, Überstunden. Geburtstage, Krankheit, der Sonntagsbraten. So war es über ein Jahr lang gegangen. Ein ständiges Warten, Hoffen und Jagen der wunderschönen gemeinsamen Momente. Mehr als einmal wollte Lissi die Sache beenden, weil sie sich nicht länger hinhalten lassen wollte. Sie setzte ihm ein Ultimatum. Drohte damit, es selbst seiner Frau zu sagen. Immer wieder gab es Zeiten der Funkstille. Und immer wieder beschwichtigte er sie. Appellierte an ihr Verständnis für seine Situation und seine Verantwortung den Kindern gegenüber. Bat um Zeit und Geduld. Und immer wieder gab Lissi beides. Und mehr. Immer wieder wurde sie schwach. Ein ständiges Auf und Ab zwischen Himmel und Hölle. Dennoch hatten sie eine atemberaubende Zeit miteinander verbracht. Trotz aller Schwierigkeiten. Bis er kurz vor Weihnachten plötzlich untergetaucht war. Von einem Tag auf den anderen. Reagierte auf keinen Anruf und keine Nachricht mehr. Totales Schweigen. Lissi war fast wahnsinnig vor Schmerz und Enttäuschung geworden. Sie hatte sich bloß gestellt und ausgenutzt gefühlt. Bis ins Mark verletzt. Das Gefühl des Verzweifelns und der Verwirrung flammte nun erneut in ihr auf. Warum musste er sich ausgerechnet heute melden? Hatte er so etwas wie einen perversen Radar für ihre Gefühlslage? Sobald sie sich besser fühlte oder sich einbildete, nicht mehr schwach werden zu können, stand er wieder auf der Matte und brachte ihr Innerstes in Aufruhr. Weckte ihre Hoffnung erneut. Sie hatte vor nur zwei Stunden an diesem sonnigen Frühlingsmorgen wirklich geglaubt, über ihn hinweg zu sein. Dass er ihr nicht mehr gefährlich werden könnte. Dass sie ihre zurückgewonnene Kraft nutzen könnte, um neu zu starten. Dass ihr all das nie wieder passieren könnte. Alles zunichte gemacht. Mit einer winzigen SMS. Sollte das schon wieder von vorne beginnen? Nachdem sie die Höllenqualen der Trennung nach seinem vermeintlich endgültigen Verschwinden nur knapp überlebt hatte? Lissi hatte in den letzten Wochen in endlosen Gesprächen mit ihren Freundinnen seine sämtlichen schlechten Eigenschaften als vorherrschend herausgearbeitet. Sein Verhalten war hobbypsychologisch analysiert und er als Lügner etikettiert worden. Sie hatte eine strukturierte Liste der Dinge im Kopf, die eindeutig gegen Carsten sprachen. Nur schien diese zurechtgelegte Argumentation nicht recht zu funktionieren. Nicht so logisch und strukturiert wie ihre Wochenendplanung. Lissi stand einfach nur da. Hielt sich am Einkaufswagen fest. Sie starrte immer noch auf ihr Handy. Die Zeit schien stehen geblieben zu sein. Die Kulisse um sie herum wirkte unwirklich. Die Menschen, die sich langsam mit ihren Einkaufswagen an ihr vorbeischoben, nahm sie nur als Schatten war. Die Lust auf ein gut gelauntes Frauenmagazin war ihr gründlich vergangen. Die Überschriften verhöhnten sie geradezu. Lissi konnte kaum atmen und noch weniger klar denken. Sie rang innerlich mit ihren Empfindungen und kämpfte gegen die Verzweiflung und gegen die Wut. Sie kämpfte gegen das Brennen in ihrer Kehle. Sie verabscheute das Gefühl von Traurigkeit und Verletzung. Es fühlte sich so schwach an. Und Schwäche mochte sie nicht. Nicht bei sich und nicht bei anderen. Sie wollte um keinen Preis gestatten, Carsten wieder in ihr Leben zu lassen. Er hatte ihr das Herz gebrochen und sich dann feige aus der Affäre geschlichen. Im wahrsten Sinne des Wortes. Sie dürfte nicht wieder schwach werden. Diesmal nicht. Nicht bei Carsten und auch bei keinem anderen Mann mehr. *Wie oft muss ein einzelner Mensch eigentlich dieses furchtbare Gefühl von Liebeskummer durchmachen? Wie viel Demütigung muss man ertragen?*, dachte sie. Sie hob den Kopf in den Nacken und blinzelte die aufsteigenden Tränen weg. Es war immer wieder die gleiche Geschichte. Die Namen wechselten, aber das Drama blieb ihr treu. Wenn sie schon mal einen Mann in die engere Auswahl ließ oder sich gar verknallte, stellte sich nach wenigen Wochen entweder heraus, dass sie nur als Ersatzspielerin agierte, dass er ein zu groß geratener Junge war oder dass er nicht im Traum daran dachte, sich fest zu binden. Immer wieder räumte sie Chancen ein, gab Zeit, argumentierte und hoffte, dass er eines Tages aufwachen und wie vom Donner gerührt merken würde, dass sie die Richtige war. Er würde schon noch schnallen, dass sie so viel besser war als alle anderen vor ihr. Oder als seine Frau. Für Lissi würde er sich ändern. Sich ein Herz fassen. Für sie würde er alles stehen und liegen lassen. Sein Leben umkrempeln. Er würde sie schlussendlich mit waghalsigen und romantischen Gesten erobern. Der scheiß Prinz auf seinem verdammten Gaul. Sie rechnete quasi regelmäßig damit, dass Kai Pflaume an ihrer Tür klingelte und eine Videobotschaft überbrachte. Bis ihre Wünsche und Tagträume erneut mit einem lauten Krachen zerstört wurden. Und *er* stand dabei mittlerweile für diverse Namen. Christian, Mario, Andreas, Peter, Dirk. Und Carsten. Eine schiere Endlosschleife. Ein ständiger Wechsel von leidenschaftlichen aber nervenaufreibenden Beziehungen, mit einer Halbwertszeit von etwa acht Monaten, gefolgt von Trauma-Bewältigung und erneuter Suche. So waren nun schon einige Jahre ins Land gegangen. Lissi hatte wirklich keine Ahnung wie andere das anstellten und jahrelang in einer Beziehung lebten. Und warum sie immer die Falschen abbekam. Jeder Depp heiratete, baute Häuser und was sonst noch dazu gehörte. Dabei war sie im Job doch so erfolgreich und alles schien ihr zu gelingen. Aber in der Liebe hatte sie das Pech gepachtet. Zu oft hatte sich die Geschichte schon in verschiedenen Facetten wiederholt. Aber bei Carsten hatte sie es besonders schwer getroffen. Sie hatte bei ihm die Kontrolle verloren. Er hatte ihr den Boden unter den Füßen weggezogen. Erst mit dieser irrsinnigen Verliebtheit, dann mit dem kalten Entzug seiner Liebe. Wenn es überhaupt Liebe gewesen war, das er gefühlt hatte. Doch bevor Lissi diesen schmerzhaften Pfad ihrer Gedanken weiter beschreiten konnte, drang langsam, wie durch Watte gedämpft, Musik in ihr Ohr. Es dauerte einige Sekunden bis sie das Stück erkannte. *I will survive* dröhnte nun durch die Lautsprecher des Supermarkts. Sie blinzelte einige Male, bevor sie wieder im Hier und Jetzt ankam und ihre reale Umgebung wahrnahm. Träge und etwas widerwillig nahmen Lissis Sinne die Arbeit wieder auf. Bis die Botschaft endlich bei ihr ankam. *Survive.* Überleben. Ja, das würde sie. Danke, Gloria Gaynor. Lissi könnte es doch nicht zulassen, sich tatsächlich wieder alles zunichtemachen zu lassen. Sie straffte die Schultern und hob ihren Blick. Doch Carstens Gesicht sah sie immer noch vor sich. Der Bavaria Blue in ihrem Einkaufswagen trug das Blau seiner Augen. Der Schokokuchen würde sicher schmecken wie seine Lippen auf den ihren. Der Geruch seines Lieblingsdeos schien plötzlich über sämtliche Gänge hindurch aus der Kosmetikabteilung bis zu ihr zu drängen. Ihr Gehirn spielte ihr böse Streiche. Aber auch durch den dämmrigen Zustand ihrer Sinne, drängelte sich ein Gedanke vehement nach vorne: Sie dürfte ihm keine Chance mehr geben. Sie dürfte nicht auf die SMS antworten. Sie müsste stark bleiben. Das wusste sie. Auch wenn sie dort bei ihrem Wochenendeinkauf gerade am ganzen Körper zitterte und sich um Haltung bemühte. Auch wenn ihr Brustkorb schmerzte und ihr Herz nach Versöhnung brüllte. Und sie ihn vermisste. So sehr vermisste. Diesmal müsste sie stark bleiben. Zu oft hatte sie ihm schon geglaubt und sich vertrösten lassen. *ich denke an dich...*, hatte er geschrieben. Klang das nicht doch so, als wolle er sie zurück? Fehlte sie ihm, so wie er ihr? Wollte sie dafür verantwortlich sein, diese neue Chance zunichte zu machen, indem sie ihn ab sofort ignorierte? Ihr Verstand schrie. Er würde niemals zu ihr gehören. Würde sich nie für sie entschei-

den. Sonst hätte er es schon längst getan. Sie wusste das. Carsten... Wie ferngesteuert glitt ihr Finger über das Display des Handys. Es tutete. Bis sich am anderen Ende eine schnurrende Männerstimme meldete:
»Hallo, meine Schöne...«

Als Lissi am nächsten Morgen aufwachte, schimmerten bereits Sonnenstrahlen durch die bodenlangen Vorhänge. Sie zog die Decke über die Schultern und rollte sich auf der Seite zusammen. Sie beobachtete ruhig die Lichtreflexe in dem dunkelvioletten Baumwollstoff. Alles war so friedlich. Die Vögel konnte man durch das geschlossene Fenster zwitschern hören. Sie lauschte einige Augenblicke den leichten Geräuschen des Frühlings und begann sich auf den Tag zu freuen. Mit den Augen verfolgte sie die Linien und Ornamente der Deckenverzierung. Der üppige Stuck in ihrer Altbauwohnung verzauberte sie immer wieder aufs Neue. So filigran und edel. Durch die in einem blassen Lavendelton gestrichenen Wände, leuchtete das Weiß des Stucks umso mehr. Sie ließ den Raum neu und ganz bewusst auf sich wirken. Er war gelungen. Sie hatte Geschmack bewiesen. Die cremefarbenen Holzmöbel im französischen Landhausstil hoben sich besonders schön von den Wänden ab. Sämtliche Accessoires waren sorgfältig in einem dunklen violett oder in elfenbein ausgewählt. Die große Schiebetür zu ihrem begehbaren Kleiderschrank hatte sie eigens maßanfertigen lassen. Lissi legte großen Wert darauf, sich eine geschmackvolle Umgebung einzurichten. *Schöne Räume, schöne Gedanken*, sagte sie immer. Das matte Licht, das durch die Vorhänge fiel, tauchte alles in einen verträumten milchigen Schein. Das würde sicher ein wunderbar sonniger Tag werden. Doch die Erinnerung an den gestrigen Tag drang langsam in ihr Bewusstsein. Ihr Herz legte einen Extraschlag ein und sie fühlte ihre Mundwinkel müde und traurig hängen. Die SMS. Und die schmerzhaften Gefühle, die sie schlagartig in ihr erweckt hatte. Sie drehte sich auf den Rücken und starrte hoch zur Decke. Stark bleiben. Das hatte sie sich fest vorgenommen. So wie die ab-Montag-Diät.

»Guten Morgen…«, hauchte das hübsche vertraute Gesicht neben ihr mit einem schläfrigen Grinsen.

»Guten Morgen«, lächelte Lissi matt zurück.

Sie atmete mehrmals tief ein und aus. Sie hatte schon beinahe einen Tag des Ignorierens und Starkbleibens geschafft. Sie lag noch einen Moment flach da, dann schwang sie die Bettdecke zurück, ging zum Fenster und schob die Vorhänge beiseite. Sie stützte sich mit den Händen auf das Fensterbrett, schloss die Augen und ließ sich die Frühlingssonne durch das geöffnete Fenster ins Gesicht scheinen. Der Morgen war zwar noch kühl, aber die Sonne wärmte bereits. Ihr Gesicht entspannte sich allmählich und wurde weicher. Hinter sich hörte sie die Bettdecke rascheln und ein herzhaftes Strecken und Gähnen. Sie hatte ihren langjährigen Freund Tobi sofort nach Carstens Nachricht angerufen. Noch im Supermarkt. Alleine in ihrer Wohnung zu sein, hätte sie nach der überraschenden Flut der aufgefrischten Gefühle einfach nicht verkraftet. Sie brauchte seinen Beistand. Bis sie nicht mehr Gefahr lief, Carsten anzurufen, und ihn somit einen Fuß in die Tür setzen ließ. Tobi und Sie hatten den ganzen Samstag zusammen verbrachte und alles gemeinsam erledigt, was Lissi sich vorgenommen hatte. Inklusive der gemeinschaftlichen Vernichtung des französischen Rotweins. Er hatte bei ihr übernachten müssen. Als bester Freund, eine gewohnte Übung für die beiden. Aber das hätte er vermutlich auch ohne den Rotweinschwindel getan, um ein Auge darauf zu haben, dass sie auch bei ihrem Vorsatz bleiben würde. Wenigstens hatte Lissi keinen Kater von der Rotwein-Orgie. Von dem leichten Seelenkater einmal abgesehen. Nachdem Lissi einige Augenblicke so dagestanden hatte, öffnete sie die Augen und drehte sich um.

»Du holst Brötchen und Croissants und ich bereite das Frühstück vor«, strahlte sie ihren Freund an.

Dieser antwortete mit einem Knurren und dem Verschwinden unter der Decke.

Aber eine Stunde später, saßen die beiden auf dem Balkon in der Sonne und genossen das gemeinsame Frühstück. Der Duft von frisch gebrühtem Kaffee und das Knistern der knusprigen Brötchen waren ein traumhafter Start in diesen Sonntag. Lissi war froh, dass sie nicht alleine war. Der Tag mit Tobi hatte ihr sehr gut getan. Sie fühlte sich durch seine vertraute Anwesenheit besser und stärker. Seufzend lehnte sie sich in ihrem Stuhl zurück und ließ den Blick schweifen. Das Bistro unten auf der Straße hatte Stühle und Tische rausgestellt und die Sonnenschirme aufgespannt. Die gelb gestreiften Tischdecken wehten sachte im Wind. Das Leben war schön. Sie wusste es. Auch wenn es sich ein wenig anfühlte, wie durch dicke Watte gefiltert. So dumpf und unwirklich. Lissi beobachtete die Gäste des Bistros etwas genauer. Jeder Platz war besetzt, die sich über ihre dekorativ angerichteten Frühstücksteller hermachten. Wieder einmal stellte sie fest, dass sich die Weltbevölkerung wie auf Kommando vollständig in Paare verwandelte, wenn Lissi abermals schwer gebeutelt war. Nein, das hatte bestimmt nichts mit Wahrnehmung zu tun. Das war wirklich so. Die Glücklichen aßen, tranken, sprachen und lachten zusammen. Meist gemeinsam mit Freunden – die natürlich ebenfalls Paare waren. Schmerzlich dachte Lissi daran, wie sehr sie sich wünschte, endlich in den Olymp der Pärchen aufgenommen zu werden. Dann wäre doch alles so viel leichter, schöner und schillernder. Dinge gemeinsam unternehmen. Füreinander da sein. Sie könnte endlich ankommen. Wäre nicht länger eine Getriebene. Sie war müde vom Suchen, Warten und enttäuscht werden. Erneut seufzend lehnte sie sich nach vorne, stützte sich mit den Unterarmen an der Tischkante ab und nippte am Orangensaft. Nicht ohne Tobi zuvor vielsagend zuzuprosten. Er erwiderte ihre Geste und nahm grinsend einen kräftigen Zug. Einen Moment beobachtete er Lissis trüben Blick ins Glas. Er sah aus, als könne er sich vorstellen, wo sie gerade mit ihren Gedanken war. Sie kannten sich schon so viele Jahre. Und diesen Blick hatte er schon allzu oft gesehen.

»Kopf hoch. Der hat Dich doch gar nicht verdient, wenn er Dich so behandelt. Der Richtige war einfach noch nicht dabei. Der kommt schon noch«, versuchte er sie aufzumuntern.

Wie oft hatte sie diesen Satz schon gehört. Der Klassiker unter den freundschaftlichen Tröstersprüchen. Lissi schaute auf und zog die Augenbrauen hoch.

»Wann denn?! Wenn ich so alt bin, dass ich beim Sex Gefahr laufe, mir eine Hüfte zu brechen? Wie viele Kröten muss ich denn noch schlucken, bis es endlich mal klappt. Ich habe keinen Bock mehr zu suchen und zu warten und zu hoffen!«, maulte sie.

»Ich will *jetzt* einen Mann! Mit dem ich glücklich und zufrieden in den Sonnenuntergang reiten kann. Oder was weiß ich.«

Tobi lächelte sie verständnisvoll an und zuckte mit den Schultern. Lissi starrte wieder in ihren Orangensaft. Im Kopf ging sie die Liste ihrer gescheiterten Beziehungen durch. Christian war ein Muttersöhnchen gewesen. Im Grunde noch nicht bereit für eine ernsthafte Beziehung und ein eigenes Leben. Ein Muttersöhnchen getarnt in einem Maßanzug. Trotz intensiver Bemühungen konnte auch Lissi ihn nicht zur Reife bringen. Die Geschichte endete nach einem knappen Jahr. Es folgte Mario, der sie nach einer unsicheren On-Off-Beziehung schließlich bei der Weihnachtsfeier mit einer Arbeitskollegin betrog. Das war so abgedroschen, dass es schon fast nicht mehr wahr sein konnte. Lissi hatte ihm nicht vergeben können. Nach Monaten des Ringens und Zusammenraufens hatte der Vertrauensbruch letztendlich doch zur Trennung geführt. Um sich über den Schmerz hinwegzutrösten, kam beinahe im fliegenden Wechsel Andreas. Er war sehr in sie verliebt gewesen und gab ihr zunächst ein Gefühl von Sicherheit, was nach dem Krimi mit Mario gut tat. Er war eher einfach gestrickt und fühlte sich ihr gegenüber leicht unterlegen. Das Problem daran war, dass er darauf mit aggressiven und verletzenden Streitgesprächen reagierte, die er über Tage hinziehen konnte. Lissi war schließlich genervt davon. Sie zog nach einigen Monaten und ehrgeizigen Optimierungsversuchen die Reißleine. Einige Zeit später lernte sie Peter in einer Bar kennen. Es folgte eine leidenschaftliche Zeit, die jäh endete, als sie zufällig herausfand, dass er verheiratet war und gerade auf sein drittes Kind wartete. Und dass sein Name gar nicht Peter sondern Sven lautete. Diese Details hatte er irgendwie vergessen zu erwähnen. Dieser Geschichte schloss sich Dirk an, der wie eine Mischung aus all dem schien. Er wechselte im Minutentakt zwischen frechem Lausbub, arrogantem Macho und charmantem Liebhaber. Er hatte Lissi regelmäßig zur Weißglut gebracht. Sie war sich nie sicher gewesen, woran sie bei ihm war. Ob es ein Spiel für ihn darstellte, ob er die Beziehung ernst nahm oder ob er ernsthaft psychisch gestört war. Als sie sich eines Abends nach einem lautstarken Streit bei der Überlegung ertappte, ob er das Zeug zum Serienkiller hätte, beendete sie die Sache sofort. Sie wollte bei dieser Gelegenheit auch endlich mit den ständigen Frust-Aktionen Schluss machen, die sie zwischen ihre gescheiterten Beziehungen schob. Damit waren bislang vor allem Einkäufe im Bereich Textilien und heftige Flirts gemeint. Flirts und kleinere Techtelmechtel mit Typen, die Lissi sonst keines Blickes gewürdigt hätte. Nur um ihr geschundenes Ego wieder ein wenig aufpolieren zu können. Das war vielleicht nicht fair. Aber man musste den Druck ja irgendwie von *oben nach unten* weitergeben. Ganz wie im Job. Davon war Lissi überzeugt. Und von ihrer Meinung rückte sie selten ab. Diesmal hatte sie es allerdings getan. Und nach einer Zeit des Alleinseins und Erholens, war schließlich ihr vorerst letztes Glück gefolgt: Carsten. Mit ihm war alles so anders gewesen. So perfekt und richtig. Aber als richtig erwies sich wiederum nur, dass er ein unaufrichtiger Lügner und Feigling war. Wieder saß sie vor einem Scherbenhaufen. Lissi schnaufte laut und schwenkte den Orangensaft in ihrem Glas wie einen Kognak. Tobi musterte sie einige Minuten von der Seite. Er schien ihre Gedanken verfolgt zu haben. Er legte ihr die Hand auf den Unterarm, drückte sanft und sagte mit einer säuselnden Stimme:

»Komm schon, meine Schöne. Schau nicht so betrübt. Nicht nachdem wir diese wilde Nacht zusammen verbracht haben. Sonst nehme ich es noch persönlich.«

Lissi warf den Kopf in den Nacken und lachte schallend. Tobi grinste breit und schien sich darüber zu freuen, sie aus ihren trüben Gedanken gerissen zu haben. Sie legte ihre Hand auf seine und drückte sie. Die Berührung und das herzliche Lachen taten gut. Auch wenn sie insgeheim wünschte, die Hand würde einem anderen gehören.

»Wofür hat man sonst einen schwulen besten Freund, wenn nicht für wilde gemeinsame Nächte?«, lachte Lissi.

»Wir sollten nur Frank nichts von dieser neuen Wendung erzählen. Er wäre sicher am Boden zerstört.«

Nun stimmte auch Tobi in das Lachen mit ein.

»Du kannst sicher zwei knackige Kerle vertragen. Ich spreche mit ihm. Er wird Deine Notlage verstehen. Und sich genauso schützend vor Dich werfen. Wir halten Dir die bösen Heten-Männer vom Hals«, gab er zurück.

Er beugte sich vor, schaute ihr mit seinen großen braunen Augen tief in die Augen und mimte die verführerische Schlange Kaa:

»Glaube mir… Auf unserer Seite ist es eh viel lustiger.«

Dazu wackelte er mit den Augenbrauen. Sie schauten sich einen Moment an und prusteten dann los. Lissi hielt sich den Bauch und konnte gar nicht mehr aufhören zu lachen. Tobi liefen die Tränen, die er mit seinem Handrücken wegwischte. Als sie sich wieder beruhigt hatten, keuchte Lissi:

»Ok. Das klingt nach einem Plan. Ich komme auf Eure Seite und bin alle Sorgen los. Gleich morgen starte ich mit dem Projekt *Rettungs-Lesbe*.«

Woraufhin sie in einen erneuten Lachkrampf verfielen. Ihr Bauch und ihre Wangen taten schon weh. Bis es Lissi wie vom Blitz getroffen durchfuhr und sie schlagartig aufhörte zu lachen.

»Das ist überhaupt *DIE* Idee! Dass ich darauf noch nicht früher gekommen bin«, sagte sie.

Sie schlug sich die flache Hand klatschend vor die Stirn. Plötzlich sah sie die Dinge glasklar vor sich. Ihre Gedanken begannen sich schnell in einen Plan zu ordnen. Tobi blickte sie immer noch kichernd an und wischte sich die letzten Lachtränen aus den Augen. Er erkannte, dass Lissi ernsthaft einen Geistesblitz hatte und versuchte sich abschließend zu beruhigen, um ihre Idee zu hören.

»Ich bin doch Profi! Mit Projekten kenne ich mich aus. Und soweit ich das einschätzen kann, ist das eins. Und zwar ein Großes!«, begann Lissi sogleich aufgeregt.

»Du…wirst…ab heute lesbisch?«, scherzte Tobi und runzelte mit einem fragenden Gesichtsausdruck die Stirn.

Lissi wischte diese alberne Bemerkung mit einem ungeduldigen Handfuchteln beiseite.

»Pass auf. Das war jetzt ein beknackter Typ zu viel. Ich bin Projektmanagerin, verdammt nochmal. Ich bin gut in meinem Job. Und ab sofort manage ich mein eigenes Projekt: Ich suche mir einen passenden Mann fürs Leben. Nenn' es von mir aus *Projektakte Liebe*. Jetzt mache ich das richtig geordnet. Mit allem was dazu gehört. Pläne, Struktur, Informationsbeschaffung, Umsetzung, Zielkontrolle«, sprudelte sie euphorisch und schlug sich bei jedem ihrer aufgezählten Punkte mit der Handkante in die Hand.

Tatendrang keimte in ihr auf und schob den vorherigen Anflug von Schwermut mit einem Schubs beiseite. Eine große Lust die Dinge anzupacken, pulsierte durch ihre Adern. Eine Lust so richtig aufzuräumen. Das Leben auszumisten. Ärmel hoch und los. Sie war eine Powerfrau und sie wollte sich nicht mehr machtlos fühlen. Sie würde am besten gleich nach dem Frühstück beginnen. Lissi lehnte sich in ihrem Stuhl zurück und griff mit beiden Händen um ihre große Kaffeetasse. Sie genoss das Gefühl der Stärke und Kraft, das durch ihren Körper strömte. Ihr Blick wanderte zu dem strahlend blauen Himmel, auf dem sich nur einige wenige Schäfchenwolken umhertrieben. Sie konnte den Strom ihrer Gedanken nicht bremsen. Der Arbeitseifer beherrschte sie vollständig. Das für diesen Zustand typische Lächeln umspielte ihre Mundwinkel. Vor ihrem geistigen Auge entstand blitzschnell ein klarer und gegliederter Plan: Zu jedem erfolgreichen Projekt gehörten zunächst eine gute Recherche und ein fundierter Überblick zum aktuellen Stand der Forschung sowie die zu erwartenden Markttrends. Da würde sie nun auch keine Ausnahme machen. Auch wenn es sich um sehr persönliche Zwecke handelte. Projekt ist Projekt. Sie würde sich also erst einmal in ein wenig Literatur einlesen. Zudem recherchieren, welche Möglichkeiten der Partnersuche zur Auswahl standen. Sie hatte bestimmt noch nicht an alle Kanäle gedacht. Am besten würde sie gleich ein paar E-Books herunterladen. Und nach der Auswertung einen konkreten Zeit- und Maßnahmenplan festlegen. Sie könnte ihr voll ausgestattetes Arbeitszimmer hervorragend dafür nutzen. Ob sie bei dieser Gelegenheit ein wenig umräumen sollte? Schöne Räume, schöne Gedanken. Das würde sie sich später auch noch genauer ansehen. Bücherstapel, Pläne, Notizen und haufenweise Papier würden sie umgeben. Ganz wie im Büro. Nur ohne Chef. Aber mit einer Art Abschlusspräsentation. Nach der Auswertung der Informationen, sollte dann die Umsetzung folgen. Ein geplantes Suchen und geordnetes Kennenlernen von potentiellen Lebenspartnern. Sie würde sicher einige Kandidaten treffen und prüfen müssen. Aber da musste nach einiger Zeit rein statistisch einer dabei sein, der passte. Einer, der ihre strengen Qualitätskontrollen überstehen würde. Einer, bei dem sie sämtliche Häkchen auf ihrer imaginären Männer-Checkliste setzen könnte. Stiftung Männer-Test. Der Plan erschien ihr immer besser. Ihre Überlegungen wurden fortwährend schneller. Sie sah bereits das Ziel vor Augen: Der perfekte Mann an ihrer Seite, der ihr Leben vollendete. Dass sie auf diese Idee noch nicht früher gekommen war. Stattdessen hatte sie all die Jahre auf eine glückliche Fügung des Schicksals gewartet. Wie alle anderen hoffnungsvollen Singles auch. Wenn man darüber genau nachdachte, war die Wahrscheinlichkeit auf diese Weise einen Lebenspartner zu finden, doch genau so groß wie die Aussicht auf eine üppige Erbschaft einer verstorbenen Großtante väterlicherseits. Einer alten Schachtel, von der man im ganzen Leben noch nie etwas gehört hatte. Ganz wie in romantischen Liebeskomödien. *Sie sind die Alleinerbin des englischen Castles und des gesamten Vermögens. Inklusive der knackigen Gärtner.* Immerhin würden die Gärtner die Chancen auf einen passenden Mann erhöhen. Lissi schmunzelte bei der Vorstellung. Ihr Projekt würde richtig gut werden und einen Mordsspaß machen. Wen sie wohl kennen lernen würde? Denen würde sie es jedenfalls zeigen, den Männern, die sie hatten sitzen lassen. Sie würde sich in den nächsten Tagen völlig ihrem persönlichen Projektauftakt widmen. Denn wenn sie etwas anpackte, dann richtig. *Die Leute tun immer wieder das Gleiche und hoffen, dass sich von alleine etwas ändert*, hatte sie einmal gelesen und erinnerte sich nun daran. Ein toller Leitsatz für ihr Projekt. Denn sie würde nicht mehr das Gleiche tun und schicksalsergeben auf eine Wendung warten. Sie würde dieser verzwickten Angelegenheit Liebe selbst auf die Spur gehen. Lissi wollte gerade die Kaffeetasse ansetzen, da hielt sie einen Moment inne und bedachte Tobi mit einem feurigen Blick. Sie wartete auf seine Bekräftigung, schließlich hatte er noch nichts zu ihrer Projektidee gesagt.

Tobi beäugte Lissi fortwährend und erkannte, dass sie es ernst meinte. Er holte tief Luft und entgegnete ruhig:

»Lissi, ich wünsche mir so sehr für Dich, dass Du endlich einen passenden Mann findest. Ich möchte Dich glücklich sehen, glaub mir das. Ich habe Dich so lieb und bewundere Deine Stärke und Ausdauer. Wie Du Dein Leben anpackst und meisterst. Du bist wie ein Vorbild für mich. Nicht nur eine tolle und loyale Freundin. Es tut mir leid, dass Du immer wieder solch ein Pech in der Liebe hast. Du hast immer alles im Griff. Du bist sicher die perfekte Projektmanagerin. Aber so wird das bestimmt nicht funktionieren. Das Leben lässt sich nicht durch Deine pure Willenskraft planen. Und die Liebe schon gar nicht. Ich verstehe ja, dass Du traurig und enttäuscht bist, aber Du musst auch mal Geduld haben. Weißt Du…« –

»Doch, das geht! Und wenn Du eines über mich wissen solltest, dann, dass still rumsitzen und abwarten nicht unbedingt zu meinen Stärken zählen. Das ist einfach nicht mein Ding, ständig das Opferlamm zu sein«, schnitt Lissi ihm laut das Wort ab und wischte seinen Einwand mit einem weiteren Handfuchteln beiseite.

Tobi entgegnete nichts.

»Und ich habe bekanntermaßen wenig Schwächen«, ergänzte sie einen Augenblick später mit einem selbstironischen Lächeln.

Tobi grinste zurück.

»Massive Ungeduld, gutes Essen und… Carsten. Nee, viele Schwächen hast Du nicht.«

Sie boxte ihn an die Schulter.

»Ey! Du bist mein Freund. Du sollst mich unterstützen und aufmuntern – nicht Salz in die Wunde streuen!«

Aber sie musste lachen.

»Und wegen Carsten habe ich gestern das letzte Mal weiche Knie bekommen. Der Zug ist abgefahren. Bahnhof geschlossen«, ergänzte sie bestimmt.

Sie war stark geblieben und würde es auch bleiben. Sie würde sich keinesfalls unterkriegen lassen. Sie war schließlich eine Kämpferin. Einen Tag nach dem anderen würde sie ab jetzt Abstand gewinnen und stärker werden. So wie sie es in den letzten Wochen auch geschafft hatte, nachdem sie erst einmal aufhörte ihn anzurufen. Diesmal würde es gelingen, Carsten nicht mehr zurück in ihr Leben zu lassen. Das spürte sie. Irgendetwas war gerade passiert. Es hatte sich ein Schalter umgelegt.

»Aber was ist mit der Romantik? Mit Schicksal und Zufall? Mit einer aufregenden Kennenlern-Geschichte, die man immer und immer wieder erzählen kann?«, fragte Tobi mit einem schmachtenden Unterton. Lissi bedachte ihn mit einem beinahe herausfordernden Blick, sagte aber nichts.

»Naja. Das ist schon ziemlich sachlich und kühl, wie Du Dir das vorstellst mit der ganzen Projektplanerei. Einen Mann gezielt suchen. Da schwingt ein wenig die Panik mit, findest Du nicht? Niemand hat Interesse an einer Hysterikerin. Und da ist kein Raum für Romantik", gab Tobi weiter zu bedenken.

»Ach, um die Romantik kann ich mich kümmern, wenn ich erst mal einen habe. Da liegen ein paar ziemlich heiße Höschen im Schrank, die sollten helfen», sagte sie laut und feixte Tobi ein wenig übermütig an. Er glückste, setzte sich kerzengerade auf, stieß mit der Kaffeetasse scheppernd an und sagte feierlich:

»Auf Lissi. Die Frau, die die Liebe planen kann und keine Schwächen hat.«

Sie lachte laut über seinen Sarkasmus und trank auf seine Worte einen großen Schluck Kaffee. Das Vorhaben fühlte sich richtig an. Außergewöhnlich vielleicht. Vielleicht auch etwas zu pragmatisch und weniger romantisch. Aber richtig. Diesmal würde sie die Sache anders angehen. Sie würde das Glück ihres Liebeslebens durch gute Planung endlich in geordnete Bahnen lenken. Schluss mit den verzweifelten Zeiten des Liebeskummers. Lissi rieb sich die Hände und forderte Tobi auf:

»Los komm, mein *Freund*. Wir sollten uns lieber noch ein wenig um meine heiklere Schwäche kümmern. Gib mir mal ein Brötchen und Nutella.«

Jetzt musste auch Tobi herzlich lachen.

»Na, das klingt doch nach einem guten Plan.«

Er reichte ihr das Gewünschte und griff selbst noch einmal zu. Der Hosenbund zwickte schon deutlich, da wusste Lissi, dass sie dieses Schlemmerfrühstück am nächsten Morgen auf der Waage bereuen würde. Gut, dass dann schon wieder Montag war, grinste sie in sich hinein. Während sie das Brötchen dick mit der Schokocreme bestrich, gefiel ihr der soeben gefasste Plan immer besser. Ja, sie würde aufräumen und anpacken. Die Projektakte Liebe war somit geöffnet. Wenn sie zu diesem Zeitpunkt nur schon geahnt hätte, was ihr so beherzt und unschuldig gefasster Plan alles in Gang setzen würde. Denn Lissi hatte einen Punkt übersehen: Kein Plan übersteht den Feindkontakt.

Die Ist-Analyse – »Ich will so bleiben wie ich bin! Will ich?«

16 Uhr 50 ab Panikton

»Um Himmels willen! Wir sind Resterampe! Die letzten Krümel am Buffet! Wir sind übrig geblieben!«, überschlug sich Lissi mit einem Anflug von Panik und lachte leicht hysterisch auf.

»Die machen sich alle Sorgen um die Vereinbarkeit von Familie und Beruf – ich komme nicht mal ansatzweise in die Nähe dieses Problems! Und so wie das aussieht, werde ich es auch niemals tun. Niemals.« Sie fasste sich an die Stirn und massierte sie leicht mit dem Handballen. Sie hatte ihrer Freundin gerade eine ganze Reihe an erschütternden Fakten um die Ohren gehauen. Katharina fragte am anderen Ende der Leitung zögerlich:

»Bist Du Dir sicher, dass diese Daten stimmen?«
Sie konnte kaum verbergen, dass auch sie von Lissis neuerlichen Informationen getroffen war.

»Ja, doch. Das taucht immer wieder auf. Verschiedene Quellen, verschiedene Varianten, aber immer wieder das gleiche Fazit.«
Die beiden Freundinnen schwiegen und ließen das Ergebnis der Recherche ein wenig sacken. Lissi hatte die letzten Abende für eine intensive Nachforschung genutzt. Eigentlich hatte sie nur im Sinn gehabt, die verschiedenen Möglichkeiten der Partnersuche ausfindig zu machen und zu überlegen, welche Kanäle sie ausprobieren wollte. Dabei hatte sie unfreiwillig herausgefunden, dass der Männermarkt ab 33+ ein verfluchtes Haifischbecken war. Und dass ihre Lage um vieles ernster war, als sie es sich überhaupt vorstellte. Genau genommen hatte sie gar nicht in Erwägung gezogen, dass ihre Situation kritisch und sogar ein Massenphänomen sein könnte. Lissi stand mit dem Handy am Ohr hinter ihrem großen hölzernen Schreibtisch im Büro. Es war zwar schon nach sieben an diesem Frei-

tagabend, aber sie war wie so häufig noch im Betrieb. Ein paar letzte Kleinigkeiten erledigen. Sie war sich sicher gewesen, dass es ihrer Freundin Katharina ebenso erging und hatte sie angerufen. Die neuesten Informationen hatten sie in den letzten Tagen ziemlich aufgewühlt und nun musste sie mit jemandem darüber sprechen, der ihre Situation nachempfinden konnte. Mit einer Leidensgenossin. Katharina war ebenso wie Lissi dreiunddreißig, attraktiv und erfolgreich. Sie arbeitete als Fachanwältin für Arbeitsrecht und schob ihre Karriere ehrgeizig voran. In der Liebe lief es ebenso mehr schlecht als recht. Einige Liebschaften, jedoch nichts, was länger hielt. Aber sie hatten ja noch Zeit. Das sagten sie zumindest immer. Nicht zuletzt, um sich selbst zu beruhigen. Nun sah die Sache allerdings etwas anders aus. Lissi hatte herausgefunden, dass es erfolgsorientierte Akademikerinnen von allen Gruppen am schwersten auf dem Partnermarkt hatten. Neben, bösartig ausgedrückt, männlichen Angehörigen der bildungsfernen Schichten. Dies sei vor allem der Tatsache geschuldet, dass die besagten Powerfrauen sich zunächst auf ihre Karriere konzentrierten und sich erst spät auf die ernsthafte Suche nach einem Partner machten. Meist mit Anfang oder eher Mitte dreißig. Wenn sie überhaupt anfingen zu suchen. Denn weit verbreitet sei die Auffassung, dass sie dies gar nicht nötig hatten, sondern erobert werden wollten. Dazu kamen ihre sehr hohen Ansprüche und das knallharte Aussortieren möglicher Kandidaten bei kleinsten *Mängeln*. Zu klein, zu groß, lichtes Haar, Rechtschreibfehler, schlechter Kleidungsstil, unpassende Kommentare. Sie könnten sich das Aussondern ja schließlich erlauben. Im Job gaben sie sich auch nicht mit zweitklassigen Ergebnissen zufrieden. Sie saßen also kühl auf ihrem Thron und warteten. Ließen die Kandidaten wie Bittsteller antanzen. Wie die stolze Prinzessin im Märchen König Drosselbart. Und wenn ihnen dämmerte, dass es so nicht funktionierte, wurde die Luft da oben meist schon ziemlich dünn. Besonders ungünstig paarte sich der Umstand, dass vergleichbar ausgebildete Männer, welche die Powerfrauen als einzig würdig für sich erachteten, wiederum keinen besonderen Augenmerk auf den Bildungsstand ihrer Partnerinnen legten. Für sie stand einfach nicht an oberster Stelle, wie gebildet oder erfolgreich ihre künftige Frau war. Sondern vor allem, ob sie herzlich, verlässlich, humorvoll und vorzeigbar war. Sie suchten also im Gegenzug gar nicht nach Erfolgsfrauen. Außerdem heirateten die besagten Wunschkandidaten im Bundesdurchschnitt im Alter von zweiunddreißig Jahren und zwar jüngere Frauen. Also lange bevor die Superweiber überhaupt anfingen zu suchen. Die Wunschmänner waren zu diesem Zeitpunkt einfach schon weg vom Markt. Und später allenfalls für nervenaufreibende Affären zu haben, wie Lissi sie mehrfach durchgemacht hatte. Lissi war demnach mit ihren dreiunddreißig Jahren und als energische Führungskraft mit vorzeigbaren Erfolgen, geradezu ein Prachtexemplar dieser Spezies der Superweiber. Diese Erkenntnis hatte sie getroffen wie eine schallende Ohrfeige. Dass es darüber überhaupt zahlreiche Statistiken und Ausführungen gab, zeigte im Prinzip schon das ganze Dilemma. Und als Kirsche auf dem Trauertörtchen, saß die weithin bekannte Tatsache, dass sich Männer vor starken Frauen fürchteten. Sie verdiente durchaus sehr gut, war aber auch noch weit genug vom Spitzensteuersatz entfernt. Also an sich kein Grund zur Panik für die Herren der Schöpfung. Dennoch. So schmolz das Haifischbecken langsam eher zu einer Pfütze an Möglichkeiten zusammen. Da draußen tobte ein Krieg. Und sie war offenbar schlecht bewaffnet.

»Du weißt, was das bedeutet?«, fragte Katharina und zögerte einen Moment.

»Unsere Freundschaft endet hier. Wir sitzen im selben Boot, aber eine muss über Bord gehen. Ab sofort sind wir knallharte Konkurrentinnen.«

Lissi hörte an ihrem Tonfall, dass sie ein breites Grinsen unterdrückte.

»Ich hoffe, Du kannst schwimmen«, entgegnete Lissi trocken. Dann verfielen sie in ein gemeinsames Kichern.

»Oh Mann, Lissi. Das ist doch furchtbar. Das macht nicht unbedingt Mut, oder?«, jammerte Katharina schließlich gedehnt.

»Ja. Vorher war ich völlig relaxt. Jetzt bin ich leicht in Panik«, gab Lissi zu.

Sie atmeten gleichzeitig schwer und seufzend aus.

»Was hast Du vor?«, fragte Katharina neugierig in den Moment der Stille hinein.

»Na was schon. Arschbacken zusammen und durch. Jetzt, da ich weiß wie eng die Sache offenbar ist, ziehe ich es erst recht durch. Nicht selbst aktiv zu werden, scheint das denkbar Dämlichste zu sein. Und wir haben einen Vorsprung: Wir wissen jetzt wenigstens, was Masse ist. Ich habe mir eine Liste an Maßnahmen zusammengeschrieben. Die werde ich einfach abarbeiten. Irgendwo muss einer dabei sein, der kein Vollpfosten ist und mit dem ich auch im Hellen auf die Straße kann. Willst Du sie hören? Ich habe sie hier.«

Katharina kicherte.

»Schieß los.«

Lissi zog das geblümte Notizbuch zu sich, das sie eine Woche zuvor, eigens für ihr Projekt der Partnersuche gekauft hatte. In diesem Buch standen bereits die erschütternden Erkenntnisse ihrer Marktsituation und die erfolgversprechendsten Möglichkeiten einen Partner kennen zu lernen. Sie blätterte in dem Buch zu den Seiten der Suchmöglichkeiten und begann übertrieben dramatisch zu verkünden:

»Ich, Elisabeth Maria Schütz, werde einen Mann finden. In meinem Freundeskreis, in der Kneipe, am Arbeitsplatz, bei der Ausübung meines Hobbys, in einer Online-Singlebörse oder einfach beim Bäcker. Die Wahrscheinlichkeit von vorne nach hinten absteigend.«

Ihre Freundin lachte in den Hörer:

»Wenn Du Dich schon selbst bei vollem Namen nennst, scheint Dir die Angelegenheit ja wirklich sehr ernst zu sein.

Sag' mir einfach zu gegebener Zeit was funktioniert hat. Damit ich es nachmachen kann.«
»Einverstanden«, lachte Lissi zurück.
Dann fuhr sie ernsthafter fort:
»Das sollen die häufigsten und nachhaltigsten Formen des Zusammenfindens sein. Es gibt noch Speed Dating, Partnervermittlungs-Agenturen, Single-Party-Veranstaltungen, Single-Urlaub, Single-Kochen, SMS-Chat und die verschwindend geringe Chance, jemanden über die Eltern oder Verwandten kennen zu lernen. Mein Gott, ich hatte wirklich keine Ahnung, wie groß die Not ist. Und jetzt stecke ich mittendrin.«
Die beiden Freundinnen sprachen sich gegenseitig Mut zu und versicherten sich, dass alles gut werden würde. Sie seien schließlich der Kaviar am Buffet und da kam halt nicht jeder ran. Dann begaben sie sich noch für einige Minuten auf sichereres Terrain und tauschten einige Neuigkeiten über ihre beruflichen Entwicklungen aus. Über einen dreisten Mandanten, eine unfähige Kollegin und die allgemeine Arbeitsüberlastung. Insgeheim fühlten aber beide die Besorgnis über die eindeutigen Statistiken schwer in ihren Mägen liegen. Wie ein Stückchen Schokokuchen zu viel. Lissi schaute während des Telefonats aus dem Fenster. Die Dämmerung war schon weit fortgeschritten. Sie betrachtete die hell erleuchteten Fenster der benachbarten Gebäude. Hier und da saßen noch fleißige Menschen vor ihren Monitoren und tippten auf die Tastaturen. In anderen Etagen waren bereits die Putzkolonnen angerückt. Und in einigen Wohnungen konnte man Menschen sehen, die sich längst auf ihren Feierabend einstimmten und in den Küchen werkelten. Lissi war erschöpft, das merkte sie nun deutlich. Das war eine harte Woche im Büro gewesen. Dazu die ernüchternden Ergebnisse ihrer Recherche. Aber es hatte gut getan, ihre Aufregung mit Katharina zu teilen. So war sie nicht mehr allein mit dem erschütternden Wissen. Die beiden verabschiedeten und versprachen sich, sich in den nächsten Tagen unbedingt zu treffen.

Die Ist-Analyse – »Ich will so bleiben wie ich bin! Will ich?«

Nachdem Lissi aufgelegt hatte, blieb sie noch einen Augenblick mit dem Handy in der Hand stehen und schaute nachdenklich in den dunkel dämmernden Himmel. Sie hatte gerade in dem Telefonat ein wenig Dampf abgelassen und fühlte, dass sie ruhiger wurde. Sie ließ zum ersten Mal seit Tagen zu, sich erneut niedergeschlagen zu fühlen. Nachdem sie doch in Bezug auf Carsten so stolz und stark geblieben war. Und vor allem nachdem sie ihren Projekt-Plan gefasst hatte. Sie war doch so euphorisch gewesen und hatte das alles als einen riesigen Spaß geplant. Natürlich einen Spaß mit ernsthaftem Interesse. Aber, dass sie so konfrontiert und ernüchtert sein würde, hatte sie nicht erwartet. Das war nicht Teil des Plans gewesen. *Zug abgefahren, Bahnhof geschlossen*, fuhr es ihr durch den Kopf. Das waren ihre kaltschnäuzigen Worte gewesen. Sie zuckte unwillkürlich bei dem Gedanken zusammen, dass dies auch auf sie zutreffen könnte. Hatte sie letztendlich zu viele Jahre ihres Lebens vergeudet? Mit dem ständigen Warten und Hoffen? Mit den immer falschen Männern? Hatte sie immer wieder den falschen Zug genommen? Sie dachte an Agatha Christies Klassiker *16 Uhr 50 ab Paddington*. Die junge Frau war vermutlich voller Vorfreude in den Zug gestiegen, in dem ihr Mörder bereits wartete. Nun gut, sie würde sicher nicht an unerfüllter Liebe sterben oder gar umgebracht werden. Aber Lissi konnte nicht abstreiten, dass sich die Panik in ihr breit machte, auf dem Bahnsteig zurückzubleiben. Was war schlimmer: Zurückzubleiben oder in den falschen Zug zu steigen? Würde sie tatsächlich übrig sein? Die Vorstellung tat weh. Und lähmte sie. Doch schließlich stopfte sie energisch ihr geblümtes Projektbuch in die Handtasche und schüttelte das matte Gefühl ab. Ein absurder Gedanke. Das würde sie nicht zulassen. Lissi war immerhin ein Volltreffer, sie würde ganz sicher nicht alleine durchs Leben gehen müssen. Sie schwang ihre Handtasche auf die Schulter und scannte noch einmal ihren Schreibtisch. Sämtliche Mails beantwortet, Akten und Mappen weggeräumt, Stifte und Marker im Köcher. Alles erledigt. Laptop runter, Fenster zu, Licht aus. Ordnung muss sein. Aber jetzt wollte sie nur noch nach Hause. Sie hatte den kommenden Montag und Dienstag frei, um Überstunden abzubauen. Lissi freute sich auf das verlängerte Wochenende. Die nächsten vier Tage würden nur ihr gehören. Wellness, Lesen, Shoppen und natürlich die Jagd nach *Mr. Right*. Die Projektakte Liebe war weit geöffnet und wartete auf Bearbeitung.

Es ist noch kein Meister von der Leinwand gefallen

An ihrem ersten freien Tag überlegte Lissi während des Frühstücks, wie sie diesen am besten verbringen könnte. Einen Tag Abstand und Pause würde sie sich gönnen, um dann mit neuer Kraft das Projekt fortzusetzen. Sie entschied sich schließlich, dem klassischen Museum mal wieder einen Besuch abzustatten.

»Boah, Gott sei Dank, rufst Du an!«, stöhnte Charlie erleichtert. »Ich habe mich schon den ganzen Morgen gefragt, mit was ich mich vor der Arbeit drücken kann. Ich brauche unbedingt einen freien Tag! Und Inspiration für neue Ideen.«

Charlie, eigentlich Charlotte, war freiberufliche Grafikerin und arbeitete von zu Hause aus. So war sie trotz guter Auftragslage bei ihrer Zeiteinteilung meist sehr flexibel und häufig für spontane Treffen zu begeistern. Eine gute Stunde später umarmten sich die beiden herzlich am Eingang der Gemäldegalerie.

»Lass uns erst einen Kaffee trinken, ich muss Dir unbedingt was erzählen«, schlug Lissi vor.

Charlie stimmte zu:

»Das passt gut. Ich brauche auch Deinen Rat bei einer Sache.«

Sie strahlte Lissi an und freute sich offenbar sehr darüber, sie zu sehen. Charlie war eine niedliche Erscheinung. Ihr strohblonder Kurzhaarschnitt und ihre tiefblauen Kulleraugen, gaben ihr stets eine fast kindliche Ausstrahlung. Diese wurde von ihrer schmalen Figur sowie ihrer flachen Brust, zusätzlich betont. Sie konnte die Männerherzen immer wieder für sich begeistern. Seit einigen Jahren gehörte ihr Herz allerdings nur einem Mann: Sebastian. Die beiden waren ein sehr hübsches und harmonisches Paar. Sie verstanden sich blind und ihre Verliebtheit schien nicht nachzulassen. Lissi mochte Sebastian und sie freute sich aufrichtig für ihre Freundin. Auch wenn sie immer einen kleinen Stich des Neids empfand, wenn sie die beiden sah. Doch an diesem Tag waren die Freundinnen alleine unterwegs. Als sie sich im Museumscafé mit dampfenden Kaffeetassen gegenüber saßen, erzählte Charlie von einem problematischen Kunden bei dem sie nicht weiter wusste. Offenbar hatte er Schwierigkeiten sich vorzustellen, dass kreative Tätigkeiten auch Arbeit waren. Oder generell Berufe, die keine Lagerhaltung, Maschinen oder Rohstoffe benötigten. Er wollte nicht akzeptieren, dass es eine begrenzte Anzahl an Entwürfen und Korrekturen für grafische Leistungen gab. Ständig forderte er neue Ideen und warf immer wieder alles über den Haufen, was schon einmal verabschiedet worden war.

»Ich glaube, der denkt, ich habe einen Aktenschrank voller vorbereiteter Ideen, die ich einfach vorlege. Und er kann unbeschränkt abrufen«, jammerte Charlie.
Lissi überlegte kurz, bevor sie antwortete:
»Am besten schlägst Du ihn mit seinen eigenen Waffen.«
Charlie blickte gespannt auf.
»Sag ihm, wenn einer seiner Kunden plötzlich für den gleichen Preis die doppelte Menge Metallrohre verlangt, tut es ihm doch sicher auch nicht weh – immerhin hat er sie auf Lager, oder?«
Lissi grinste triumphierend, wie sie es immer tat, wenn sie ein besonders schlagkräftiges Argument hervorgebracht hatte. Charlie überlegte und begann zu lächeln.

»Das ist eine gute Idee. Wahrscheinlich fehlt ihm die Vorstellung, wie mein Job funktioniert. Er meint es sicher nicht böse.«
Diese Eigenschaft schätzte Lissi am meisten. Charlies aufrichtige Herzlichkeit, Fürsorge und Nachsicht mit anderen Menschen. Sie sah immer das Positive in den Dingen und versuchte zu vermitteln. Sie war ein Sonnenschein, aber keinesfalls naiv. Ganz im Gegenteil. Bei aller Diplomatie, konnte sie die Dinge unverblümt reflektieren. Wie Lissi kurz darauf wieder einmal feststellen sollte. Denn nachdem die beiden noch einige Argumente für Charlies anstehendes Kundengespräch zusammengetragen hatten, erzählte Lissi von Carstens SMS, von ihrem Projekt der Männersuche und von den widrigen Umständen ihrer Marktsituation. Und dass sie wegen ihres scheinbar täglich sinkenden Marktwertes, nun schleunigst mit der Abarbeitung sämtlicher Möglichkeiten der Partnersuche beginnen würde. Einer nach der anderen, bis sie einen Mann fand, der all ihre Wünsche erfüllte. Charlie brach sogleich in ihr hohes Lachen aus, bevor sie ihrer Freundin tröstend die Hand auf das Bein legte und sagte:

»Süße, auf die Idee kannst auch nur Du kommen! Du willst ernsthaft die Liebe planen? Entspann Dich doch mal. Ich weiß nicht, ob das mit Deinem Projekt so funktionieren wird, wie Du Dir das vorstellst. Aber mal angenommen es klappt: Du hast noch nicht mal vor einer Woche angefangen, Dich damit zu beschäftigen. Und schon bist Du kurz davor, in Aktionismus zu verfallen. Du willst mal wieder keinen Plan der Meilensteine, sondern lieber Siebenmeilen-Stiefel. Erhol Dich erst einmal richtig von Deiner letzten Odyssee. Mach mal Männer-Pause!«

Lissi rührte leicht verlegen in ihrem Kaffee.

»So ähnlich hat Tobi das auch gesagt…«

Sie versuchte vehement das drängende Gefühl der Ungeduld niederzuringen. Auch wenn es ihr nicht gefiel, wusste sie, dass Charlotte im Grunde Recht hatte. Sie wollte keine Enttäuschung mehr erleben und sich nicht mehr von einem Drama ins Nächste stürzen. Sie wollte sich sorgfältig einen Mann fürs Leben aussuchen. Und das würde sicher ein wenig Zeit brauchen. Schließlich würde sie einige faule Eier aussortieren müssen. Sie müsste sich tatsächlich mal entspannen. Männer-Pause. An sich kein schlechter Einfall. Lissi konnte sich beim besten Willen nicht daran erinnern, wann es in ihrem Leben einmal eine Phase gegeben hatte, in der es nicht gerade um einen Mann ging. Schließlich war sie seit der Pubertät entweder frisch verliebt, enttäuscht, hoffend, wartend, getrennt, schmachtend oder suchend.

»Trotzdem«, sagte sie bestimmt. »Ich will nicht mehr alleine sein. Mich hat schon ewig keiner mehr angesprochen. Und wenn die Kerle es nicht gebacken kriegen, nehme ich es selbst in die Hand.«

Mit einem lauten Scheppern knallte sie den Löffel auf die Untertasse. Charlie schmunzelte:

»Du wärst doch ohnehin nicht zu haben gewesen. Wegen Carsten...«

»Die sollen mich trotzdem ansprechen. Damit ich ihnen sagen kann, dass ich nicht zu haben bin«, konterte Lissi.

Die beiden Freundinnen schauten sich mit einem verschmitzten Funkeln in den Augen an. Dann prusteten sie los. Als sie sich unter den mahnenden Blicken der anderen Cafégäste wieder beruhigten, fragte Lissi:

»Nein, ernsthaft. Sag' mir, was mit mir nicht stimmt. Warum spricht mich neuerdings keiner an? Und sag' bitte nicht, dass es an meinem dicken Hintern liegt!«

Sie blickte auf den Milchschaum in ihrer Tasse. Und wünschte sich unwillkürlich einen weiteren Keks. Zur Beruhigung. Charlie beugte sich nach vorne und stützte sich mit den Unterarmen an der Tischkante ab.

»Ich bin zwar kein Mann, aber ich sehe trotzdem wie Du wirkst...«, begann sie vorsichtig.

»Du bist immer wie aus dem Ei gepellt. Schau Dich nur heute wieder an. Du siehst super aus! Man kann Dich schlecht übersehen. Du bist schlagfertig und schiebst eine gewisse Bugwelle vor Dir her… Das kann durchaus kühl und distanziert wirken, wenn man Dich nicht kennt. Oder auch einschüchternd… Wer will schon mit jemandem zusammen sein, der immer top aussieht und scheinbar niemals schwache Momente hat?«

Überrascht blickte Lissi auf.

»Ist das Dein Ernst? Aber ich tue doch keinem was! Natürlich habe ich schwache Momente… Aber die ertrage ich lieber allein«, sagte sie etwas irritiert.

»Also wer sich von meinem Auftreten einschüchtern lässt, scheint mir doch eher eine Memme zu sein. Der würde eh nicht passen.«

Als Charlotte nichts mehr erwiderte, fragte Lissi trotzig:

»Und was ist die Alternative? Soll ich im Jogginganzug vor die Tür gehen, so tun als hätte ich keine eigene Meinung und die Schultern einziehen? Damit die Jungs einen Steigbügel haben?«

Charlotte lächelte und entgegnete:

»Es gibt nicht nur schwarz und weiß, Lissi.«

Dann ergänzte sie mit einem Zwinkern:

»Und die meisten können sich sicher gar nicht vorstellen, dass so eine tolle Frau noch zu haben ist.«

Lissi lächelte dankbar, bevor sie das Thema zur Ausstellung wechselte, die sie gleich ansehen würden. Die beiden tranken aus und machten sich auf den Weg in die benachbarte Galerie.

Sie schlenderten durch die hohen Räume, in denen ihre Schritte dumpf widerhallten. Der polierte Holzboden glänzte und die Beleuchtung sorgte für ein angenehmes Licht. Lissi mochte diese ehrfurchtgebietende Ruhe, die in Museen stets herrschte. Diese stilvolle Atmosphäre. Auch wenn die Stimmung auf eine eigene Art distanziert und konservierend war. Jedes Wort, jedes Tuscheln und jedes Hüsteln der anderen Besucher wirkte störend. Insbesondere wenn ein besonders eifriger Betrachter den alten Malermeistern zu sehr auf die Pelle rückte und dadurch die hell blinkende Lichtschranke auslöste. Dafür wurde er dann nicht nur vom Aufsichtspersonal gemaßregelt, sondern auch von den anderen Besuchern mit abfälligen Blicken bedacht. Man konnte sie förmlich *Grober Kunstbanause* denken hören. Lissi hatte die ungeschickten Kunstbesucher insgeheim selbst schon häufig verspottet. Dass die Menschen so wenig Anstand und Disziplin hatten. Den alten Zeiten zu huldigen, hatte somit auch etwas Lebensfernes. Aber man konnte sich so wunderbar romantisch zurückträumen und sich vorstellen, als edle Dame in wallenden Gewändern bei Hofe lustzuwandeln. Eine geistige Flucht aus dem nüchternen Hier und Jetzt, aus den eigenen Sorgen. Lissi ließ ihre Gedanken treiben, während sie die riesigen Ölgemälde betrachtete. Sie sann darüber nach, dass die meisten Menschen vermutlich nur einem ungreifbaren Idol oder einer längst vergangenen Zeit nachhingen, weil sie diese im Grunde gar nicht kannten. So konnte man doch sämtliche idealisierte Vorstellungen hineinprojizieren. Wer eiferte schon einem engen Freund nach? Da waren doch viel zu viele Schwächen bekannt und vertraut. Oder über einige Dinge schüttelte man vielleicht sogar den Kopf, weil man sie selbst völlig anders angehen würde. Und wenn man aus den Tagträumen erwachte und einsah, dass die Zeit nicht zurückzudrehen war und dass man kein Leben tauschen konnte, musste man letzten Endes zugeben, mit dem eigenen Sein und Leben doch ganz zufrieden zu sein. Was Lissi betraf, stimmte das. Auch wenn derzeit etwas Wehmut an ihr zog, war Lissi durchaus mit ihrem Leben zufrieden. Abgesehen von diesen Männergeschichten, die ihr gelegentlich den Rest verderben konnten. Aber die Herren der Schöpfung hätten ihr sicher auch in einer früheren Epoche die Zeit vermiest. Auch bei Hofe in wallenden Gewändern. Lissi schmunzelte bei dem Gedanken. Das war die richtige Entscheidung gewesen, ins Museum zu gehen. Sie liebte die Bilder und die Möglichkeit zu träumen. Ihre Laune besserte sich stetig. Gerade als sie dies dachte, zauberte ein besonderes Gemälde ein Lächeln auf ihr Gesicht. Vor sich sah sie einen rundlichen Herrn, der seine Betrachter in rot-gelbem Obergewand angrinste. Seine Augen waren nur halb geöffnet und wirkten etwas gläsern. Die Mütze saß schief auf dem strubbeligen Kopf und den leeren Bierkrug mit zinnernem Deckel hielt er schräg in der Hand. Er hatte wohl einen feucht-fröhlichen Abend im Wirtshaus hinter sich und war offensichtlich stark beschwipst. In Lissis Fantasie begann sich eine bunte und lautstarke Kulisse aufzubauen, die ihr Lächeln immer breiter werden ließ. Sie drehte sich um und hielt nach Charlie Ausschau, die ganz in der Nähe ein anderes Gemälde intensiv betrachtete. Die beiden waren ein eingespieltes Team in puncto Ausstellungen, so drehte jede ihre eigene Runde. Lissi fuchtelte mit den Armen und winkte sie heran. Neugierig stellte sich Charlie neben ihre Freundin, gespannt darauf, was sie so in Begeisterung versetzt hatte. Charlie blickte einige Sekunden auf den selig Betrunkenen und begann dann ebenfalls breit zu grinsen. Von dem Schild neben dem Gemälde erfuhren sie, dass das Bild *Der lustige Zecher* hieß, und zwischen 1640 und 1643 von Frans Hals gemalt wurde. Einen passenderen Titel hätte es kaum geben können. Eine weitere Betitelung war *Peeckelhaering*, was niederländisch war und übersetzt Pökelhering bedeutete. Dies war das niederländische Pendent zum deutschen *Hanswurst*. Der Pökelhering trat für gewöhnlich in den traditionellen Narrenfarben rot und gelb auf und bekannte sich zu seiner Leidenschaft für volle Bierkannen. Das Bild versprühte auffallend viel Nähe und Freude. Die beiden Frauen strahlten sich an und bemühten sich, ihr Kichern so leise wie möglich zu halten. Nicht, dass sie noch als grobe Kunstbanausen geoutet würden.

»Was hältst Du davon, wenn wir uns heute Nachmittag zu unserer Leidenschaft für volle Prosecco-Flaschen bekennen und uns in traditionellen Bademänteln die Nägel lackieren?«, flüsterte Charlie Lissi ins Ohr.

Die konnte ein lautes Loslachen gerade noch im letzten Moment unterdrücken und erntete sogleich einen mahnenden Blick des Aufsichtspersonals. Sie nickte heftig und flüsterte zurück:

»Tolle Idee! Das machen wir!«

Die beiden Frauen zwinkerten sich zu und setzten fröhlich ihre Runden fort. Lissi genoss während des Nachmittags die Schönheit der Bilder und sog ihre Ästhetik in sich auf. Füllige Nymphen oder Göttinnen in einem Hauch von Nichts, auf der Jagd nach Liebe und Glück. Oder auch auf der Flucht. Hier und da las Lissi die Beschilderung und erkannte danach noch mehr Details und Tiefe in den abgebildeten Szenen. Ihr fiel auf, dass es meist um Liebe oder Eifersucht ging. Selbst die kriegerischen und brutalen Bilder waren häufig der letzte Akt einer dramatischen Liebesgeschichte. Der süße Schmerz der Liebe schien die Menschen seit jeher zu begleiten. Beruhigend und ernüchternd zugleich, dass schon Milliarden von Menschen vor einem selbst, dies durchgemacht hatten. Beruhigend, weil es doch zeigte, dass man ganz normale Erfahrungen machte. Ernüchternd, weil das eigene subjektive Gefühl mit einem Schlag die Besonderheit verlor. Die Magie zwischen zwei Menschen wurde dadurch doch auch austauschbar, wenn es schon so viele auf vergleichbare Weise erfahren hatten. Ihr persönliches Liebesdrama war bei dieser Betrachtungsweise beliebig. Im Grunde war nichts besonders. Lissi stockte innerlich. Vermutlich war das der Grund dafür, dass die meisten Philosophen depressive Neigungen zeigten. Ihnen war permanent die Endlichkeit, Nichtigkeit und Sinnlosigkeit des Daseins bewusst. *Vielleicht sind diese Überlegungen richtig. Aber nicht sehr lebenspraktisch*, schlussfolgerte Lissi und neigte den Kopf zur Seite, während sie das Gemälde betrachtete, auf dem gerade ein junger Krieger von einer rasenden Göttin geköpft worden war.

Lissi ertappte sich mitten in ihren Überlegungen plötzlich dabei, dass sie eine betont freundliche Miene aufsetzte. Und alles was drei Beine hatte, wohlwollend musterte. Mit einem geradezu ermutigendem Blick. Und das tat sie schon seit ihrem gesamten Besuch in der Galerie und während all ihrer Gedanken. Ihr war es in den letzten Stunden kaum gelungen, an einer spiegelnden Fläche vorbeizulaufen ohne ihre visuellen Reize zu überprüfen. Sie lustwandelte nicht nur in ihrer Fantasie als edle Dame durch die Gänge, sie stolzierte im Hier und Jetzt mit geradem Rücken umher. Es war geradezu ein ständiges Posieren. Charlies Worte im Café hatten ihre Spuren hinterlassen. Lissi wollte offenbar durch eine Art intellektuellen Balztanz, der keinesfalls einschüchternd wirken sollte, Männchen anlocken. *Was zur Hölle treibe ich hier?!*, dachte sie und ohrfeigte sich in Gedanken selbst. Sie warf ihr Haar zurück und massierte sich eine verkrampfte Schulter. Vermutlich hatte sie sich beim Stolzieren verspannt. Wenn sie so weitermachte, strömte sie sicher bald das Eau de Verzweiflung aus. Wenn sie es nicht schon tat. Außerdem musste sie zugleich zugeben, dass diese verfluchten Studien Recht hatten, die sie in den letzten Tagen gelesen hatte: Sie musterte und bewertete in Sekundenschnelle. Und das permanent. Zu klein, zu alt, zu Öko, langweilig, vergeben, schildkrötenartig, geschmacklos. So sortierte sie ständig Männer aus, mit denen sie noch nicht einmal gesprochen hatte. *Oh Gott, ich hätte mit diesem ganzen Thema nicht anfangen sollen. Ich bin ja schon völlig panisch*, dachte sie und schüttelte den Kopf. Sie schaute auf die Uhr. Mittlerweile war es schon fast drei. Sie hielt nach Charlie Ausschau und ging zu ihr rüber, nachdem sie sie gefunden hatte.

»Wie sieht es mit Deiner Leidenschaft für Prosecco und Bademänteln aus?«, flüsterte sie.
Charlie kicherte und nickte.
»Ja, lass uns gehen. Ich habe schon eine völlige Reizüberflutung.«
Und ich erst..., dachte Lissi.

Wenig später lehnte Lissi im breiten Türrahmen ihres Arbeitszimmers und prüfte zufrieden die Einrichtung, während sich Charlotte im Badezimmer umzog. Nein, in diesem Raum würde sie nichts ändern. Gestrichen in einem angenehmen Vanilleton und eingerichtet mit dunklen Holzmöbeln, hatte sie auch hier Geschmack bewiesen. Das helle Schlafsofa stand allzeit für Übernachtungsgäste bereit. Die Zimmerpflanzen leuchteten in einem satten Grün. Doch das für sie in diesem Moment wichtigste Möbelstück funkelte sie geradezu einladend an: Der Schreibtisch mit der großen milchigen Glasplatte. Die Denk- und Schaltzentrale ihres Liebesprojekts. Als sie so da stand und den Blick zufrieden schweifen ließ, fiel ihr eine Postkarte ins Auge. Eine Karte, die Charlotte ihr vor einigen Jahren einmal geschickt hatte und die seitdem an der Magnettafel hing. Abgebildet war ein verträumter alter Dachboden. Unter den Holzbalken standen etliche Kisten aus denen allerlei Kleidungsstücke und Spielsachen ragten. In der Mitte stand ein mannshoher goldener Spiegel, vor dem sich eine füllige junge Frau in einem abgetragenen Kleid betrachtete. Im Spiegel sah man allerdings eine sehr schlanke und schöne Frau in einem traumhaften Ballkleid. In einer Ecke der Karte stand *Wohin du auch schaust: du blickst immer in den Spiegel dessen, was du jetzt bist.* Darunter war klein der Name Andreas Tenzer, Deutscher Philosoph, abgedruckt. Lissi dachte an zwei Dinge. Erstens, brauchte sie unbedingt solch einen Spiegel. Der würde schon einmal einige Problemzonen ihres Lebens beseitigen. Und zweitens: Hatte das Motiv überhaupt Sinn? Laut Tenzer ging es doch vielmehr um eine Spiegelung der eigenen Person, in den Dingen die man tat. Eine Spiegelung durch das Umfeld. Und nicht darum, dass man seine eigene Schönheit vielleicht nicht erkannte. An diesem Tag war Lissi durch und durch Kunstkritikerin. Das Überprüfen und Interpretieren konnte sie nach dem berauschenden Besuch im Museum noch nicht abstellen. Aber bevor sie umfassender in diesen Gedanken einsteigen konnte, fiel ihr die zweite Postkarte daneben auf. Eine Gruppe fröhlich lachender Menschen und der Spruch *Du erkennst einen Menschen immer daran, wer seine Freunde sind.* Die Karte war von Tobi. Unwillkürlich musste sie lächeln. Ihre Freunde waren toll, also konnte sie so schlecht auch nicht sein. Nicht, dass sie daran gezweifelt hätte. Aber die beiden Karten brachten sie auch auf eine Idee. Insbesondere der Spiegel. Sie würde sich bei ihrem nächsten Projektschritt, der Durchführung, am besten von außen nach innen vorarbeiten. Also zog sie sich spontan bis auf die Unterwäsche aus und stellte sich vor den großen Spiegel im Flur. Sie musterte sich aufmerksam. 1,70 m groß, 78 Kilogramm, Schuhgröße 40. Schmale Schultern, ein schöner runder Busen in Körbchengröße B, ein flacher Bauch. Allerdings waren ihr Hintern und ihre Schenkel etwas zu großzügig gepolstert. Dadurch wirkte sie leicht füllig. Besonders, wenn sie die falsche Kleidung trug. *Ein dicker Hintern lässt sich aber auch wirklich schlecht kaschieren*, dachte sie und zog eine Schnute. Sie musterte sich immer wieder von allen Seiten. Mit den Händen knetend, überprüfte sie kritisch die leichten Dellen in ihren Schenkeln. *Warum haben Männer keine Cellulite?*, schoss es ihr durch den Kopf. *Weil's einfach scheiße aussieht*, dachte sie grimmig. Sicher könnte jede Frau aus dem Stand eine Liste mit Veränderungswünschen an ihrem Körper vorlegen. Das war auch so eine verzwickte Sache. Kommunizierte man offen und ehrlich die Dinge, die einem an sich selbst nicht gefallen, wird einem sogleich *fishing for compliments* vorgeworfen. Sagt man, dass man mit sich selbst zufrieden ist, gilt man als eine Spur zu selbstbewusst. Oder sogar eingebildet. Lissi war nie die Art Frau gewesen, die ihre Partner mit der nerv tötenden Frage *Bin ich zu dick?* terrorisierte. Das beantwortete sie sich selbst. Blieben die unaufgeforderten Komplimente allerdings aus, konnte sie auch schon mal beleidigt sein. Egal, wie hübsch eine Frau ist, sie braucht Schmeicheleien und möchte gleichzeitig ihre Problemzonen-Komplexe pflegen können. Und Männer müssten idealerweise wie die Trüffelschweine wissen, wann was wo treffsicher anzubringen ist. Das reinste Minenfeld. Ob sie diese Nuss knacken würde, wusste Lissi nicht. Aber eins stand fest: Mit diesem Hintern musste was passieren. Ab Montag.

Die Ist-Analyse – »Ich will so bleiben wie ich bin! Will ich?«

»Was tust Du da?«, fragte Charlotte die hinter ihr aus dem Badezimmer aufgetaucht war.

»Kunstkritik«, erwiderte Lissi trocken. Sie zog sich wieder an und goss zwei prickelnde Gläser Prosecco ein. Sie hatte das unbestimmte Gefühl, dass in ihrem Inneren ein Stein ins Rollen gekommen war. Sie konnte diese Empfindung aber noch nicht näher definieren, also behielt sie ihre Überlegungen und Zweifel zunächst für sich. Wie sie es meistens tat, wenn es um Persönliches ging. Kurz darauf saßen Lissi und Charlotte zusammen auf dem Sofa und stießen an. Die beiden unterhielten sich angeregt über die Ausstellung, ihre Eindrücke und ihre jeweiligen Lieblingsbilder. Der *Lustige Zecher* schaffte es für beide in die Top 5. Lissi war es zwar peinlich, aber sie erzählte ihrer Freundin, dass sie sich im Museum selbst beim Stolzieren ertappt hatte.

»Mit einem verlockenden Balztanz im Museum wirst Du die Sache wohl kaum beschleunigen.«

Charlie musterte Lissi mit einem verschmitzten Grinsen.

»Es sei denn, Du steckst Dir beim nächsten Mal noch Federn ins Haar und trägst einen Kokosnussschalen-BH«, presste sie prustend hervor und warf sich lachend auf die Sofalehne.

»Charlie, bei meinen Aussichten darf ich keine Chance der Bezirzung verpassen! Du hast doch heute Vormittag etwas von Siebenmeilen-Stiefeln gesagt... Ich habe mir gedacht, ich sollte meinem Ruf alle Ehre machen und einen Zahn zulegen.«

Lissi stimmte schallend in das Lachen mit ein.

»Und apropos Stiefel: Wollen wir uns schöne Schuhe anschauen und bei Liebeskummer mitleiden?«, grinste sie.

»Sex and the City!«, riefen die beiden im Chor und stießen nochmals freudig an.

So verbrachten sie den restlichen Nachmittag sowie den gesamten Abend vor dem Fernseher und amüsierten sich bei ihren Lieblingsfolgen der bekannten Fernsehserie. Sie bekräftigten sich immer wieder, dass die Erlebnisse der vier New Yorkerinnen ja so der Wahrheit entsprächen und dass Männer insgesamt ziemliche Idioten sein könnten. Lissi fragte sich, wie viele Millionen Frauen weltweit bei Beziehungskrisen-Gesprächen mit ihren Freundinnen sagten: *Das ist genau wie in dieser einen Sex and the City-Folge...* Das war vermutlich das Erfolgsgeheimnis der Serie. Die Geschichten waren verdammt nah dran, an den eigenen Liebesdramen. Aber in der fernen *New Yorker Upper Class* mit den sündhaft teuren Schuhen und Kleidern, insgesamt doch weit genug weg vom eigenen Dasein. Ein schillerndes Leben, das man selbst so nie führen würde. So konnte man ein wenig träumen. Ganz wie bei den alten Gemälden, die von einer längst vergangenen Zeit erzählten. Dennoch gelang es Lissi diesmal nicht, sich auf dem Meer aus Chanel, Manolo Blahnik, Gucci, Restaurants und wechselnden Männern davontragen zu lassen. Ihre persönliche Gefühlswelt, sowie ihre eigenen Überlegungen waren die ganze Zeit über so präsent, dass sie die treffsicheren Fragen von Carrie Bradshaw förmlich in sich einsog:

- ❖ *Wie kann es so viele fabelhafte ledige Frauen geben und so wenige fabelhafte ledige Männer?*

- ❖ *Wieso heiraten zwei Menschen, wenn sie sich nicht lieben? Um jemanden zu haben?*

- ❖ *Ist es in einer Stadt der großen Erwartungen an der Zeit, sich mit dem zu begnügen, was man kriegen kann?*

- ❖ *Hat die Angst vor dem Alleinsein auf einmal dem Vortäuschen Tür und Tor geöffnet? Täuschen wir mehr als Orgasmen vor? Täuschen wir ganze Beziehungen vor? Ist vortäuschen besser als allein sein?*

❖ *Was, wenn der schöne Prinz nie aufgetaucht wäre? Hätte Schneewittchen ewig in dem gläsernen Sarg geschlafen? Oder wäre sie irgendwann aufgewacht, hätte den Apfel ausgespuckt, sich einen Job und eine Krankenversicherung gesucht, sich ein Baby von einer Samenbank in ihrer Nähe zugelegt?*

❖ *Steckte in jeder selbstbewussten ehrgeizigen Single-Frau nicht doch eine zarte, zerbrechliche Prinzessin, die darauf wartete, gerettet zu werden? Wollen Frauen einfach nur gerettet werden?*

❖ *Was, wenn nicht alles die Schuld der Männer wäre? Ab einem gewissen Alter und nach einer gewissen Anzahl von Beziehungen, wenn es da immer noch nicht funktioniert und wenn die Exe einfach weiterzumachen scheinen und wir nicht. Dann liegt das Problem vielleicht nicht beim letzten festen Freund. Oder dem davor. Oder vielleicht sogar dem davor. Könnte es sein, dass das Problem gar nicht sie sind, sondern, Grauen über Grauen, sind wir es?*

❖ *In New York, so heißt es, ist man immer auf der Suche nach einem Job, einem Freund oder einer Wohnung. Sagen wir also, man hat zwei von dreien und die sind fabelhaft. Warum lassen wir uns von dem einen, was wir nicht haben, in unserem Gefühl hinsichtlich der Dinge die wir haben, beeinflussen? Warum scheint eins, minus ein plus eins, null zu ergeben?*

Lissi schwirrte der Kopf. Mittlerweile war es mitten in der Nacht, aber sie war nicht müde. Im Gegenteil. Sie hatte das Gefühl, dass sich der Nebel in ihr ganz langsam zu lichten begann. Der Stein rollte und nahm Fahrt auf. Die geballten Dramen der New Yorker Mädels so komprimiert zu sehen, zeigte, dass sie mit ihren Nöten in Herzensangelegenheiten nicht alleine auf der Welt war. Aber eben dies, verschaffte Bestätigung und Verwirrung zugleich. Schon wieder. Genauso wie bei den theatralischen Bildern in Öl am Nachmittag. Offenbar wiederholten sich die Dramen, die sich für jeden einzelnen anfühlten wie ein Erdbeben der Stärke 7.0, überall auf der Welt. Und das seit Jahrtausenden. Nur dass die Erde sich unbekümmert weiter drehte, egal wie stark man selbst erschüttert war. Natürlich veränderten sich kleine Details wie Jobs und Rechtssysteme. Aber im Grunde blieb in Sachen Liebe doch alles beim Alten. Schmachten, kämpfen, gewinnen, verlieren.

»Ich glaube, wenn man alle Fragen die Carrie in ihrer Kolumne stellt, nacheinander abarbeitet, hat man sämtliche Themen rund um Beziehungen berücksichtigt. Dann muss man nur noch gute Antworten für sich finden und alles ist in Butter«, überlegte Lissi laut. Charlie drehte den Stiel ihres Sektglases nachdenklich zwischen den Fingern.

»Weißt Du, was mir an dieser Serie nicht gefällt?«, fragte sie. Lissi verzog skeptisch das Gesicht.

»Das ist ja ganz was Neues. Und ich dachte in den letzten Stunden und Jahren, Du liebst diese Sendung?«, warf sie sogleich ein.

»Ja, natürlich. Es ist witzig, sexy und alles. Die vier sind schön und intelligent. Wir wollen genauso aussehen und im Zweifel sofort das Leben tauschen. Ja. Aber was mir beim genaueren Hinsehen nicht gefällt, ist Folgendes: Sie alle lieben ihre Jobs und sind ausgesprochen erfolgreich. Aber das genügt keiner. Genau genommen: Keine reicht sich selbst und jede hält sich für völlig unvollkommen.«
Charlotte zog die Beine an und setzte sich aufrecht hin, um ihre Meinung zu unterstreichen.

»Wenn Du mal darüber nachdenkst, sind diese vier Frauen völlig besessen von Männern und machen ihr gesamtes Glück von ihnen abhängig. Erfolg im Job hin oder her. Sie wollen alles und zwar krampfhaft.« Lissi runzelte die Stirn noch stärker und spürte einen Widerstand in sich aufsteigen.

»Schau doch mal. Samantha kann keinen klaren Gedanken mehr fassen, sobald sie das Wort *Schwanz* hört, geschweige denn einen sieht. Wenn sie untervögelt ist, hat sie miese Laune. In Wirklichkeit hat sie Angst vor Nähe und Verletzung. Sie macht Männer zu ihren Spielzeugen, damit sie nicht mehr gefährlich sind. Miranda ist im Grunde genommen völlig gefrustet und zynisch, weil keiner ihren übertriebenen Ansprüchen genügt und ist ständig eine Getriebene. Sogar als sie schon einen Mann hat, der sie liebt, genügt er ihr erst nicht und sie nörgelt permanent. Sie ist ein Kontrollfreak und sucht nach Perfektion in allen Lebenslagen. Charlotte strickt sowieso ihren rosaroten Lebensplan um die perfekte Ehe. Und über Carries Besessenheit von Mr. Big brauchen wir gar nicht zu sprechen. Sie kann nicht loslassen und ist fast süchtig nach männlicher Aufmerksamkeit.«

Charlie machte eine kurze Pause bevor sie zusammenfassend ergänzte:

»Also im Grunde genommen basteln alle an ihren Karrieren. Wenn es dann, mit den Männern nicht klappt, verzweifeln sie und versuchen eine Art ausgleichende Erfüllung in ihren Jobs und Freundinnen zu finden. Sie reden stundenlang darüber, quälen sich, bestätigen sich wie fabelhaft sie sind, lenken sich ab, eiern rum. Um am Ende doch das Glück in einer Partnerschaft zu finden. Aber erst, wenn sie sich einfach mal locker machen. Erst dann! Zum Schluss sind drei von vieren verheiratet!«

Das so zu hören, tat beinahe weh. Und nahm auch irgendwie den Zauber. Lissi spulte im Zeitraffer alle sechs Staffeln vor ihrem geistigen Auge ab. Sie ließ Charlies Worte sacken. Sie hatte gar nicht mal so Unrecht. Stark vereinfacht natürlich nur.

»Oh Gott, und die Vierte ist zwar saustark, aber dafür Penisbesessen. Ich möchte nicht die Vierte sein, die übrig bleibt!«, kreischte Lissi und die beiden lachten laut.

Aufgedreht von den rauen Mengen Prosecco, die sie in den letzten Stunden getrunken hatten, mussten sie sich bemühen, sich wieder zu beruhigen.

»Ach, im Fernsehen ist das so leicht. Die stecken alles weg, verzeihen sich und leben fröhlich bis an ihr Lebensende«, sann Lissi schließlich nach.

»Natürlich tun sie das! Die sollen uns von ihrer Leinwand herunter unterhalten. Oder hast Du schon von einem Film gehört, über eine dicke, einsame Frau, die in einer schäbigen Zwei-Zimmer-Wohnung lebt, keinen Job hat und sich weiter nicht übers Leben beklagt? Und die Leute sitzen im Kino und sagen *So will ich auch mal werden?* Filme sollen uns zum Träumen bringen. Und zeigen, was wir erreichen können, wenn wir uns anstrengen: Liebe und Reichtum. Herrje, die halten uns damit in Schach! In der Matrix!«, dramatisierte Charlotte überdreht.

Die beiden Freundinnen lachten erneut herzlich und klopften sich auf die Schenkel. Die zwei lustigen Zecherinnen. Nur, dass von ihnen sicher kein Ölgemälde entstehen würde. Kurz darauf tranken sie aus und Charlie fuhr mit dem Taxi nach Hause.

»Keine reicht sich selbst und jede hält sich für völlig unvollkommen«, hatte Charlotte gesagt.

Auch in ihrem Prosecco-Schwindel fühlte Lissi deutlich, dass sich in ihr etwas regte. Etwas Großes. Sie würde sich offenbar intensiver mit dem Thema Liebe und Partnersuche beschäftigen müssen, wenn das Projekt ein nachhaltiger Erfolg werden sollte. Wenn sie zu einer Leinwand-Heldin werden wollte. Aber darüber sollte sie besser am nächsten Tag weiter nachdenken. Zum Einschlafen fuhr Lissi eine schnelle Runde Karussell. Zur Sicherheit stellte sie ein Bein als Bremse neben das Bett. Risiken sollten unter allen Umständen auch bei erfolgversprechenden Projekten kalkulierbar bleiben.

Die Ist-Analyse – »Ich will so bleiben wie ich bin! Will ich?«

Lebensratgeber raten und geben – und zwar den Rest

Drei Wochen später, saß Lissi mit Tobi beim Italiener. Sie war aufgebracht und wartete ungeduldig darauf, ihrem Freund die Neuigkeiten erzählen zu können. Während er den Wein auswählte, ließ sie ihren Blick wandern. Über die rustikale Einrichtung, die dekorativen Eichenfässer und unzähligen Weinflaschen. Die geschickten Kellnerinnen, die dampfenden Teller auf ihren Armen sowie über die Köpfe der zahlreichen Gäste. Allesamt Paare, selbstredend. Das kleine Lokal war wie immer bis auf den letzten Platz gefüllt. Der Geräuschpegel war durch die zahlreichen Unterhaltungen beträchtlich. Man bekam hier fast nie einen Tisch ohne Reservierung. An diesem Abend hatten sie Glück gehabt. Es gab nur eine winzige feste Speisekarte, die übrigen Gerichte waren täglich wechselnd. Die Kellnerinnen sagten die tagesfrischen Menüs immer wieder eifrig an den Tischen auf oder spickten auf ihren Notizblöcken. Als Gast musste man gut zuhören und sich merken, was alles zur Auswahl stand. Lissi hatte bei jedem ihrer Besuche das Bedürfnis, sich während des runtergerasselten Gerichte-Gedichts Notizen zu machen, um ja nichts zu verpassen. Fleißig, aufmerksam, strukturiert. Völliger Job-Modus. Das Abschalten fiel ihr immer schwer. *Eine Tafel wäre sicher praktischer*, dachte sie gleich lösungsorientiert. Blitzschnell spielte sie verschiedene Möglichkeiten durch: kleine Tafeln, die an den Tischen ausgelegt werden könnten, oder wenige große Tafeln, welche die Kellnerinnen mit an die Tische nehmen konnten, um auch Empfehlungen auszusprechen. Oder eine große Tafel, die für alle Gäste sichtbar im Lokal hängen könnte. In ihrem Kopf entstand sofort eine Liste mit Optimierungsmaßnahmen. Hörte sie denn wirklich nie auch nur eine Sekunde auf zu denken und zu planen? *Jetzt ist aber gut. Diese Eigenart macht schließlich auch den besonderen Charme des Ladens aus. Es ist nicht mein Laden. Außerdem habe ich andere Sorgen*, ermahnte sich Lissi in Gedanken selbst und schüttelte kaum merklich den Kopf. Sie hatte nach dem Sex and the City-Marathon mit Charlotte und dem Gefühl sich intensiver mit der Partnersuche beschäftigen zu müssen, entschieden, sich ein paar Anregungen aus der einschlägigen Literatur zu holen. So hatte sie in den letzten drei Wochen einige Lebensratgeber aus der Rubrik Partnerschaft gelesen. Und sich mächtig aufgeregt. Regelrecht getobt. Sie brannte darauf, diese Unverschämtheiten ihrem Freund Tobi in aller Ausführlichkeit mitzuteilen. Also rezitierte sie umfassend und bestimmte das Beisammensein zunächst durch ihren angeheizten Monolog. Es war allerhand gewesen, was sie da gelesen hatte: Dass man aus Angst vor Zweisamkeit und Nähe übertrieben in die Arbeitswelt flüchte. Dass man vor sich selbst fliehe. Dass man umso mehr von seinem Partner erwarte, desto weniger man selbst einbringe. Man wünsche sich genau das von einem Partner so innig, zu dem man selbst nicht fähig sei. Man könne sich nur selbst ausgleichen. Bereits vergebene Partner suche man sich nur, weil man in Wirklichkeit Angst vor Nähe habe. Oder man wähle die Rolle der Geliebten aus Angst davor, eine traditionelle Frauenrolle einzunehmen. Dass man zuerst glücklich und zufrieden mit sich selbst sein müsse, bevor man eine langfristig erfolgreiche Partnerschaft eingehen könne. Kurzum, bekäme laut Psychologe Hermann Meyer, jeder den Partner, den er verdiene. Lissi hatte beim Lesen an einigen Stellen abfällig den Kopf geschüttelt und *Schwachsinn* gedacht. Doch bei dem Buch *Scheißkerle* von Koidl war sie sogar richtig wütend geworden. Eine nicht aufzuhören wollende Reihe an pauschalisierenden Behauptungen, die in einem nahezu rotzigen Tonfall zu Papier gebracht worden waren. Ganz in der Tonlage *So, liebe Frauen, jetzt wisst ihrs, also kommt damit klar und jammert nicht rum*. Geschrieben von einem Mann! Der behauptete, dass es bei Katz-und-Maus spielenden Männern nicht um Gefühle, sondern um Macht ginge. Frauen würden es schneller schnallen, dass sie den Falschen an der Seite hätten, wenn sie aufhören würden, Entschuldigungen für ihn zu erfinden. Sie sollten die ganze Geschichte mal einer Freundin erzählen, ohne auch nur

Die Ist-Analyse – »Ich will so bleiben wie ich bin! Will ich?«

eine Entschuldigung für den Kerl einzufügen – und sich dann noch einmal fragen, wie die Sache klinge. Ein Mann würde Berge für die Frau versetzen, wenn er ernsthaft interessiert wäre – und wenn er es nicht täte, stehe er einfach nicht auf diejenige. Jede komplizierte Situation mit einem Mann sei einfach nur seinerseits verlogen und nichts anderes. Die Geliebte verliere immer und warte umsonst. Männer hielten Frauen mit Ausreden hin, um sie verfügbar zu halten, daher formulierten sie so gut wie nie ein deutliches *Nein*. Man solle sich zunächst mit sich selbst beschäftigen, um eigene Verhaltensmuster in Beziehungen zu erkennen. Und der Gipfel war, dass Leistungsfrauen angeblich häufig nur auf die Anerkennung des Vaters warteten. Und sich zielsicher Männer aussuchten, die sie erniedrigten und dass sie allesamt im Prinzip eine Therapie bräuchten, um ihren eigenen Selbstwert zu erkennen. Und der Todesstoß jedweder Hoffnung war die Behauptung, dass es grundsätzlich keinen einzigen treuen Mann gäbe. *Wofür mache ich mir dann den ganzen Stress, wenn ich am Ende doch betrogen werde? Und das, so wie es aussieht, sogar mit Garantie?*, sprudelte Lissi. Dann waren da noch die Ratgeber der Kategorie *Kennenlernen, verlieben und heiraten in einer Woche* gewesen. Mit einer ganzen Reihe an Anleitungen, wie man sich als Frau korrekt verhalten solle, um die Männer schier verrückt zu machen. Man dürfe die Herren keinesfalls mit Liebesbekundungen und Versorger-Instinkten erdrücken. Man solle nicht zu schnell mit ihnen ins Bett. Immer ein wenig geheimnisvoll zu wirken, mache stets eroberungswert. Dass man emotional stabil und nicht anhänglich sein dürfe. Dass man eine selbstbewusste, stolze Königin sein müsse. Dass man laut Ratgeber-Autor Christian Sander einzig und allein mit der ausgewogenen Mischung aus sexy, warmherzig, eigenständig und humorvoll der reinste Männermagnet sei. Überwiege oder fehle eins, sei man keine Heiratskandidatin. Aber man solle sich bei allem unbedingt authentisch verhalten. *Hier ist ein Korsett, trage es, klemm die Möpse nach oben, aber sei dabei natürlich und tue so als sei es bequem*, lachte Lissi und beendete ihre Ausführungen. Sie grinste breit und nahm einen großen Schluck Wasser. Sie hatte vom Reden eine ganz trockene Kehle bekommen. Tobi war während ihres Berichts erstaunlich still geblieben.

»Und, was sagst Du dazu?«, hakte sie frech nach.

Dann räusperte er sich leise und fragte vorsichtig:

»Hast Du denn wirklich noch nie darüber nachgedacht, dass es tatsächlich an DIR liegen könnte?«

Lissi schaute ihn überrascht an und wartete auf ein Zeichen, dass Tobi dies scherzhaft gemeint haben könnte. Als dieses ausblieb, schüttelte sie heftig den Kopf und entgegnete ungläubig:

»An *MIR*?! Jetzt fängst Du auch noch an. Bin ich selbst daran schuld, dass ich ständig kaputte, unreife oder verheiratete Männer abkriege? Na klar. Ich wollte es ja so. Weil es immer wieder so viel Spaß macht am Ende die Dumme und allein zu sein.«

Sie schnitt eine Grimasse und verschränkte bockig die Arme. Das war ja wohl die Höhe. Lächerlich. Absurd. Sie schnaubte verächtlich und schaute demonstrativ zur Seite.

»Du bist doch ernsthaft dabei, die ganze Sache als *Projekt* zu betreiben. Und fängt nicht jedes fundiert durchdachte Projekt mit einer kritischen Ist-Analyse an? Jedenfalls hast Du das mal gesagt«, bohrte Tobi ruhig weiter.

Lissi spürte Wut in sich aufsteigen, ihr Herz schlug schneller und ihr Magen rumorte. Er solle es bloß nicht wagen, sie nun auch noch fachlich zu reizen oder in Frage zu stellen.

»Du hast ja leicht reden«, gab sie angriffslustig zurück.

»Wie meinst Du das?«

»Naja. Du bist in einer Beziehung und ihr seid beide Männer. Da versteht ihr Euch ja wohl automatisch. Ihr seid von der gleichen verkorksten Gattung. Am besten werde ich doch noch lesbisch, dann habe ich die Probleme nicht.«

Die Ist-Analyse – »Ich will so bleiben wie ich bin! Will ich?«

Tobi atmete tief ein und beugte sich nach vorne über den Tisch.

»Weißt Du was. Du kannst fürchterlich selbstgerecht und unverschämt sein«, erwiderte er ungewöhnlich scharf.

»Wenn Du das glaubst, nimmst Du wohl erstens keine homosexuelle Beziehung ernst und zum anderen hast Du offensichtlich überhaupt keine Ahnung von einer wirklichen Partnerschaft. Und dann ist es wahrlich kein Wunder, dass Du immer noch alleine bist oder immer wieder auf die Nase fällst.«

Lissi blickte ihn schockiert an. So etwas hatte er noch nie zu ihr gesagt. Und damit hatte sie vor allen Dingen nicht gerechnet. Sie hatte mit ihm über die Lebensratgeber lachen und lästern wollen.

»*Wir* haben genau die gleichen Probleme wie jedes andere Paar auch. Sich erst einmal zu finden und lieben zu lernen. Wir streiten und schmieden Zukunftspläne. Wir haben mitunter im Bett genauso Ladehemmungen, wie jedes andere Ehepaar. Dazu kommt die fehlende gesellschaftliche Akzeptanz – und die ist größer als Du es Dir vorstellen kannst. Wenn sich ein Richter in seiner Freizeit von einem blutjungen Ding in Lack und Leder die Fresse polieren lässt und ihm dabei einer abgeht, ist das in Ordnung. Aber zwei Männer können sich doch unmöglich aufrichtig lieben. Da wird aus Sexualität plötzlich ein Politikum. Und wenn Du Dir eine Beziehung so leicht vorstellst und denkst, der Typ verbiegt sich oder sein Leben nach Deinen Wünschen und alles tanzt nach Deiner Pfeife, dann wird kein gesunder Mann bei Dir bleiben. Niemals. Egal wie hübsch und erfolgreich Du bist.«

Lissi schlug mit der flachen Hand auf den Tisch und wiegelte ab:

»Blödsinn. Das liegt nur daran, dass die Typen mit eingezogenen Schwänzen dastehen und Schiss vor starken und erfolgreichen Frauen haben. Sonst hätte ich die Probleme ja gar nicht.«

Triumphierend schaute sie Tobi an. Diese bekannte Tatsache war schließlich nicht von der Hand zu weisen. Doch Tobi lachte hohl. Es schien als hätte er auf dieses Argument nur gewartet.

»Na klar. Der Klassiker. Ich habe mich schon immer gefragt, welche beschwipste Gruppe an Frauenmagazin-Redakteurinnen sich diese Allheil-Argumentation ausgedacht hat! Die *starken Frauen* bekommen keinen ab, also kann es logischerweise nur an den Männern liegen. Weil sie sich nicht so wie die Frauen weiterentwickelt haben, oder so ein Quatsch. Was macht Dich denn eigentlich zur starken Frau?«, fragte er herausfordernd.

Lissi stutzte, antwortete aber sogleich. Denn das war schließlich ihre leichteste Übung:

»Ich verdiene mein eigenes Geld und kann für mich selbst sorgen. Ich brauche keinen, der mich durchfüttert. Ich kann Auto fahren und auch einparken – besser als mancher Kerl. Mit einer Bohrmaschine kann ich auch umgehen und im Baumarkt laufe ich nicht rum wie ein kopfloses Huhn. Ich bin gebildet, direkt und witzig. Und ich sehe gut aus. Ich kann mich wehren und brauche keinen Beschützer. Außerdem lasse ich mir nicht gerne sagen, was ich zu tun oder zu lassen habe. Ich ziehe mein Ding durch. Dann kriegen die Typen halt Minderwertigkeitskomplexe, oder was weiß ich.«

Tobi schnaubte.

»Dir ist aber schon bewusst, dass Du Dich nicht als Schweizer Taschenmesser verkaufen musst? Und dass es sich nicht um ein Bewerbungsverfahren handelt, in dem Du Deine Fähigkeiten einer Jury um die Ohren haust?«

Lissi stutzte erneut und sah ihren langjährigen Freund überrascht an. Sie fühlte das Blut immer schneller durch ihre Adern pochen. Tobi hatte sich offenbar warm geredet und fuhr fort:

Die Ist-Analyse – »Ich will so bleiben wie ich bin! Will ich?«

»Wenn Du jedem Mann gleich vor den Latz knallst, was Du alles Tolles kannst, nach dem Motto *und jetzt kommst Du*, dann machst Du sofort eine Konkurrenz-Situation auf. Und darum geht es in einer Partnerschaft nicht. Dass Du Dein Leben alleine finanzieren und ein paar handwerkliche Kleinigkeiten erledigen kannst, zeigt nur, dass Du in einer modernen Welt lebensfähig bist. Das hat nichts mit stark zu tun, sondern ist heutzutage weitestgehend normal. Außerdem sagt das alles rein gar nichts über Deinem Charakter aus. Das wirkt eher etwas aufgeblasen. Männer suchen keine Manns-Weiber oder Kumpel mit denen sie Regale bauen können. Sondern eine Frau und Partnerin, bei der sie sich wohlfühlen. Eine, die ihnen den Rücken stärkt und nicht zum Wettkampf bläst.«

Lissi schüttelte irritiert den Kopf.

»Na, dass man sich mit mir auch super unterhalten und Unfug machen kann, ist doch wohl klar. Natürlich wäre ich für meinen Partner da.«, sagte sie und versuchte wieder Oberwasser in ihrem Gespräch zu gewinnen.

»Bist Du Dir da sicher? Kannst Du wirklich den Feldwebel-Modus ausschalten und aufhören Deinem Partner zu sagen, wie er die Dinge anzugehen hat? Kannst Du die überzogenen Leistungserwartungen an Dich selbst, wirklich vor anderen Menschen zurückhalten? Oder wirst Du da nicht eher ungerecht und rollst wie eine Dampfwalze über vermeintliche Schwächen? Ich glaube nämlich, dass es das ist, was die sogenannten *starken Frauen* nicht hinbekommen. Dass es ihnen an ernsthafter sozialer Kompetenz fehlt. Und dass es das ist, was die Männer abschreckt.«

Lissi nahm einen kräftigen Schluck vom Rotwein, der inzwischen gebracht worden war. Ihr Herz pochte und ihr Kopf schwirrte. Sie fühlte Wut und Verwirrung in sich toben. Alles was sie wollte, war jemand, der ihr den Kopf streichelte und versicherte, dass sie gut war. Dass es nicht an ihr lag. Und dass alles gut werden würde. Doch Tobi fuhr unbarmherzig fort:

»Frauen wollen gemeinhin keine *lieben Jungs*, die alles für sie tun, weil sie mit denen nicht diskutieren und streiten können. Weil sie nicht zu ihnen aufschauen können. Und genauso wenig wollen Männer *herrische Frauen*, die ständig alles vorschreiben und die Liste ihrer ach so tollen Fähigkeiten wie auf einem Plakat vor sich hertragen. Ich mag schwul sein. Aber hier geht es nicht um Mann und Frau, sondern um Partnerschaft." Tobi zog erwartungsvoll die Augenbrauen hoch. Es wirkte so, als sei er froh, dies endlich einmal losgeworden zu sein. Lissi sagte nichts, sie presste nur die Lippen zusammen. Ihr Puls raste.

»Hast Du schon mal darüber nachgedacht, warum Du überhaupt eine Beziehung willst? Wenn Du keinen Ernährer oder Beschützer brauchst und sowieso alles alleine kannst? Weil es dann auf dem Sofa gemütlicher ist? Weil Du auch zu Hause jemanden rumscheuchen kannst? Weil Du einfach aus Prinzip alles haben willst? Oder weil Du jetzt mit 33 schnell einen Befruchter brauchst?«

Lissi starrte ihn an. Wie konnte er es wagen. Sie schnappte nach Luft. Das war zu viel. Ruckartig stand sie auf und nahm ihre Handtasche von der Stuhllehne. Das würde sie sich nicht länger anhören.

»Du bist schwul, aber Du bist genauso ein Arschloch wie jeder andere Kerl auch. Immer sollen wir Frauen uns bewegen, um die Beziehung am Laufen zu halten! Da mache ich aber nicht mit!«, warf sie ihm aufgebracht vor.

Tobi lehnte sich zurück und verschränkte die Arme mit einem süffisanten Lächeln.

»Und Du kannst es nicht ertragen, kritisiert zu werden. Und mal in Erwägung zu ziehen, dass nicht immer die anderen die Idioten sind. Und die Studien, die aufzeigen, dass es wesentlich mehr Männer gibt, die bereit sind den Hausmann zu geben und die Frau Geld verdienen zu lassen, wenn sie bessere Chancen hat? Dass es mehr dieser Männer gibt, als Frauen, die einen statusunterlegenen Mann an ihrer Seite akzeptieren?

Die Ist-Analyse – »Ich will so bleiben wie ich bin! Will ich?«

Diese Studien hast Du wahrscheinlich gepflegt übersehen, oder? Das habt ihr Erfolgsfrauen drauf. Von wegen die Männer hätten sich nicht weiterentwickelt. Du bist eine Geisterfahrerin: Alle anderen fahren in die falsche Richtung, nur Du hast Recht.«
Angriffslustig funkelte er sie an, bevor er kalt ergänzte:
»Ich würde es auch nicht mit Dir aushalten. Und wenn Du ein Mann wärst und Du Dich selbst kennen lernen würdest, hättest Du nach kurzer Zeit selbst keine Lust mehr auf Dich. Weil Du immer alles bestimmen willst.«
Das saß. Wie ein Eimer Eiswasser nach dem Saunagang. Ohne ein weiteres Wort drehte sie sich um, pfefferte das Geld auf die Theke und bezahlte ihren Rotwein. Dem stotternden Kellner schrie sie entgegen, dass sie kein Essen mehr bräuchte, sondern einen Mann und neue Freunde. Unter den irritierten Blicken der anderen Gäste, verließ sie wutentbrannt das Lokal. Mit pochendem Herzen, hochroten Wangen und leerem Magen. Was für ein dramatischer Abgang. Doch das war ihr völlig egal. Sie fühlte den Zorn durch ihren gesamten Körper pulsieren.

Zurück zu Hause schäumte sie immer noch. Sie konnte nicht still sitzen, sondern lief in ihrer Wohnung hin und her. Auch wenn es schon später am Abend war, sie musste noch einmal mit Charlie sprechen und ihr alles erzählen. Sie musste irgendwohin mit ihrer Wut. Das war der Gipfel der Unverschämtheiten gewesen. Aufgebracht berichtete sie ihrer Freundin von den Statements der gelesenen Lebensratgeber und Tobis Reaktion darauf. Als sie geendet hatte, wartete sie auf Charlies Bestätigung und darauf, sich gemeinsam über Tobis dreisten Ansichten hermachen zu können. Doch Charlotte reagierte ebenfalls nicht nach ihren Wünschen.
»Naja, Süße. Ganz so Unrecht hat Tobi nicht. Ist Dir mal aufgefallen, dass bei Sex and the City, genau einmal deutlich in Erwägung gezogen wird, dass Carrie selbst für ihre Männerwahl verantwortlich ist?

Nämlich in der Folge in der sie bei der Therapeutin sitzt, weil ihre Freundinnen sie wegen Big nicht mehr ertragen. Und in nur ein paar Folgen wird vorsichtig die Frage gestellt, ob es auch an den Frauen liegen könnte. Ansonsten sind in rund hundert Folgen konsequent die Männer die beziehungsunfähigen Deppen. Das wirkt schon vereinfacht und gibt zu denken«, begann Charlie diplomatisch und versuchte das Gespräch zunächst auf den neutralen Boden der Fiktion zu lenken.

»Ach, jetzt komm aber mal! Denkst Du etwa auch, dass ICH die Beziehungsunfähige bei der ganzen Kiste bin?! Na, dann gib mir doch mal ein paar Tipps, Du mit Deiner perfekten Bilderbuch-Beziehung«, polterte Lissi ungehobelt zurück.

Charlie hüstelte.

»Möchtest Du, dass ich ehrlich bin?«, fragte sie vorsichtig und ließ sich nicht auf die Provokation ein.

»Da bin ich aber gespannt«, gab Lissi prompt zurück.

Baute sich aber in ihrer Küche und mit dem Handy am Ohr schon einmal zu voller Größe auf, um für jeden weiteren Angriff auf ihre Person gewappnet zu sein.

»Du bist toll und ich liebe Dich als meine Freundin. Du bist sicher ein Vorbild, wenn es um Disziplin und Konsequenz im Job geht. Aber wenn ich mir mal die Dinge anschaue, die Du von einem Mann einforderst. Und nur die, von denen ich weiß: Er soll groß sein. Er soll gut aussehen. Er soll einen gut bezahlten Job haben, möglichst mehr verdienen als Du. Er soll keine Tiere haben, weil Du sie nicht magst. Er soll humorvoll, ehrlich und treu sein. Er soll Dich unterstützen. Er soll männlich sein, aber auch im Haushalt helfen. Er soll Dir auch mal Paroli bieten, aber nicht zu viel. Einen Herrscher willst Du nicht, weil Du selbst die Hosen anhast. Einen niedriger gestellten Beruf darf er nicht haben, weil Du ihn nicht durchfüttern willst. Und so weiter. Das ist nur eine Liste an Forderungen. Und wenn einer der Punkte fehlt oder nicht hundertprozentig passt, sortierst Du ihn aus. Das bekomme ich schon seit Jahren mit. Das hat für mich ehrlich gesagt nichts mit Stärke und Größe zu tun, sondern scheint mir unterm Strich doch eher anmaßend und unflexibel zu sein. Hast Du denn umgekehrt auch eine Liste mit Eigenschaften, die Du geben kannst? Und willst? Gestehst Du dem anderen auch seine Wünsche an Dich ein? Oder beschränkst Du Dich aufs Fordern?«

Lissi stand mit offenem Mund da und konnte es nicht fassen.

»Denn weißt Du, darum geht es in einer Partnerschaft: Geben und Nehmen. Das ist kein ständiger Machtkampf, in dem Du beweisen musst, dass Du gar keine Schwächen hast und dem anderen im Grunde genommen überlegen bist. Denn Schwächen hast auch Du, Lissi.«

Lissi schnaubte verächtlich, sagte aber nichts. In der Leitung war nur ein leises Knistern zu hören.

»Hast Du Dir schon einmal Gedanken darüber gemacht, was von Dir übrig bleibt, wenn man Dir Deinen Job wegnimmt? Was Dich und Deinen Charakter ausmacht? Denn Dein Mann soll doch nicht Deine Stellenbeschreibung und Führungsqualitäten lieben, sondern Dich. Dich als Menschen und Partnerin«, ergänzte Charlie mit einer sanften und erklärenden Stimme.

Es herrschte wieder Schweigen in der Leitung.

»Ihr habt sie doch beide nicht mehr alle!«, rief Lissi und legte auf. Sie feuerte das Handy auf den Küchentisch und stampfte ins Badezimmer, um sich abzuschminken. Energisch putzte sie sich die Zähne bis es fast weh tat und streifte ihren gestreiften Pyjama über. Sie brauchte offenbar nicht nur einen Mann, sondern neue Freunde. Was war nur los mit den beiden? Hatten sie etwa nur auf eine Gelegenheit gewartet, ihr einen reinzuwürgen? Als würde es ihr mit dieser ganzen Liebespleite nicht schon schlecht genug gehen. In dieser Nacht schlief Lissi kaum. Sie wälzte sich aufgewühlt von einer Seite auf die andere. Stundenlang lag sie hellwach da und die Fragen ihrer Freunde rasten ihr immer wieder unangenehm durch den Kopf. Sie war maßlos zornig. Doch was sie am meisten ärgerte, war, dass sie sich in diesem einsamen Moment, Carsten an ihrer Seite wünschte. Sie vermisste ihn immer noch, aber das dürfte er nicht erfahren. Nicht er, und auch niemand anderes. Ihr wäre es am liebsten, sie wüsste es selbst nicht. Es verlangte ihr alles ab, in diesem Moment stark zu bleiben und sich nicht bei ihm zu melden. Erst in den frühen Morgenstunden fand Lissi in einen unruhigen Schlaf.

Den folgenden Arbeitstag verbrachte Lissi mit einem kräftigen Kater. Einem Seelenkater. Sie wäre lieber im Bett geblieben und hätte sich die Decke über den Kopf gezogen. Aber das Pflichtgefühl überwog das Elendsgefühl. Sie war müde, ihr war schwer ums Herz, sie fühlte sich bloß gestellt, verletzt, furchtbar und gar nicht wohl in ihrer Haut. Ihre Brust schmerzte und ihr Magen rumorte. Dieses brennende Gefühl, als hätte gerade jemand mit einem Schluss gemacht. Einfach schwach. Schon wieder. Sie hasste es. Ihre sogenannten Freunde fielen ihr dermaßen in den Rücken. Sie konnte sich kaum auf ihre Arbeit konzentrieren, sondern schwamm in einer Mischung aus Verärgerung, Verwirrung und Selbstmitleid durch den Tag. Ständig spickte sie auf ihr Handy und wartete auf die Entschuldigungs-Anrufe und -Nachrichten der beiden. Doch sie blieben aus. Die Mittagspause hielt Lissi so gut wie nie ein. Sie hielt es für Zeitverschwendung. Und überhaupt, wer solche Pausen brauchte, war in ihren Augen einfach nicht besonders leistungsfähig. Doch an diesem Tag brauchte sie ein paar Minuten, um sich zu sortieren. Sie erlaubte sich eine Mittagspause, die sie alleine in ihrem Büro verbrachte. Sie schloss die Tür hinter sich und stellte das Telefon auf *Bitte nicht stören*. Sie umklammerte einen dampfenden Becher Kaffee und starrte gedankenverloren aus dem Fenster. Ein solches Dastehen und Nachdenken erlaubte sie sich sonst nie. In den Büros gegenüber herrschte hektisches Treiben. Hier und da standen Kollegen ins Gespräch vertieft beieinander. Einige über Akten oder Monitore gebeugt, andere beim gemeinsamen Kaffeeklatsch. Lissi konnte sich die Gespräche nur zu gut vorstellen. Büro-Gerüchte-Küche. Flur-Funk. Aber sie konnte sich nicht ablenken. Auch nicht durch das Beobachten fremder Arbeitsbienen. Die Worte von Tobi und Charlotte hämmerten ihr immer wieder durch den Kopf. Hatten sich die beiden etwa abgesprochen und gegen sie zusammengerottet? Sie fühlte einen erneuten Anflug von Zorn. Verrat. Von ihren besten Freunden. Aber so sehr sie innerlich auch gegen die beiden wetterte, sie kam nicht umhin, auch die kernerschütternden Fragen immer wieder in sich aufkommen zu lassen. Was blieb von ihr übrig, wenn man den Job mal ausklammerte? War sie denn gar nichts wert? War sie ein schwieriger Mensch? Schlug sie die Männer regelrecht in die Flucht durch ihre dominante Art? Und war sie in Wahrheit deswegen noch allein? Und nicht, weil die Männer die Idioten waren? Diese Gedanken taten weh. Und brachten eine völlig andere Dimension der ganzen Thematik aufs Tablett. Herrje, sie wollte doch einfach nur einen Lebenspartner. Und keine tiefenpsychologische Hinterfragung und völlige Umwälzung ihrer Person. Das war doch Blödsinn. Und auch sicher nicht nötig. Sie war ein Volltreffer! Eine Frau, mit der man vor seinen Freunden angibt. Und wer das nicht sehen konnte, war entweder blind, blöd oder ein Schwächling. Und hatte sie einfach nicht verdient. Basta. Ihr Handy piepte. Eine SMS.

Na, endlich, dachte Lissi überlegen und zugleich erleichtert. Sie ging zum Schreibtisch und nahm das Telefon in die Hand. Doch erneut stand dort ein Name, den sie nicht erwartet hatte. Es war wieder seiner. Und abermals zuckte sie zusammen. *baby, du hast nicht geantwortet... du fehlst mir. ich würde dich gerne sehen. wann hast du zeit?* Lissi starrte einige Augenblicke auf das Display und las seine Worte mehrfach. Dann schnaubte sie verächtlich und dachte: *Von wegen, Arschloch. Du nicht auch noch. Wenn sich etwas geändert hätte, würdest Du mit dem gepackten Koffer vor der Tür stehen – und keine feige SMS schicken!* Wütend löschte sie die Nachricht. So wie seine Übrigen auch. Sie wollte sich selbst davor schützen, sie immer und immer wieder zu lesen, bis sie etwas zwischen den Zeilen erkennen konnte, das nicht da war. *Du könntest Dir wenigstens die Mühe geben, die Groß- und Kleinschreibung zu beachten!,* dachte sie grimmig. Sie stemmte die Hand in die Hüfte und nippte an ihrem Kaffeebecher. Lissi war selbst überrascht. Sie vermisste ihn, aber so klar hatte sie die Sache mit Carsten noch nie gesehen. Sie erfand plötzlich keine Entschuldigung mehr für ihn, dichtete nichts hinzu. Versuchte keine versteckten Botschaften zu dechiffrieren. Und das befreite ungemein. Wo hatte sie das mit den Entschuldigungen nur schon einmal gehört? Ihr blieb nur noch eines übrig und wählte die Nummer ihrer offenbar einzig verbliebenen Freundin.

»Katharina Michler?«, erklang die forsche Stimme am anderen Ende der Leitung.

»Ich bin's. Hast Du fünf Minuten?«, fragte Lissi.

»Ja, klar. Aber wirklich nur kurz. Ich habe in einer halben Stunde einen Mandanten-Termin.«

Lissi erzählte zügig von ihren Gesprächen am vorherigen Tag. Und worüber sie sich gerade Gedanken machte. Dann wartete sie gespannt Katharinas Reaktion ab. Die auch prompt kam:

»Schwachsinn! Lass Dir doch nicht so einen Quatsch von den beiden Weicheiern erzählen! Du bist eine taffe und großartige Frau. Fertig. Ich kenn doch das Problem. Die Kerle haben Schiss und fühlen sich bedroht. Das ist alles. Es gibt halt nicht viele, die damit umgehen können, wenn die Frau genauso viel oder sogar mehr verdient. Oder mehr Erfolg hat. Das Problem hat so gut wie jede Frau, die so stark ist wie wir. Wir haben unsere Ansprüche und das können wir uns auch erlauben. Wer Dir was anderes erzählt, gehört selbst zu diesen Flachschippen. Also lass Dir nicht so einen bescheuerten Floh ins Ohr setzen!«

Lissi atmete erleichtert durch. Das war wie Balsam auf ihre geschundene Seele. Wie konnte sie sich nur so aus der Bahn werfen lassen. Sie begann zu lächeln, hakte aber dennoch nach:

»Aber hast Du Dich schon mal gefragt, was Du ohne Deinen Job, ohne Dein Jura-Examen wert bist?«

Katharina stöhnte.

»Das ist doch genauso ein Schwachsinn. Wir leben in einer Leistungsgesellschaft. Und es ist wohl eher derjenige nichts wert, der nichts leistet. Also keine Arbeit hat. Und das ist eine Situation, in die weder Du noch ich, jemals kommen werden.«

Sie ließ ihre Worte einen Moment wirken, bevor sie ergänzte:

»Oder denkst Du, dass so ein rauchender Hartzer, der sich den ganzen Tag auf dem Sofa rumwälzt, den gleichen Wert hat wie Du? Für die Gesellschaft? Und generell? Das glaube ich nicht!«

Lissi nickte stumm in den leeren Raum und sagte etwas beruhigter:

»Ja, da hast Du wohl Recht.«

»Natürlich hab ich das. Hör auf Dir einen Kopf zu machen! Du findest schon noch einen, der mit Dir klar kommt. Ich glaube, Du hörst besser auf mit Deinem Projekt, das macht Dich schon ganz weich im Kopf!«

Lissi lachte. Aber es war kein ehrliches Lachen.

»Hey, wir hätten beim Absaufen der Titanic in den Rettungsbooten gesessen, weil wir nicht zur dritten Klasse gehören. Und das ist auch gut so. So, und jetzt muss ich zu meinem Termin. Hab noch einen erfolgreichen Tag!«

Sie legten auf. Lissis Blick wanderte wieder aus dem Fenster. Diesmal an den blassblauen Himmel und die zahllosen Schleierwolken. Die Bestätigung von Katharina zu hören, hatte wirklich gut getan. Offensichtlich hatten die Erkenntnisse zu ihrer Single-Marktsituation, die sie vor Kurzem mit ihrer Freundin geteilt hatte, bei Katharina eher dazu geführt, dass diese sich noch stärker und besonderer fühlte. Und nicht zu dem Schluss, sich selbst in Frage zu stellen. Das schien eine resolutere Entscheidung zu sein, statt sich emotional aufs Glatteis zu begeben, so wie Lissi es zugelassen hatte. Lissi fühlte sich zwar ein wenig leichter, aber etwas stimmte nicht. Noch vor wenigen Tagen wäre sie voll und ganz Katharinas Meinung gewesen. Doch nun hörten sich die Dinge plötzlich so merkwürdig an. So kalt. So urteilend. So herablassend. Und zum ersten Mal merkte Lissi, dass ihr dies nicht gefiel. Der Balsam auf ihrer Seele glich auf einmal eher einem gefährlichen Ölteppich. Ihr dämmerte, dass wenn man sich selbst keine Schwäche und Ruhe erlaubte, dies anderen auch nicht erlaubte. Dass man dem Denken und Handeln anderer, an sich gar keine Abweichung zugestand, wenn man stur auf seinem Standpunkt beharrte. Und das konnte auf direktem Weg zu Pedanterie, Unbarmherzigkeit und Herablassung führen. Aber vor allem zu Einsamkeit und Unzufriedenheit. Es fühlte sich an, als hätte nicht die Wand, durch die Lissi wollte, einen Riss bekommen, sondern ihr Kopf. Oder genauer der Helm, von dem sie nicht einmal gewusst hatte, dass sie ihn trug.

Die Ziel-Definition – »Die Stärke eines Ackergauls und die Eleganz eines Lipizzaners«

In den nächsten Tagen spiegelte das Wetter treffsicher Lissis Stimmung wider. Kühl und bewölkt. Sie verspürte keine besondere Motivation, die Suche nach ihrem Traummann sogleich fortzusetzen. Das Ganze hatte ohnehin schon zu viel Dreck aufgewirbelt. Von Tobi und Charlotte hatte sie seit ihrem Streit nichts mehr gehört. Selten bekam Lissi solch einen Verweis in ihre Schranken. Das war sie nicht gewohnt. Und sie mochte es nicht. Vielleicht war sie selbst mit irgendwelchen Aussagen übers Ziel hinausgeschossen und hatte die beiden verletzt. Das passierte ihr schon mal, insbesondere wenn sie wütend war oder sich angegriffen fühlte. Manchmal war sie wirklich resolut und unsensibel. Aber die beiden hatten sie immerhin auch kräftig in die Mangel genommen. Doch ihre Freunde ließen sie scheinbar schmoren. Also herrschte auch nach Tagen noch Funkstille. Lissi wünschte sich Abstand zu ihrer Projektakte Männersuche, die sich mittlerweile eher zu einer tickenden Zeitbombe im Aktenkoffer entwickelt hatte. Und die mehr Panik und Fragen aufwarf, als sie beantwortete. Aber noch viel mehr wünschte Lissi, gar nicht erst damit angefangen zu haben. Sie hatte kein Plus eins, sondern ein Minus zwei erreicht. *Ein toller Erfolg*, dachte sie bitter. Aber ein Zurück gab es nicht mehr. Der Geist war aus der Flasche. Als sie nach einem ungewöhnlich frühen Feierabend lustlos ihren Einkaufswagen durch die Regale schob, fühlte sie sich von der knallbunten Umgebung einfach nur genervt. Ihr war alles zu viel. Und sie fühlte sich einsamer als je zuvor. Roxette schmetterte den Achtziger-Schmachtfetzen *Listen to your heart* durch die Lautsprecher. Lissi rollte die Augen nach oben und dachte: *Nein. Ich höre auf meinen Bauch.* Verdrießlich legte sie die Lebensmittel in den Wagen. Großen Hunger hatte sie zwar nicht, aber was sie brauchte, war vitaminarmes und kalorienreiches Frustfutter. Sie versuchte ihre Gedanken auf die Projekte

Die Ziel-Definition – »Die Stärke eines Ackergauls und die Eleganz eines Lipizzaners«

im Büro zu lenken und vor ihrem geistigen Auge Aufgaben zu strukturieren. Doch so sehr sie sich um Ablenkung bemühte, sie konnte die bohrenden Fragen in ihrem Kopf nicht niederringen: Die Worte ihrer Freunde ließen sie nicht los. Sie echoten seit Tagen immer wieder in ihr. Lissi begann unter dem nur langsam abflauenden Zorn zu spüren, dass Tobi und Charlotte unter Umständen nicht völlig daneben lagen. Konnte es an ihr liegen, dass es mit den Männern nicht klappte? Eigentlich unmöglich. Sie war doch wirklich eine gute Partie. Das hatte sie zumindest immer gedacht. Sie wünschte sich so sehr eine glückliche und feste Partnerschaft. Dafür hätte sie sich in der Vergangenheit niemals absichtlich diese Rohrkrepierer von Männern ausgesucht. Sie hatte einfach kein glückliches Händchen bei der Partnerwahl. Das war alles. Aber auch die Zeilen der gelesenen Bücher, über die sie sich so sehr geärgert hatte, hallten nun immer wieder in ihr nach und waren nach den aufreibenden Gespräch mit ihren beiden Freunden jäh in ein anderes Licht gerückt. War da doch etwas dran? Es hatte ihr ganz und gar nicht gefallen diese Dinge zu hören und zu lesen. Und mit den Dingen konfrontiert zu werden, die sie zugegebenermaßen noch niemals in Erwägung gezogen hatte. Aber nun waren die Dinge gesagt und standen im Raum. Wie ferngesteuert brachte Lissi ihren Einkauf hinter sich und fuhr nach Hause.

Während in der Pfanne ein Nudelgericht mit üppiger Sahnesoße vor sich hin köchelte, räumte Lissi mit gerunzelter Stirn die Spülmaschine aus. Es gab immer was zu tun. Keine Zeit verlieren, sondern möglichst clever planen, das war ihre Devise. Trübsinnig fragte sie sich, für wen oder was sie an diesem Abend überhaupt Zeit sparen wollte. Sie würde ohnehin alleine sein. Zeit. Sie dachte an ihr Liebesprojekt. Und daran, dass ihr Marktwert als Frau über Dreißig täglich sank. Ihr Projekt. Was wollte sie eigentlich mit all dem erreichen? Was war ihr Ziel? Einen Mann finden, natürlich. Aber was für einen? Sie versuchte sich ihren Traummann vorzu-

Die Ziel-Definition – »Die Stärke eines Ackergauls und die Eleganz eines Lipizzaners«

stellen, aber es wollte kein deutliches Bild oder Gesicht in ihrer Fantasie entstehen. Während sie die sauberen Tassen in den Schrank räumte, sprangen ihre Gedanken hin und her. Zwischen Männern in edlen Anzügen, in karierten Hemden und Latzhosen oder in Sportler-Montur. Mit Bart, ohne Bart. Lange Haare, keine Haare. Ihr fiel sogar der Friedhofsgärtner wieder ein, mit dem sie vor kurzem beim Spazierengehen einen kleinen Flirt gehabt hatte. Energisch blinzelte sie die Bilder weg. Viel wichtiger als das Aussehen, schien die Frage, warum sie überhaupt eine Beziehung ersehnte? Wozu eigentlich? Hatte Tobi sie das nicht gefragt? Als sie das Besteck unnötig laut scheppernd in den Kasten einsortierte, stellte sie sich vor, wie schön es wäre, dies gemeinsam mit ihrem Partner machen zu können. Als Paar würden sie sich den Haushalt teilen, zusammen die Einkäufe erledigen, mit Freunden ausgehen und leidenschaftliche Stunden zu zweit verbringen. Im Grunde genommen war kein Mensch für das Alleinsein geschaffen. Es war nicht so, dass Lissi alleine nicht zurechtkam. Ganz im Gegenteil. Aber wenn sie keinen Ernährer oder Beschützer brauchte, was suchte sie dann? Einen Liebhaber, eine Haushaltshilfe, einen Begleiter für Veranstaltungen? Oder eine Art Kumpel mit Extras? Irgendwie eine Mischung aus all dem. Und könnte sie es zulassen, beschützt und versorgt zu werden? Dass ihr jemand die Tür aufhielt, in den Mantel half oder schwere Taschen abnahm? Brauchte sie einen Vater für ihre Kinder? Könnte sie akzeptieren, einem Mann die Hausarbeit und Kindererziehung zu überlassen? Und selbst die Ernährerin zu sein? Oder könnte sie zurückstecken und die Rolle der Hausfrau und Mutter übernehmen? Bei diesem Gedanken zog sich ein Knoten vor ihrer Brust zusammen. Das Gefühl abhängig zu sein und nicht mehr nach Höherem zu streben, schmerzte regelrecht. Ihr wurde flau im Magen. Dennoch rührte sie die Sahnenudeln in der Pfanne um und sog ihren Duft ein. Sie klopfte den Kochlöffel am Rand ab und räumte die Spülmaschine weiter gedankenverloren aus. Schon drängte sich die nächste beißende Frage in

Die Ziel-Definition – »Die Stärke eines Ackergauls und die Eleganz eines Lipizzaners«

den Vordergrund: Von ihren durchschnittlichen Maßen einmal abgesehen, was hatte sie einem Mann zu bieten? Sie als Elisabeth Maria Schütz. Und nicht Frau Schütz, die Projektmanagerin. Was wollte sie bieten, anstatt zu fordern? Was waren ihre besten Eigenschaften? Was machte sie neben ihren beruflichen Qualifikationen aus? Wer war sie ohne Diplome und Urkunden? Das waren Charlottes Fragen gewesen. Mit einem Stapel Teller in der Hand, hielt Lissi inne. Ein Anflug von Übelkeit überkam sie und sie fühlte ihre Arme schwerer werden. Ihre Gedanken spulten eine Liste von Adjektiven ab. Dinge, die sie über sich gehört hatte und Dinge, die sie sich zu hören wünschte: Konsequent, zielstrebig, mutig, pflichtbewusst, fleißig und fordernd. Diese Attribute hatten fast nur mit ihrem Beruf zu tun. Scheppernd stellte sie die Teller in den Schrank und trieb ihre Gedanken voran. Welche Eigenschaften zeichneten sie unabhängig von ihrem Beruf aus? Sie überlegte, was sie selbst wert war. Um ihrer selbst willen. Ohne ihre beruflichen Erfolge. Aber so sehr sie sich bemühte, sie konnte die Frage nicht beantworten. Ihr fielen nur Augenblicke ein, in denen sie wegen ausgezeichneter Arbeit gefeiert wurde. Lissi rang mit der Übelkeit und hielt sich den Bauch. Sie fühlte sich ausgehöhlt. Auf all diese Fragen hatte sie vor wenigen Tagen mit solchem Zorn reagiert. Beantworten konnte sie sie immer noch nicht. Lissi atmete tief durch. Sie rieb sich sachte den Bauch und rang die Übelkeit nieder. Sie brauchte eine Meinung dazu. Sie musste noch einmal mit Katharina sprechen. Sie knallte die nun leere Spülmaschine zu und rief an.

Nach ein wenig Smalltalk und dem Austausch des neuesten Klatsches, fragte Lissi zögerlich:
»Sag mal, hast Du eigentlich schon über Deine Familienplanung nachgedacht? Und wie das mit Deinem Job in der Kanzlei aussehen könnte?«

Die Ziel-Definition – »Die Stärke eines Ackergauls und die Eleganz eines Lipizzaners«

Lissi fiel plötzlich auf, dass die beiden darüber noch nie aufrichtig gesprochen hatten. Katharina schnaubte.

»Ach, fängst Du wieder mit dem Kram an! Das hatten wir doch letzte Woche erst. Willst Du mir den Abend vermiesen? Ich habe doch nicht mal einen anständigen Befruchter in Sicht. Außerdem habe ich noch Einiges in der Kanzlei vor. Warum soll ich mir darüber jetzt Gedanken machen?«

Lissi sagte zögerlich:

»Weil wir 33 sind und langsam damit anfangen sollten, vielleicht?«

»Ja, genau. Wir sollen unser Abitur machen, fleißig studieren, uns weiterbilden und Erfolg im Job haben. Aber immer schön die Eieruhr im Hinterkopf haben! Damit wir auf jeden Fall unsere gesellschaftliche Pflicht erfüllen und uns reproduzieren. Nebenbei sportlich und gesund leben, damit wir bei all dem freundlich lächelnd winken können und gut aussehen. Und der Krankenkasse nicht zu teuer werden. Machen sich die Kerle diese Gedanken vielleicht? Ich denke nicht! Der schwarze Peter liegt schön bei uns.«

»Ich weiß nicht, ob sie das wirklich nicht tun…«

»Jetzt hör aber auf! Wie viele kennst Du denn die sich darüber Gedanken machen?«, fiel Katharina ihr unwirsch ins Wort. Sie schwiegen einen Moment und Lissi rührte in ihren Sahnenudeln, bevor Katharina etwas ruhiger aber nicht weniger bestimmt fortsetzte:

»Muss denn eine Frau in der heutigen Zeit immer noch ihre Erfüllung im Abwischen von roten Babyärschen finden? Das ist doch völlig in den 50ern stehen geblieben. Ich habe Bock zu arbeiten und fertig.«

Lissi dachte einen Moment über ihre Worte nach. Vielleicht ließ sie sich gerade einfach nur vom Idealbild der Gesellschaft irritieren, statt ihr Ding weiter durchzuziehen, wie sie es immer geplante hatte. Dann dachte sie laut:

Die Ziel-Definition – »Die Stärke eines Ackergauls und die Eleganz eines Lipizzaners«

»Müssen wir das alles wirklich? Oder machen wir uns den Druck selbst?«

Katharina stockte.

»Was meinst Du damit?«

»Naja… Wir sind in einer Generation aufgewachsen, in der uns die Wahl bleibt. Wir können entscheiden, was wir mit unserem Leben anfangen wollen. Ohne, dass ein Vater oder Mann für uns entscheidet. Zumindest wenn man einigermaßen zivilisiert und aufgeklärt aufgewachsen ist. Aber… Wie soll ich das sagen… Habe ich die Wahl denn wirklich? Oder ist der Druck jetzt einfach nur ein anderer?«

Die beiden hingen ihren eigenen Gedanken nach, bevor Lissi die Frage aufwarf:

»Würde ich nicht gleich als Heimchen und naja… unfeministisch gelten, wenn ich mich im Job weniger ambitioniert zeige? Vielleicht trauen wir uns einfach nicht, uns aus vollem Herzen zu entscheiden. Dafür was wir wirklich wollen. Sondern probieren alles unter einen Hut zu bringen, weil wir denken, dass wir es müssen… Weil es irgendwie von uns erwartet wird…«

»Willst Du etwa Alice Schwarzer und der gesamten Frauenbewegung in den Rücken fallen?! Alles hinschmeißen und Dich an den Herd ketten lassen? Bist Du jetzt ein Macho geworden?«, lachte Katharina schrill und irritiert.

»Genau das meine ich! Ich bin wirklich dankbar für das, was diese Frauen geleistet haben und dass wir so unbeschwert und selbstverständlich Bildung und schützende Gesetze genießen können. Sicher ist da auch noch einiges zu tun. Aber ist es nicht auch so, dass wir nun unter einem gewissen Erwartungsdruck stehen? Überall schwingt mit: *Wir haben die Bahn frei gemacht, nun fahrt sie auch?* Und wenn wir es nicht tun, wenn wir nicht alles nutzen, fühlt es sich an wie Verrat. An den Möglichkeiten.«

Die Ziel-Definition – »Die Stärke eines Ackergauls und die Eleganz eines Lipizzaners«

Wieder schwiegen sie. Nur das leise Knacken in der Leitung war zu hören. Und das Blubbern von Lissi üppigem Abendessen.

»Was würdest Du denken, wenn ich kündigen, drei Kinder austragen und Dich zu Tupperabenden einladen würde? Und ich Dir sagen würde, dass ich mich nun mit voller Überzeugung für die Rolle der Hausfrau und Mutter entscheide?«, fragte Lissi provokant, wobei sie erneut den Knoten vor ihrer Brust spürte.

»Ich würde Dich für eine vollständige Idiotin halten!«, keuchte Katharina.

»Und nicht mehr ans Telefon gehen. Sag mir, dass das nicht Dein Plan ist!«

Lissi lachte.

»Nein, keine Sorge. Als ich eben darüber nachgedacht habe, ist mir schlecht geworden.«

»Um ein Haar hätte mein Herz die Mücke gemacht«, gab Katharina trocken zurück.

Die beiden lachten und lösten damit die Spannung aus ihrem Gespräch.

»Dennoch«, setzte Lissi fort.

»Ich habe das Gefühl, dass wir keine Wahlfreiheit haben. Entscheide ich mich aus vollem Herzen für meine Karriere, bin ich ein eiskaltes Miststück. Entscheide ich mich für die Rolle der Hausfrau und Mutter, bin ich rückschrittlich. Und meinem Mann wird vermutlich sofort Tyrannei und Unterdrückung vorgeworfen. Da gibt es nur zwei Pole.«

»Welcher Mann? Halluzinierst Du schon? Du hast doch vor kurzem noch gesagt, dass Du Dich mit Deinen Erfolgsaussichten vermutlich ohnehin nie um die Vereinbarkeit von Familie und Beruf kümmern müsstest, oder?«, fragte Katharina spöttisch.

Lissi rollte die Augen. Sie mochte es nicht, wenn sie bei einem wichtigen Gedanken unterbrochen wurde.

Die Ziel-Definition – »Die Stärke eines Ackergauls und die Eleganz eines Lipizzaners«

»Nein«, antwortete sie nur knapp und nahm den Faden ihrer These unbeirrt wieder auf:

»Bislang versuche ich mein Leben unabhängig von einem Mann zu planen und zu überdenken. Also, wenn ich unterm Strich gezwungen bin, alle Rollen zu spielen, stehe ich doch auch permanent zwischen allen Stühlen. Und bin immer hin und her gerissen, weil ich nichts mit vollem Einsatz tun kann. Stattdessen bearbeite ich viele Baustellen mit angezogener Handbremse. Das macht doch auf Dauer müde und unzufrieden. Besonders, wenn man so eine Perfektionistin ist wie ich!«

Katharina brummte nur und antwortete kaltschnäuzig:

»Meine Rede. Nimm den Job und das Geld und lebe Dein Leben! Ohne unnötigen Ballast. Das macht sicher mehr Spaß. Außerdem kannst Du Dein hart verdientes Geld dann lieber für Dich und teure Klamotten ausgeben, anstatt für Windeln.«

Das brachte Lissi schlagartig auf einen weiteren Gedanken und sie stemmte die Faust mit dem umklammerten Kochlöffel in die Hüfte. Sie erinnerte sich an einen Radiobeitrag, den sie vor wenigen Tagen gehört hatte. Es war um ein Buch gegangen, in dem der Einfluss der Moderne auf das Selbstverständnis junger Frauen aufgezeigt wurde. Lissi hatte es zu diesem Zeitpunkt eher gelangweilt zur Kenntnis genommen, doch auf einmal passte das Thema zu ihrer neuerlichen These.

»Interessant, dass Du das sagst…«, leitete Lissi ein.

Sie begann mit dem Kochlöffel in der Hand aufgebracht zu gestikulieren.

»In der einschlägigen feministischen Literatur, wird die Tatsache, dass sich junge Frauen wieder stärker auf ihr Äußeres beziehen sogar als Rückschritt im Sinne der Emanzipation gewertet. Und dass junge Frauen dies als Potenzial für ihren Weg durchs Leben sehen, erst recht. Das unterstreicht doch nur meine Meinung. Willst Du gut aussehen, bist Du gleich eine dumme Barbie. Also bleibt uns doch wieder nur, wirklich alles zu stemmen. Bildung, Aussehen, Familie. Alle Rollen, zwischen allen

Stühlen. Wir haben wirklich keine Wahl! Ist das unser Erbe der Frauenbewegung? Das ist doch auch nicht fair.«

»Hey, von mir aus fahr Deinen Trip weiter. Lass Dir die Achselhaare bis zu den Ellenbogen wachsen, kauf Dir eine karierte Schürze, lies nur noch Rezeptbücher und mach Kinder mit Deinem imaginären Freund, wenn es Dich glücklich macht«, polterte Katharina genervt.

»Aber wunder Dich nicht, wenn ich nicht mehr ans Telefon gehe.«

Lissi biss sich auf die Lippe. Sie bohrte nicht weiter nach, da sie merkte, dass Katharina sich nicht auf ihre Überlegungen einließ. Und dass sie offenbar kaum etwas von dem verstanden hatte, das Lissi gesagt hatte. Nachdem sie wenig später aufgelegt hatten, rührte Lissi weiter in ihren Nudeln. Doch sie konnte die Flut ihrer Überlegungen nicht bremsen. Was wollte sie erreichen? Die Vorstellung, ihr Leben in einem durchschnittlichen Reihenhaus, mit zwei Kindern und einem jährlichen Pauschalurlaub zu verbringen, schnürte ihr nach wie vor die Luft ab. Sie strebte nach Erfolg, nach Höherem, nach Besonderem. Ihr gesamtes Leben schon. Aber wofür eigentlich? Wenn niemand da war, mit dem man die Erfolgsmomente teilen konnte, war die ganze Sache doch ziemlich witzlos, oder? Und einsam. Strebte sie in Wahrheit nach dem Außergewöhnlichen, um sich selbst überhaupt erst besonders zu machen? Und damit liebenswert? Brauchte sie ihre Erfolge im Job dafür? Der Gedanke tat weh. Denn er brachte sie auch zurück zu ihrer ursprünglichen Überlegung, was ohne den Job von ihr übrig blieb. Was sie wert war, um ihrer selbst willen. Lissi stellte den Herd ab und schob die fertigen Sahnenudeln unberührt beiseite. Sie hatte keinen Hunger. Stattdessen tigerte sie unruhig durch ihre Wohnung und räumte hinter Kleinigkeiten her, bis sie schließlich im Türrahmen ihres Arbeitszimmers stehen blieb. Auf dem gläsernen Schreibtisch lag das hübsche Notizbuch mit dem Blumenmuster. In den letzten Tagen hatte sie einfach nicht gewusst, was sie in ihre kleine Projek-

Die Ziel-Definition – »Die Stärke eines Ackergauls und die Eleganz eines Lipizzaners«

takte hätte notieren sollen. Etwa die unverschämten Behauptungen der Lebensratgeber? Sie war ihrem Ziel einen Traummann zu finden nicht näher gekommen. Und sie hatte das permanente Gefühl Zeit zu verlieren. Während sie so dastand, fiel ihr erneut die Postkarte mit dem Spiegelmotiv ins Auge. *Wohin du auch schaust: du blickst immer in den Spiegel dessen, was du jetzt bist.* Sie begann zu überlegen. War es möglich, dass sie sich bislang andersherum gesehen hatte? Dass andere Menschen sie für weniger attraktiv hielten, als sie sich selbst? Dass Männer tatsächlich von ihrem Charakter abgetörnt waren, weil diese etwas ganz Anderes suchten? Und dass nur sie selbst sich über all die Jahre als den Jackpot gesehen hatte? Wirkte sie wirklich einschüchternd auf andere Menschen, so wie Charlie neulich sagte? Und überhaupt. Wenn alles ein Spiegel der eigenen Person ist, was sagen dann der Job, die Finanzen, die Freunde, die Wohnung und natürlich auch die Ex-Beziehungen aus? Von der Seite hatte sie es noch nie betrachtet. Sie kam ins Grübeln und spulte vor ihrem geistigen Auge noch einmal ihre vergangenen Beziehungen ab. Unterm Strich hatten alle Männer eines gemeinsam: Keiner hatte sich wirklich tief auf eine Beziehung mit Lissi eingelassen. Sie erschrak bei dieser nüchternen Erkenntnis. War das ihr Spiegel? Und wenn ja, was sagte das über sie aus? Tobis Postkarte mit der Gruppe fröhlich lachender Menschen lenkte sie erneut von ihren Gedanken ab. *Du erkennst einen Menschen daran, wer seine Freunde sind.* Es durchfuhr sie wie einen Blitz.

Kurz darauf, strich sie nervös den Stoff ihres grünen Seidenkleides glatt und warf ihr kastanienbraunes Haar zurück. Es dauerte einige Augenblicke, bis sich die Tür des kleinen Reihenhauses nach dem Klingeln öffnete.

»Hey...«, sagte sie befangen.
Dann schaute sie auf und blickte in überraschte rehbraune Augen.

Die Ziel-Definition – »Die Stärke eines Ackergauls und die Eleganz eines Lipizzaners«

»Ich...ähm... Tobi, das war bescheuert von mir. Ich...bin nur so verzweifelt«, stammelte sie.

»Ich weiß.«

Er tat einen Schritt auf sie zu, gab ihr einen Kuss auf die Wange und drückte sie fest. Dann fasste er sie an den Oberarmen und lächelte sie versöhnlich an. Sie lächelte etwas beschämt zurück.

»Es war wirklich nötig, dass Dir mal jemand den Kopf wäscht. Und Du brauchst es halt eine Nummer härter und direkter, sonst kommt es einfach nicht an«, neckte er sie lachend.

Er legte ihr den Arm um die Schulter um sie ins Haus zu führen. Sie funkelte ihn gespielt böse an, bevor sie sich noch einmal drückten. Beide waren froh und erleichtert sich zu sehen. Als sie kurz darauf zusammen in Tobis großer Wohnküche standen und Gemüse schnippelten, denn der Hunger war plötzlich zurück gekommen, erzählte Lissi kleinlaut von ihrem Telefonat mit Charlie, das sie nach ihrem Streit im Restaurant geführt hatte. Und von ihren Zweifeln, die sie seitdem hatte.

»Ich habe Dir diese Dinge nicht gesagt, weil ich Dich verletzen wollte. Ich kann es nur nicht mehr ertragen mit anzusehen, wie Du Dich immer weiter im Kreis drehst. Und wie Deine Wut und Deine Frustration immer größer werden. Das erkenne ich vielleicht viel klarer als Du selbst. Das alles anzustauen und härter zu werden, damit schadest Du vor allem Dir. Du blockierst Dich damit und lässt kaum noch jemanden an Dich ran. Ich finde, es ist einfach an der Zeit, dass Du diesen Kreis durchbrichst und Dir das Leben ein wenig leichter machst. Das heißt aber nicht, dass wir uns gegen Dich verschworen haben. Im Gegenteil: *für* Dich!«

Lissi schaute Tobi überrascht von der Seite an, der ruhig weiter schnitt. Sie hatte so in ihrem Selbstmitleid gebadet und sich angegriffen gefühlt, dass sie gar nicht darüber nachgedacht hatte, was Tobi und Charlotte mit ihrer Kopfwäsche bezwecken wollten. Und dass sie ihr aufrichtig als

Freunde dabei helfen wollten, dass sie sich nicht mehr zurückgewiesen und alleine fühlte.

»Ich liebe Dich, weil Du so bist wie Du bist. Und nicht wegen Deines tollen Jobs. Darum geht es in Beziehungen. Egal, ob Freundschaft oder Partnerschaft. Aber das hat Charlie Dir sicher auch schon gesagt«, ergänzte Tobi besonnen und widmete sich wieder vollends der knackigen Paprikaschote unter dem Küchenmesser in seiner Hand.

Das regelmäßige Schneiden auf dem Glasbrett, bildete die Geräuschkulisse. Lissi stützte sich mit den Händen auf die Küchenzeile und schüttelte langsam den Kopf, sodass ihr Haar nach vorne über die Schultern fiel. Sie atmete tief durch und versuchte gegen das Brennen in der Kehle und die aufkommenden Tränen anzukämpfen.

»Ich bin so eine Idiotin. Ich habe in den letzten Jahren so viel eingesteckt, dass ich tatsächlich eine riesige Angst davor habe, schon wieder verletzt zu werden. Ich bin nur noch eine Enttäuschung vom Kloster entfernt. Alles was sich auch nur ansatzweise nach Zurückweisung anfühlt, wird von mir attackiert. Wie armselig ist das? Es tut mir so leid«, offenbarte sie sich mit brüchiger Stimme.

»Hey. Das ist nicht armselig. Hör auf Dich fertig zu machen. Das ist Deine Art von Selbstschutz. Du hast Dich nur so sehr gepanzert, dass Du nicht mehr Freund von Feind unterscheiden kannst.«

Tobi legte das Messer beiseite, ging zu ihr rüber und strich ihr über den Rücken. Dann konnte Lissi ihre Tränen nicht mehr zurückhalten. Sie weinte hemmungslos an seiner Schulter und ihr Körper wurde vom Schluchzen kräftig geschüttelt. Wie lange war es her, dass sie das letzte Mal geweint hatte? Eine Ewigkeit. Es fühlte sich unnatürlich an. Aber gleichzeitig befreiend. Sie heulte aus Wut. Über sich. Über alle unnötigen Kämpfe, die sie gefochten und verloren hatte. Sie trauerte. Um Carsten, den sie trotz allem immer noch schmerzlich vermisste. Und darum, dass sie nach der bitteren Enttäuschung nur Wut und Verachtung für ihn hatte empfinden können. Sie weinte aus Freude. Weil sie das erste Mal seit Langem das Gefühl hatte, einem Menschen wirklich wichtig zu sein: ihrem besten Freund Tobi. Das hatte sie noch nie so klar gesehen und gespürt. Tobi hielt sie einfach nur fest, strich ihr über den Kopf und sagte gar nichts. Bis sie sich schließlich beruhigte und kräftig in ein Stück raues Haushaltstuch schnäuzte.

»Jetzt habe ich auch noch Dein Hemd vollgeflennt«, sagte sie und wagte ein Lächeln, das sich in ihrem Gesicht eigentümlich spannte.

»Hör auf, Dich um alles zu kümmern.«

Er verwuschelte ihr Haar und ließ sie los. In diesem Moment ging die Tür auf und Tobis Freund Frank kam nach Hause. Als er die beiden bei dieser vertrauten Geste sah, rief er laut:

»Aha! Habe ich Euch doch in flagranti erwischt! Lissi, Du kriegst doch alle Männer rum!«

»Wenn es nur so wäre...«, sagte sie leise und senkte den Blick. Dann ging Frank lachend zu ihr, drückte sie herzlich und schaute ihr prüfend ins Gesicht.

»Was ist los mit Dir, Prinzessin?«, fragte er verwundert.

»So aufgewühlt habe ich Dich noch nie gesehen. Was ist passiert?»

Fragend blickte er zu Tobi.

»Ich glaube unsere Eisprinzessin hat Tauwetter«, antwortete Tobi für sie und zwinkerte ihr zu.

Lissi wischte sich etwas verlegen das tränennasse Gesicht und ordnete ihr Haar. Die beiden Männer begrüßten sich so freudig, dass nur noch das Schwänzchen Wedeln fehlte. Als Lissi die beiden beobachtete und belauschte, mit welcher Herzlichkeit sich die zwei über ihre jeweiligen Arbeitstage befragten, begann Lissi langsam zu verstehen, was Tobi meinte. Er selbst war groß, schlank und ausgesprochen hübsch. Mit seinen strubbeligen braunen Haaren, seinen freundlichen rehbraunen Augen, die stets ein wenig frech blitzten. Er war ein richtiger Spaßvogel, dem es aber nicht am nötigen Tiefgang mangelte. Wie Lissi erst vor kurzem am eigenen Leib erfahren hatte. Tobi war immer für verrückte Ideen zu begeistern, war aber auch sehr bodenständig und legte großen Wert darauf, seine Liebsten zu versorgen. Ihm war es wichtig, dass es den Menschen in seinem Umfeld gut ging. Er arbeitete als Leiter der Personalabteilung in einem großen Unternehmen, das Solarmodule herstellte. Tobi war einfach ein toller Kerl. Viele Frauen bedauerten sicher, dass er sich nicht für sie interessierte. Zumindest nicht als potentielle Heiratskandidatinnen. Im Vergleich dazu, war sein Lebenspartner Frank ein kleiner untersetzter Typ mit lichtem blondem Haar. Lissi hatte schon mehr als einmal gedacht, dass sein Gesicht etwas von einem fiesen Wichtel hatte. Dazu passte auch sein dreckiges Lachen. Er arbeitete als Sachbearbeiter in einem kleinen Versicherungsbüro und zeigte keinerlei Ambitionen für einen beruflichen Aufstieg. Die beiden hätten unterschiedlicher nicht wirken können. Aber der äußere Schein trog. Denn Frank war nicht minder herzlich, offen und liebenswert als Tobi. Sie pflegten einen liebevollen und respektvollen Umgang miteinander. Stets ein Auge auf sich selbst und eines auf den anderen gerichtet. Es ging um Partnerschaft. Um Wohlfühlen. Um Beisammensein. Nicht um einen Job und ein Messen der jeweiligen Fähigkeiten. Nicht um Wertung und einen Wettbewerb. Endlich begann Lissi zu verstehen. Und ihr wurde regelrecht warm ums Herz. Nach dem gemeinsamen Abendessen fuhr sie zügig nach Hause. Sie musste noch etwas Wichtiges erledigen. Nachdem sie sich auch bei Charlotte entschuldigt hatte und diese genauso wie Tobi reagierte, fühlte sich Lissi als würde sie vor Energie platzen. Es war, als hätte man ihr ihren Helm endgültig abgenommen.

Spät am Abend setzte sich Lissi mit einer große Tasse Tee auf das Sofa. Die Stehlampe tauchte den hohen Raum, eingerichtet in edlen Anthrazit-

Die Ziel-Definition – »Die Stärke eines Ackergauls und die Eleganz eines Lipizzaners«

tönen, in ein warmes Licht. Lissi fühlte sich wohl. Sie würde ihr Projekt nun wieder mit neuer Energie in Angriff nehmen. Sie blätterte noch einmal ruhig durch die Lebensratgeber, die sie gelesen hatte. Jetzt, da sie das Geschriebene nicht mehr als Angriff auf sich selbst verstand, wirkten die Anregungen plötzlich ganz anders. Sich zunächst einmal kritisch mit sich selbst und seiner Vergangenheit zu beschäftigen, bevor man sich auf einen Partner einließ, schien nun sogar logisch. Ganz professionell betrachtet. Nachdem sie einige Zeit geblättert und einzelne Passagen noch einmal gelesen hatte, notierte sie die Schlüsselimpulse in das geblümte Notizbuch. Es waren erstaunlicherweise genau die Dinge, die sie noch vor kurzem so verächtlich rezitiert und von sich gewiesen hatte. Lissi dachte erneut zurück zu der Frage, was ohne den Job von ihr übrig blieb. Was sie wert war, um ihrer selbst willen. Und wie schwer es ihr gefallen war, diese Frage zu beantworten. Sogar unmöglich. Aber auf einmal sah sie sich in einem anderen Licht und schrieb diejenigen Eigenschaften auf, die ihr schon früher an diesem Abend in den Sinn gekommen waren. Auch wenn sie vielleicht mit dem Beruf zu tun hatten, sie waren trotzdem ein Teil von ihr. Und zwar ein wichtiger. Der Stift flog über die Seiten und sie ergänzte ihre Liste: *loyal, ehrlich, herzlich, bodenständig, stark, gesellig, dynamisch und verlässlich.* Das war sie. Das war Elisabeth Maria Schütz. Ob sie einen Beruf hatte oder nicht. Ob sie kritisiert wurde oder nicht. Ob sie ein Projekt verbockte oder nicht. Und das war es auch, wovon die Menschen in ihrem Umfeld profitierten. Das war es also, das sie bieten konnte. Lissi atmete tief durch, nippte an dem heißen Tee und schlug die nächste Seite auf. Sie schrieb: *Ich wünsche mir von Herzen eine Partnerschaft, weil ich das Leben teilen möchte. Weil ich viel zu geben habe. Weil ich nicht alles alleine machen kann und muss.* Zufrieden nickte sie und nippte an ihrem heißen Tee. Endlich waren die entscheidenden Fragen beantwortet. Es ging ihr nicht um finanzielle Sicherheit, sozialen Status oder um das Ausgleichen eigener Defizite. Und es ging auch nicht länger darum, dass ein Mann all ihre Anforderungen erfüllte. Sie wollte schlicht und ergreifend, das Leben miteinander teilen. Egal, was da kommen würde. Und was da kommen würde, müsste man ohnehin gemeinsam entscheiden. In guten wie in schlechten Zeiten. Sie hatte keinen Masterplan vorzulegen. Das klang zugegebenermaßen etwas banal. Aber so war es nun einmal. Lissi freute sich über ihre neuen Erkenntnisse und gönnte sich zur Feier des Moments ein nächtliches Stück Schokokuchen, das sie genüsslich verputzte. Das vertraute Gefühl des unbändigen Tatendrangs, trieb ihre Überlegungen weiter voran. Hellwach saß sie auf dem Sofa und dachte mit der Tasse in den Händen nach. Wie sollte er sein? Der Traummann, der zu diesen Wünschen passte? Schön, stark, edel wie ein Ritter. Gleichzeitig weich, romantisch und liebend wie ein Dichter. Der Traumtyp vom Reißbrett. Das brachte Lissi auf eine Idee. Sie stellte die Tasse ab, blätterte auf die nächste Seite ihres geblümten Projektbuchs und schrieb groß die Überschrift *Lissis Traummann*. Darunter ein krakeliges Strichmännchen mit einem breiten Grinsen und borstigen Stoppelhaaren. Sie schmunzelte. Es hatte durchaus Sinn, dass sie nicht in die Kunst gegangen war. Sie ließ ihre Gedanken fließen und hielt die Dinge fest, die sich in den Vordergrund drängten:

- *Positive, freundliche Ausstrahlung*

- *Offenes, freundliches Gesicht*

- *Humorvoll, schlagfertig, ironisch, lacht viel*

- *Leidenschaftlich, aufmerksam, empathisch*

- *Reif und mit Lebenserfahrung*

- *Aufrichtig, reflektiert, zuverlässig*

Die Ziel-Definition – »Die Stärke eines Ackergauls und die Eleganz eines Lipizzaners«

- ❖ *Ehrlich und stark*
- ❖ *Interessiert und gebildet*
- ❖ *Aktiv (Sport, Bildung, Beruf…)*
- ❖ *Hat einen eigenen Freundeskreis*
- ❖ *Herzliche Familie und Freunde*
- ❖ *Stabiles, eigenständiges, gefestigtes Leben*
- ❖ *Zufrieden, optimistisch, hilfsbereit und integer*
- ❖ *Liebt mich ohne mich zu erdrücken*
- ❖ *Er steht jederzeit zu mir und ist stolz auf mich*
- ❖ *Akzeptiert meinen Wunsch nach Freiraum*
- ❖ *Lust auf das Leben und auf Neues*
- ❖ *Respektiert andere Menschen und deren Leben*
- ❖ *Er gibt mir ein Wohlgefühl und emotionale Sicherheit*
- ❖ *Er ist geschmackvoll, naturverbunden und stilsicher*
- ❖ *Er hat gute Manieren und ist salonfähig*

Lissi legte den Stift beiseite und lehnte sich zurück an die Sofalehne. Sie ließ ihr Handgelenk kreisen, das vom schnellen Schreiben schmerzte. Mit der Tasse Tee in der Hand, las sie schließlich ihre Liste einige Male durch.

Die Ziel-Definition – »Die Stärke eines Ackergauls und die Eleganz eines Lipizzaners«

Es fühlte sich gut und richtig an. Bei der Vorstellung, ein Mann könnte genau das erfüllen und zudem an ihrer Seite sein, wurde sie ein bisschen aufgeregt. Sie fühlte ein Kribbeln im Bauch. Sie war unwillkürlich verliebt in ihren fiktiven Traumpartner und stellte sich allerlei romantische Szenen vor. So wie damals mit Carsten am Strand. Lissi fantasierte die rosigsten Szenarien, bis sie fast erschrocken zusammen zuckte. Ihr fiel auf, dass Wünsche zu Aussehen, Beruf und Einkommen fehlten. Wie hatte ihr das passieren können? Ihr, *Mrs. Perfect*, mit den detailliertesten Plänen von allen? Sie nahm den Stift schnell wieder in die Hand und setzte an. Doch sie hielt inne. Die Ergänzung wollte nicht so recht zu dem eben Geschriebenen passen. Sie las noch einmal ihre Wunschliste durch. Da stand alles, was sie wollte. Mehr noch. Auf einmal sah Lissi, dass sie gar keine *No Go's* mehr aufgezählt hatte. Sondern nur positive Eigenschaften, die sie sich wünschte. Der Rest schien auf einmal Verhandlungsbasis zu sein. Zufrieden legte sie den Stift wieder beiseite, stand auf und lief hinüber zum Balkon. Sie verschränkte die Arme und lehnte sich in den Rahmen der Balkontür. Unten auf der Straße hörte sie gedämpft das nächtliche Treiben der Menschen. Schnelle Schritte, das Klingeln weniger Fahrräder, das Rauschen der Autos. *Unsere Eisprinzessin hat Tauwetter*, hatte Tobi vorhin gesagt. Lissi lächelte. Es stimmte. Sie dachte zurück an den Tag vor wenigen Wochen, als sie aus Wut und Enttäuschung heraus, die Entscheidung getroffen hatte, die Suche nach einem Mann, wie ein Projekt durchzuführen. Klar, strukturiert und zielstrebig. So wie sie eben war. Allerdings hatte sie in ihrem genialen Plan, bei dem Teil *klar*, die Klarheit über sich selbst nicht bedacht. Und auch nicht, dass die Gegenseite natürlich ebenso eine Liste an Wünschen hatte. Es war nicht nur sie, die fordern konnte. Ihr war auch nicht bewusst gewesen, wie viel Wut und Frustration sie in sich getragen hatte. Vor allem darüber, dass keiner zu ihr passen wollte. Und dass keiner ihren Ansprüchen genügte. Sie fühlte sich leichter, seitdem sie Risse in ihrem Schutzpanzer entstehen ließ. Als hätte sie einen schweren Rucksack abgesetzt. Oder eben einen Helm. Nachdem sie eine ganze Weile so dagestanden hatte, streckte sie sich genüsslich und klatschte anschließend motiviert in die Hände. Jetzt wusste sie also was sie suchte. Nun sollte es aber endlich an die Umsetzung ihres Projektes gehen. Nur vom Denken und Erleuchten wurde schließlich noch kein Mann im Weidenkörbchen vor der Haustür abgestellt. Zumindest keiner über 30.

Die Projektdurchführung

Auf die Männer, fertig, los!

Experiment 1: Erst der Arsch, dann das Vergnügen

Da sie sich von außen nach innen vorarbeiten wollte, wie sie es vor kurzem nach eingehender Betrachtung im Spiegel entschieden hatte, begann Lissi, dies wortwörtlich in die Tat umzusetzen. Sie wollte sich zunächst in Form bringen, bevor sie sich auf den hart umkämpften Singlemarkt warf. Wenn sie sich emotional vielleicht mehr öffnen und weicher werden wollte, musste das schließlich nicht auch für ihre Schenkel gelten. Außerdem wollte sie als erstes versuchen, durch ihre pure Ausstrahlung die Anziehungskraft für Männer zu erhöhen. Also tat sie das, was sie schon immer tun wollte – und das nicht erst ab Montag, sondern sofort ab dem Tag, an dem sie fühlte, dass sie so weit war: einem schnöden Donnerstag. Sie erhöhte ihre wöchentliche Bewegungsdosis im Fitnessstudio. Und reduzierte die tägliche Schokodosis. Letzteres tat deutlich mehr weh, als die Muskelschmerzen auf dem Crosstrainer. Und das wollte schon was heißen. Das Zielgewicht von 68 Kilogramm schrieb sie in leuchtend pinken Buchstaben auf einen Zettel und klebte ihn an die Kühlschranktür. Jedes Mal, wenn sie an ihm vorbeiging oder in Versuchung geriet, die Tür für einen Zusatzsnack zu öffnen, hielten die großen Zahlen sie davon ab. Die Vorstellung dieses Wunschgewicht endlich zu erreichen, spornte sie an. Diesmal würde sie es schaffen. Sie fühlte es ganz deutlich. Denn diesmal ging es um sie selbst und darum, dass sie sich in ihrer Haut wohlfühlen wollte. Sie trainierte konsequent zwei Mal pro Woche kräftig schwitzend. Der füllige Hintern würde in Form kommen. Da sich Lissi außerdem vorgenommen hatte mehr Ruhe und Entspannung in ihren Alltag zu bringen, meldete sie sich im Fitnessstudio zu einem wöchentlichen Yogakurs an.

In ihrer ersten Stunde trat sie etwas unsicher in den duftkerzengeschwängerten Raum. Es hatten sich bereits einige Teilnehmer mit Matten und Decken ausgebreitet. Unter ihnen war nur ein Mann. *Zu Öko*, lautete schnell das Urteil, das sie nicht unterdrücken konnte. Die Träger selbst gestrickter Wollsocken waren deutlich in der Überzahl. *Einige Klischees sollen also erfüllt werden*, dachte sie belustigt. Natürlich trug sie selbst ein farblich abgestimmtes neues Wellness-Dress, das sie eigens hierfür gekauft hatte. Immer perfekt gestylt. Sie wurde allseits mit freundlichem Nicken begrüßt. Lissi suchte sich einen freien Platz und wartete darauf, dass die Meisterin, oder wie auch immer man sie nannte, mit dem Kurs begann.

»Ich begrüße Euch herzlich zur heutigen Stunde. Wie immer beginnen wir mit einer Vorstellungsrunde und ein paar kurzen Worten, wie ihr Euch fühlt«, eröffnete sie mit sanfter Stimme und nickte der Teilnehmerin zu ihrer linken aufmunternd zu.
Lissi blickte etwas irritiert in die Runde. Aber außer ihr schien dieses Vorgehen niemanden zu verwundern. So stellten sich alle reihum vor und waren erstaunlich offen. In wenigen Minuten wusste Lissi, dass einige wegen Depressionen da waren, einen schlechten Tag an der Arbeit gehabt hatten oder einfach nur müde waren. Bis die Reihe an Lissi war.

»Hi. Mein Name ist Elisabeth Schütz und ich fühle mich sehr gut«, sagte sie fest, ohne weiter darüber nachzudenken.
In einem Raum voller Fremder würde sie sicher nicht über ihr Gefühlsleben sprechen. Schon gar nicht in einem einfachen Yoga-Kurs. Was sollte sie auch schon sagen? Dass sie in erster Linie da war, um ihren Hintern in Form zu bringen und auf der verzweifelten Suche nach Glück in der Liebe war? Die Kursleiterin nickte ihr freundlich lächelnd zu und ließ ihren Blick weiter zu Lissis Nachbarin wandern. Dass diese Menschen einem immer das Gefühl vermitteln konnten, als wüssten sie mehr als man selbst. *Ich frag' mich, für was das gut sein soll*, dachte Lissi ungeduldig.

»Wir könnten schon längst turnen. Die Leute hier sehe ich eh nie wieder.«
Nach der Vorstellungsrunde begann der Kurs mit den ersten Entspannungs- und Atemübungen. Als Lissi flach auf der Matte lag, schwirrte ihr

Kopf voller Gedanken: der Arbeitstag, einen Kollegen, der ihr Probleme machte, das letzte Gespräch mit ihrem Chef und was sie zu Abend essen wollte. Sie müsste auch dringend die Sachen aus der Reinigung holen. Und sich bei ihrer Mutter melden. Die Gedanken spielten Ping Pong. Immer wieder versuchte sie sich krampfhaft auf die Entspannung zu konzentrieren.

»Ok, ab jetzt bin ich entspannt…Wenn ich später den Kuchen noch esse, muss ich morgen länger trainieren. Ob ich den schwarzen Rock doch noch kaufen sollte? Ach, ich warte lieber bis ich abgenommen habe. Da werden die im Büro gucken! – Mist. Ok, ab jetzt bin ich entspannt.« Sie atmete tief ein und aus. Im vorgegebenen Rhythmus. Doch es wollte nicht gelingen. Ihr Magen knurrte und quietschte laut. Vermutlich hatte sie es mit ihren ehrgeizigen Entspannungsplänen übertrieben. Körper und Geist schienen dieses bloße Herumliegen abzulehnen. Für andere war die Herausforderung auf einen Berg zu steigen. Für Lissi war es das Ausruhen.

»Ich entspanne alle Muskeln…«, sagte die Kursleiterin leise, um die Teilnehmer durch die Übungen zu führen. In dem Moment spürte Lissi, dass ihr Körper vollständig angespannt war. Sie lag steif da wie ein Brett, mit zusammengepressten Kiefern und Arschbacken. Und sie hatte es nicht einmal gemerkt. Sie atmete tief aus und ließ langsam los. Die Kursleiterin ging in ihrer Anleitung nacheinander alle Muskelgruppen durch.

»Ich entspanne die Arme… Ich entspanne die Beine… Ich entspanne das Gesäß… Ich entspanne mein Gesicht…«
Und als sie die Muskeln nacheinander locker ließ, sank Lissi immer tiefer in die Entspannung. Sie war überwältigt, wie schnell sie plötzlich zur Ruhe kam. So tiefenentspannt fühlte sie sich nicht einmal nach zwei stolzen Stunden auf dem Laufband. Es folgten verschiedene Übungen, die anstrengender waren, als sie es erwartet hatte: der Berg, das Boot, die

halbe Heuschrecke, der nach unten schauende Hund und noch weitere Tiere mit erstaunlichen Fähigkeiten sich zu verbiegen. Die Yogalehrerin machte die Übungen vor, ging dann durch die Reihen und korrigierte hier und da die Haltungen. Nach einer guten Stunde, folgte zum Abschluss eine weitere Entspannungsübung. Gerade als sich Lissi völlig friedlich fühlte, tief atmete und das neuerliche Gefühl der Ruhe genoss, dröhnte von einer der Matten im Raum ein lautes *Pffp*. Gefolgt von einem betörenden Duft nach faulen Eiern. Kurz darauf noch einmal. Lissi war sofort hellwach, schlug die Augen auf und dachte: *Nein. Also ich lege mich nicht jede Woche in einen Raum voller Stricksockenträger, die vor lauter Entspannung auch noch durch die Hose atmen!* Gleichzeitig biss sie sich auf die Lippe, um ein Lachen zu unterdrücken. Das Geräusch war verdächtig aus der Ecke des männlichen Teilnehmers gekommen. Sie beendete die Stunde, ohne zurück in die Entspannung zu finden.

Später am Telefon erzählte sie Charlie von ihrer ersten Yoga-Erfahrung. Die beiden kreischten vor Lachen und waren sich einig, dass das typisch Mann war. Keine Kontrolle über die unteren Atemwege. Aber Charlotte munterte Lissi auf, weiterzumachen:

»Das tut Dir sicher gut! Lass Dich doch nicht von ein paar Grünkern-Püpsen in die Flucht schlagen!«

Woraufhin sie in erneutes Gelächter ausbrachen. Die beiden vereinbarten, den Kurs künftig gemeinsam zu besuchen und freuten sich darauf. Denn so hatten sie zwei feste Sportverabredungen pro Woche.

Ihr Fitnesstraining hielt Lissi stetig und zielgerichtet ein. Selbst wenn Charlie einmal kurzfristig absagte, nahm sie es nicht übel und ging einfach alleine zum Sport. Diszipliniert. Ganz wie im Job. Nach kurzer Zeit beglückten Lissi nicht nur die regelmäßigen Trainings- und Yogastunden, in denen sie nach ein wenig Übung, so schnell kein falscher Ton mehr aus der Entspannung brachte. Sondern auch die Waage entwickelte sich lang-

Experiment 1: Erst der Arsch, dann das Vergnügen

sam zu einem Freund. Sie zeigte bereits 71 kg an. Das Ziel rückte in greifbare Nähe. Als Lissi nach wenigen Wochen wieder einmal prüfend ihre Schenkel unter die Lupe nahm, stellte sie wohlwollend fest, dass sie deutlich schmäler geworden waren. Sie drehte sich immer wieder und betrachtete sich von allen Seiten eingehend. Selbst das helle Sonnenlicht das durch das Fenster fiel, entblößte keine ungeliebten Stellen mehr, die lieber im Dunkeln hätten bleiben sollen. Und ihre Schenkel fühlten sich fester und trainierter an. Ebenso ihr Hintern. Sie hatte richtig Muskeln bekommen. Das hatte sie vorher noch nie. Das wöchentliche Schwitzen, Verbiegen und Atmen hatte sich gelohnt. Sie fühlte sich großartig in ihrer Haut. Voller Energie und Arbeitslust. Sie hatte sich in den letzten Wochen so auf ihr Wohlbefinden durch Sport und Ernährung konzentriert, dass sie nicht nur ihr physisches Herz, sondern auch ihr psychisches Herz mittrainiert hatte. Denn sie fühlte sich nicht nur energiegeladen und gesund. Da war noch etwas Anderes. Etwas Neues. Sie fühlte sich ausgeglichen. Und weicher. Die angestaute Spannung war verflogen. Einfach weggeschwitzt. Mittlerweile gestand sie auch der Yogagruppe, wenn sie müde oder gestresst war. Und das hatte sie vorher nicht einmal vor sich selbst zugeben wollen. Lissi hörte auf ihre Schenkel zu kneten und blickte zufrieden in den Spiegel. Sie drehte und wendete sich, um sich von allen Seiten betrachten zu können. Sie hatte jeden Tag zu einem Montag gemacht und war konsequent geblieben. Sie war stolz auf sich. Und die nun häufigen Komplimente von Freunden und Kollegen, trugen massiv zu ihrem Wohlgefühl bei. Ihr war durchaus aufgefallen, dass ihr die Männer in letzter Zeit häufiger hinterhersahen. Aber außer einiger Flirts im Fitnessstudio hatte sich nichts ergeben. Nicht einmal eine Einladung zum Kaffee trinken. Dabei hatte sie immer eine offene und aufmunternde Miene aufgesetzt. Wenn sie auf dem Laufband nicht gerade Sternchen gesehen oder um ihr Leben gekämpft hatte. Im Yogakurs war die Anzahl der männlichen Teilnehmer nicht gestiegen. Und diejenigen die dabei waren, kamen

Experiment 1: Erst der Arsch, dann das Vergnügen

über den Öko-Status nicht hinaus. Sicher war Lissi enttäuscht, dass dieses erste Experiment nicht zum Erfolg geführt hatte. Aber es hatte sich trotzdem gelohnt, denn sie fühlte sich großartig. Lissi lächelte in ihr Spiegelbild, zog sich an und ging hinüber in ihr Arbeitszimmer. Sie beugte sich über den Schreibtisch und zog ihr geblümtes Notizbuch heran. In diesem hatte sie in den letzten Wochen auch eine lange Tabelle über ihr tägliches Gewicht, sowie ihre Sporteinheiten geführt. Sie notierte:

Bilanz Experiment 1: Tu' deinem Körper Gutes, damit deine Seele Lust hat, darin zu wohnen (Theresa von Avila).

Experiment 2: Der Cyber-Space ist härter als die Realität

Nachdem die Maßnahmen zur physischen Optimierung eingeleitet waren und sich die ersten Erfolge auf der Waage einstellten, fühlte sich Lissi gewappnet, den zweiten Schritt zur aktiven Partnersuche zu gehen. An einem dunkel bewölkten Sonntag saß sie auf dem Sofa und betrachtete noch einmal die Liste *Wie sich Paare finden* in ihrem Notizbuch: Freundeskreis, Kneipe, Arbeitsplatz, Hobby, Online-Singlebörse oder einfach auf der Straße. Sie überlegte, was sie als nächstes tun sollte, um der Liebe auf die Sprünge zu helfen. Da sich bei den vorderen Plätzen der Liste in den letzten Jahren nichts Brauchbares ergeben hatte, würde sie es nun am besten über ein Online-Singleportal versuchen. Außerdem war sie zeitlich durch ihren Job immer stark eingespannt. Das schien ihr also der schnellste, effizienteste und bequemste Weg zu sein. Machte das heutzutage nicht jeder so? Sie lief in ihr Arbeitszimmer, setzte sich an den Laptop und verschaffte sich online einen Überblick. Das Angebot war enorm. Lissi klickte sich bei Kaffee und einem klitzekleinen Stück Obstkuchen durch zahlreiche Seiten, las Kundenmeinungen, thematische Schwerpunkte und Gebührentabellen. *Du meine Güte! Das ist ja ein Millionengeschäft. Ich hatte keine Ahnung, dass es so viele gibt*, dachte sie erstaunt und stützte den Kopf in die Hände. Es gab einige, die klassisch mit der Liebe warben und einen gepfefferten Monatsbetrag verlangten. Andere stellten das Flirten und den Spaß in den Vordergrund. Bis hin zu verrückten Auswüchsen, bei denen die gewünschten Männer als Online-Ware in einen Einkaufskorb gelegt werden konnten. Ein wenig entwürdigend vielleicht. Wobei die Vorstellung des geshoppten Manns, durchaus verlockend war. Andersherum würde sicher sofort ein Diskriminierungsaufschrei durch die Medien gehen und die Feministinnen würden aus Protest wütende Bücher schreiben. Wieder andere Portale boten die deutliche Möglichkeit, sich für unverbindlichen Sex zu treffen. *Darauf komme ich vielleicht später noch zurück.* Wenn *es mit den anderen nicht klappt*, grinste Lissi in sich hinein, während sie die letzten Krümel des Kuchens mit dem Finger auflas. Wenn das Stück schon so klein war, durfte nichts verloren gehen. Nach einigen Stunden Recherche entschied sie, zwei der kostenpflichtigen Börsen in einer Probemitgliedschaft zu testen. Schließlich konnte man doch davon ausgehen, dass wenn jemand so viel Geld pro Monat bezahlte, es auch ernst meinte mit der Partnersuche. Also dopte sie sich mit einer weiteren großen Tasse Kaffee, füllte seitenweise Persönlichkeitstests aus, formulierte flotte Sprüche über sich selbst, um nach einer gefühlten Ewigkeit, endlich ihre ersten Partnervorschläge zu erhalten. Nach wenigen Minuten hatte sie schon die ersten Besucher auf ihrem Profil. Und auch die ersten Nachrichten. Lissi war plötzlich ein wenig aufgeregt und ihr Herz klopfte. Schließlich könnten dies bereits die ersten Nachrichten ihres Traumpartners sein. Neugierig las sie die Mitteilungen und begann großzügig die ersten Kontakte zu knüpfen, indem sie jede Mail beantwortete.

In den folgenden Tagen gehörten die virtuellen Konversationen fest zu ihrem Tagesablauf. Bislang hatte es höchstens Facebook geschafft, einen permanenten Drang zum Überprüfen der Benachrichtigungen zu erzeugen. Hier und da entstand ein kleiner Flirt oder auch ein stärkeres Interesse. Lissi fühlte sich geschmeichelt von so viel Aufmerksamkeit. Allerdings gab es auch verstörende Erlebnisse. Sie saß bei Rotwein und Tapas in Tobis Wohnküche und erzählte:

»Tobi, das glaubst Du nicht! Da schreibe ich ein paar Mal mit einem ganz interessanten Typen hin und her. Er schaltet sein Foto frei und er sieht wirklich gut aus. Ich gebe mein Foto frei und plötzlich bekomme ich eine standardisierte Absage *Liebes Mitglied, das Mitglied hat kein weiteres Interesse an einem Kennenlernen. Sie können keinen weiteren Kontakt aufnehmen!* Und das passiert mir nicht nur einmal!«

Lissi blickte ihren Freund über den Tisch hinweg mit großen Augen an. Darauf eine gefüllte Tomate, die sie sich fast vollständig in den Mund stopfte. Er fing an zu lachen.

»Was? Das gibt's doch nicht!«

»Doch, glaub es mir! Es gibt da so einen Absage-Button mit dem man aus der Konversation aussteigen kann und dann wird diese Standard-Nachricht von dem Portal verschickt.«

Sie waren beide der Meinung, dass dies eine guillotinenartige und unhöfliche Vorgehensweise war. Man könnte zumindest ein paar persönliche Worte vorausschicken, bevor man den Kontakt beendete. Zeit, die sich bei dem Druck der Partnersuche offenbar keiner nahm. Die Anonymität des Internets erlaubte diese Unhöflichkeit. Aber vor allem war Lissi ziemlich gekränkt. Aufgrund eines Fotos oder ihres Äußeren war sie noch nie abserviert worden. Zumindest nicht wissentlich. Wie mussten wohl die anderen Frauen aussehen, die online zur Auswahl standen? Andererseits hatte sie den Absage-Button auch einige Male angeklickt. Ja, anklicken müssen. Förmlich aus Selbstschutz. Zum einen war es ein massiver Fehler des Portals, dass sie von Männern angeschrieben werden konnte, die sie qua ihrer Einstellungen eigentlich ausgeschlossen hatte. Denn 300 Kilometer entfernte oder zwanzig Jahre ältere Kandidaten wollte sie nicht. Zum anderen bekam sie teils haarsträubende Nachrichten. Sie loggte sich auf Tobis Laptop ein und las eine Nachricht vor, um ihm zu beweisen, dass sie sich das Folgende nicht ausdachte. Nicht ohne sich zuvor mit einer weiteren gefüllten Tomate zu stärken. Ein Interessent hatte ihr geschrieben:

Guten Tag! Gerne würde ich Dich mit Deinem Namen anschreiben, weil ich das höflicher finde. Leider weiß ich den aber nicht. Trotzdem sende ich Dir eine Nachricht und hoffe, dass ich Dich für mich interessieren kann. Aufgrund meiner Erziehung möchte ich Dir jetzt ein wenig von mir erzählen, wobei ich natürlich noch nicht alles schreibe, weil wir sonst eventuell kaum noch etwas übereinander in Erfahrung bringen können.

Mein Name ist Andreas, wobei ich Dir gerne anbiete, mich Andi zu nennen. Aufgewachsen bin ich in der Nähe der österreichischen Grenze und inzwischen wohne ich auch wieder dort. Mein Stiefvater stammt aus Österreich, weshalb wir oftmals in Österreich waren, was aber meinen Geschwistern und mir nicht immer gefallen hat, weil natürlich die Gespräche der Erwachsenen für uns nicht so interessant waren. Wie bereits erwähnt, habe ich Geschwister nämlich eine Schwester und einen Bruder. Meinen Lebensunterhalt verdiene ich durch die Arbeit für eine Versicherung. Ich bin dort in der IT-Abteilung beschäftigt. So hierbei belasse ich es erst einmal und hoffe, dass ich Dich nicht gelangweilt habe, sondern Interesse erwecken konnte. Gruß, Andi.

Wieder blickte sie Tobi mit ungläubigen Augen an. Der konnte sich vor Lachen kaum noch halten.

»Ok, Süße. Drück sofort auf den Absage-Knopf. Meinen Segen hast Du! Unhöflich hin oder her.«

Das tat Lissi lachend und loggte sich anschließend aus. Sie amüsierten sich noch den gesamten Abend über allerlei merkwürdige Kontakte. Da war noch einer gewesen, der in seiner ersten Nachricht sofort ein Treffen forderte, um die Schreiberei abzukürzen, denn dafür hätte er als Anwalt keine Zeit. Wieder ein anderer hatte ganz unverblümt gefragt, ob sie auch für *extreme dirty games* zu haben wäre. Genauer wäre er gerne ihre Toilette. Denn ohne diese Bereitschaft wären für ihn keine Beziehung und keine Liebe denkbar. Lissi konnte es nicht fassen, was sie da las. Sie hatte sich doch in den richtigen Portalen angemeldet? Zumindest konnte sie ihre Freunde mit Geschichten ihrer erfolglosen Online-Suche erheitern.

Sie vereinbarte in den folgenden Wochen dennoch drei Dates, die sich aber allesamt als Flop erwiesen. Keiner entpuppte sich als so unterhaltsam, wie es die vorangegangenen Mails hätten vermuten lassen. Und keiner sah in natura so aus wie auf dem Foto. Einer der Drei, hatte einen solch starken niederbayerischen Akzent, dass Lissi nur freundlich hatte lächeln und nicken können. Sie verstand kein Wort von dem, was er sagte.

Und sie erzählte selbst betont langsam und deutlich allerhand Dinge, die üblicherweise bei einem ersten Kennenlernen ausgetauscht wurden. In der Hoffnung, dass wenigsten er sie verstand, und sie per Zufallsprinzip eine seiner Fragen beantwortete.

Nach wenigen Wochen intensiver Nutzung der Portale, spürte Lissi nur noch Unlust, sich allabendlich einzuloggen, Nachrichten zu lesen, zu beantworten, zu telefonieren und sich weiter durch gesichtslose Profile zu klicken. Zudem schien eine Zeitverschiebung stattzufinden. Scrollen, klicken, absagen. Scrollen, klicken, absagen. Scrollen, klicken, absagen. Mit jedem Klick und jeder Absage, schien auch dieses Becken immer kleiner zu werden. Und je öfter sie selbst zudem Absagen kassierte, desto unruhiger wurde sie. Der Sand schien immer schneller zu rieseln. Ihre anfängliche Aufregung über die Nachrichten sowie ihre Hoffnung, auf diesem Weg einen passenden Partner zu finden, war verflogen. Es wirkte alles so abgeklärt, nüchtern und hart auf sie. Durch die scheinbar unendliche Zahl an möglichen Partnern waren die Suchenden leichtfertig bereit, Kontakte zu beenden und einfach zum Nächsten zu klicken. Der Absage-Button wurde fleißig gedrückt. *Da muss noch etwas Besseres kommen,* schienen viele zu denken. Lissi spürte diese Denkweise in sich selbst und fühlte sich nicht wohl damit. Es war ihr außerdem peinlich zuzugeben, dass sie über eine Onlinebörse ihr Glück versuchte. Es war immer noch ein Stigma, über diesen Weg seinen Partner zu finden. Als wären die, die es so probierten, im echten Leben Übriggebliebene – und das sicherlich aus guten Gründen. Lissi war durchaus nicht besonders gefühlsbetont veranlagt, aber sie wünschte sich dennoch magische Momente. Diesen gewissen ersten Augenblick. Eine romantische Kennenlern-Geschichte. Und ihr wurde immer deutlicher, dass sie zwar ein sehr strukturierter und pragmatischer Mensch war, sich das für sie aber nicht auf eine nüchterne Suche in einer Online-Singlebörse übertragen ließ. Eines Abends klickte sie also noch einige Male beherzt den Absage-Knopf, nicht ohne zuvor in persönlichen Nachrichten alles Gute zu wünschen, und kündigte ihre Mitgliedschaften. Danach hielt sie in ihrem geblümten Notizbuch fest:

Bilanz Experiment 2: Das Leben findet offline statt.

Experiment 3: Lissi und die sieben Dates

»Jetzt geht es an die nächste Variante! Neues Spiel, neues Glück!«, kündigte Lissi kurzatmig an.
Charlotte schmunzelte neben ihr auf dem Laufband, während sie sich den Schweiß aus dem Gesicht wischte. Ihre Wangen waren ganz rot von der Anstrengung. Dadurch schienen ihre strohblonden Haare noch stärker zu leuchten.
»Du ziehst das wirklich durch, oder?«, keuchte sie eher rhetorisch.
»Natürlich«, gab Lissi knapp zurück.
Das Piepen des Laufbandes mahnte sie, ihre Geschwindigkeit zu drosseln, damit sich der Puls wieder senken konnte. Das war durchaus ironisch, da sie sich doch in Gedanken gerade auf ihr erstes *Speed Dating* vorbereitete. Die Freundinnen brachten die letzten Minuten ihrer Trainingseinheit schweigend hinter sich. Sie brauchten ihre Puste fürs Laufen. Als die Geräte schließlich piepend das Ende der Schinderei verkündeten und die Bänder langsam ausliefen, klatschten sich Lissi und Charlotte stolz ab. Sie trainierten nun bereits seit zwei Monaten und waren mittlerweile ziemlich fit. Lissi hatte sich noch nie so sehr auf die Bikini-Saison gefreut.

Nach dem Duschen, saßen die beiden noch glücklich und erschöpft bei einer Apfelschorle im Café um die Ecke beisammen. Sie hatten sich ein schattiges Plätzchen gesucht, da sie vom Sport ohnehin noch glühten. Sie brauchten ausnahmsweise nicht noch die heiße Maisonne auf ihrer Haut.
»Also wie soll das heute Abend ablaufen?«, fragte Charlie gespannt und mit ihrem typischen Lächeln im Gesicht.
Lissi zuckte mit den Schultern und grinste breit.
»Naja. Man kommt an und bekommt erst einmal einen Begrüßungssekt zum Lockerwerden. Dann setzt man sich an einen kleinen Tisch und stellt sich mit einem vorher festgelegten Spitznamen vor. Mit dem habe ich mich auch online angemeldet. So kann man anonym bleiben

Experiment 3: Lissi und die sieben Dates

und muss nicht befürchten, nachher von einem Freak belästigt zu werden, wenn er Dich bei Facebook findet oder so etwas. Man hat pro Gespräch sieben Minuten Zeit und kann sich auf Kärtchen Notizen machen. Zu Hause loggst Du Dich mit Zugangsdaten ein und setzt bei allen Teilnehmern entsprechend Dein Kreuzchen, ob Du ihn näher kennen lernen möchtest oder nicht. Wenn sein *Ja*-Kreuzchen übereinstimmt, werden gegenseitig die Kontaktdaten freigeschaltet und man kann sich verabreden. So lautet zumindest die Beschreibung.«

Lissi nippte an ihrer Apfelschorle und rückte nun etwas verlegen den Bierdeckel zurecht.

»Ich hoffe, das wird keine peinliche Nummer… Einen Bekannten zu treffen wäre grauenvoll!«

Charlotte amüsierte sich begeistert und sprach ihr Mut zu:

»Es kann doch nichts passieren. Die kennen Deinen Namen nicht und wenn Dir keiner gefällt, klickst Du einfach bei allen *Nein* an. Und wenn Du jemals wieder einen auf der Straße triffst, sagst Du, dass er Dich sicher verwechselt.«

Sie überlegte kurz.

»Wenn ich Sebastian erkläre, dass es sich um reinen Begleitschutz für Dich handelt, hat er sicher nichts dagegen, wenn ich mitkomme.«

Lachend warf Lissi den Kopf in den Nacken.

»Ich werde nicht kneifen. Das schaffe ich schon alleine«, versicherte sie ihrer Freundin. Sie lachten.

»Aber was ziehe ich an?«

Die beiden spielten routiniert verschiedene Outfits durch. Immerhin kannten sie ihre jeweiligen Kleiderschränke nur zu gut. Nach verschiedenen Möglichkeiten, legten sie eine sportliche-schicke Kombination aus Jeans, Heels und einem schlichten Oberteil fest. Dazu ein heller Blazer und wenig Schmuck. Nicht zu sexy, nicht zu bieder, nicht zu geschäftlich. Genau richtig.

Experiment 3: Lissi und die sieben Dates

»Du kannst im Moment alles tragen. Du siehst super aus! Wenn Carsten Dich so sehen würde, würde er sich grün und blau ärgern, dass er Dich hat gehen lassen«, zwinkerte Charlie ihr zu. Lissi senkte den Blick und zwang sich zu einem Lächeln.

Erst gestern hatte sie an ihn gedacht. Und wie gerne sie ihm vorführen würde, wie sie aussah, wie stark sie sich fühlte und wie beherzt sie ihr Liebesleben nach der bitteren Enttäuschung mit ihm in die Hand nahm.

»Ich würde sagen: Siehst Du das hier, Schätzchen? Das ist Dir entgangen!«, gab sich Lissi überlegen und zeichnete mit den Zeigefingern ihre erschlankte Taille nach.

Charlotte kicherte und prostete ihr bestätigend mit der Apfelschorle zu. Dass Lissi nach all der Zeit immer noch an ihn dachte und gelegentlich davon träumte, dass es doch noch ein Happy End für sie geben würde, dürfte sie ihren Freunden nicht gestehen. Sie würden es nicht verstehen. Aber da sich Carsten seit der letzten Nachricht ohnehin nicht mehr gemeldet hatte, wusste Lissi auch, dass sie alles richtig gemacht hatte als sie den Kontaktversuch ignorierte. Wäre er ernsthaft an ihr als Mensch in seinem Leben interessiert, hätte er sich bemüht. Das wusste Lissi. Aber diese Erkenntnis war ohne einen Entschuldigungs-Filter nach wie vor genauso schmerzhaft, wie sie klar war. Doch an diesem Abend würde sie ihrem Glück eine neue Chance geben. Sogar sieben Mal.

Lissi fühlte sich wie eine Laborratte, so wie sie alle brav aufgereiht auf den Eröffnungspfiff warteten. Hoffentlich würde sie keinen Stromstoß bekommen, wenn sie am falschen Käsewürfelchen knabberte. Sie saß ihrem ersten Speed Date Partner gegenüber. In dem Outfit, das sie mit Charlotte besprochen hatte. Nur dass sie statt der Heels Ballerinas trug. Um keine kleineren Männer einzuschüchtern. Ihre Hände waren von der Aufregung kalt. Was weniger an dem Mann im gestreiften Hemd vor ihr im Besonderen, sondern eher an der Gesamtsituation im Allgemeinen lag.

Experiment 3: Lissi und die sieben Dates

Die Lage schien allen Teilnehmern etwas peinlich zu sein. Als würde man mit einer Bild-Zeitung unterm Arm erwischt werden. Der *Dating-Angel*, der die Veranstaltung leitete, läutete endlich das Glöckchen. Sofort brauste eine Geräuschkulisse auf, die davon zeugte, dass keiner der Anwesenden Zeit verlieren wollte. Lissi schaute auf und blickte ihrem Gegenüber das erste Mal prüfend ins Gesicht. Dieser stellte sich mit dem Nickname *Steinbock_M* vor. Er war groß und unter dem Streifenhemd mit reichlich Winterspeck ausgestattet. Er schwitzte stark, Hals und Gesicht waren vollständig mit hektischen roten Flecken übersät. Lissi bemerkte, dass sie wieder ihre betont offene und ermutigende Miene aufsetzte, während seiner langatmigen Erzählung über seine Ingenieurstätigkeit, den letzten Ausflug mit seiner Mutter und dem Urlaub in einem Single-Hotel.

»Hat auch nicht geklappt«, sagte er mit einem resignierten Schulterzucken.

»Offensichtlich«, dachte Lissi und konnte diesen Kommentar gerade noch hinter den Zähnen halten. Innerhalb von sieben Minuten, oder genauer dreieinhalb, langatmig zu erscheinen, war schon ein besonderes Talent. In Gedanken setzte sie das Häkchen bereits bei *Nein* und beschränkte sich während ihrer Vorstellungszeit auf unverfängliche Themen wie Urlaub oder das neue Restaurant, in dem sie neulich gewesen war. Mit dem Läuten des Glöckchens schien die Zeit wieder Normalgeschwindigkeit zu fahren. Lissi nahm einen kräftigen Zug Merlot, wünschte *Steinbock_M* noch viel Spaß und dachte:

»Na, das ging ja gut los...«

Die Männer wechselten zum nächsten Platz und schon saß ihr der Kandidat mit dem Nickname *HerrXYZ* gegenüber. Sein Kleidungsstil war eindeutig den Achtzigern zuzuordnen. Selbstbewusst blickte er sie an und wartete darauf, dass sie zu erzählen begann. Sie räusperte sich kurz und berichtete von ihrem Beruf als Projektleiterin, dass sie gerne Zeit mit ihren Freunden verbrachte und gerne kochte.

Experiment 3: Lissi und die sieben Dates

»Hörst Du Musik?«, fragte er knapp als hätte sie den Rest gar nicht erwähnt.

»Nichts Bestimmtes. Es muss gute Laune machen, das ist die Hauptsache«, gab sie mit einem Lächeln zurück.

»Was ist mit Depeche Mode?«

Daher also der Hauch der Achtziger.

»Mmh. Naja. Das ist mir irgendwie zu düster und zu depressiv.« Doch damit hatte sie ihn offenbar tief getroffen. Er schnaubte verächtlich und erwiderte kühl:

»Dann musst Du auch mal auf den Text hören, Sonnenschein.« Dann blickte er zur Seite und gab deutlich zu verstehen, dass das Gespräch für ihn beendet sei. Irritiert blickte sich Lissi um. Die übrigen Paare waren eifrig in ihre streng gekürzten Gespräche vertieft. Sie nippte am Merlot und startete noch einen Versuch, in dem sie nach seinen übrigen Interessen fragte. Er betonte, dass er sich neben seinem Job als Elektriker ausschließlich für die Musik der Achtziger interessiere. Insbesondere Depeche Mode. Die Glocke der Erlösung läutete. Ohne ein weiteres Wort, stand *HerrXYZ* auf und wechselte zu Lissis Nachbarin. Sie atmete tief durch und nahm noch einen Schluck Merlot. Es folgten ein kroatischer Vater von vier Kindern, ein überheblicher Augenarzt, der immer wieder betonte, dass auch er Menschleben rette, sowie ein Kandidat mit solch kräftigem Zahnbelag, dass Lissi dem Gespräch kaum folgen konnte, sondern unentwegt auf seine Zähne starrte. Außerdem ein junger Uniabsolvent, der heftig mit ihr flirtete und ihr während des Gesprächs eindeutige Avancen machte.

»Du darfst mich gerne Volker nennen. Das mit den Codenamen ist mir zu sehr James Bond«, zwinkerte er ihr zu.

»Lissi«, gab sie mit einem Lächeln zurück.

Sie hatte den Verdacht, dass er *Speed Dating* mit *Speed Vögeling* verwechselt hatte. Volker war zu jung und unerfahren für Lissi. Doch er war auch

Experiment 3: Lissi und die sieben Dates

ziemlich süß mit seinen strubbeligen Haaren und seinen frechen Knopfaugen. Vielleicht würde sie ihr Häkchen bei *Ja* setzen. Das Glöckchen läutete die letzte Runde ein. Krachend wurde ein Bierkrug vor ihr auf den Tisch gedonnert. Ob nur die letzten Gespräche oder die letzte Jahre schlecht für ihn gelaufen waren, wusste Lissi nicht, aber offensichtlich hatte *Raffael69* erhöhten Zeitdruck.

»Seit wann bist Du Single?«, war seine erste Frage.

Verblüfft stotterte Lissi:

»Naja, wie man's nimmt... Die letzte Beziehung war nicht so richtig offiziell...«

Er fiel ihr sogleich ins Wort:

»Ich seit 2007 und das ist viel zu lang. Ich bin auch so ein Blöder, der für die Frauen alles macht und das wird gerne ausgenutzt. Naja. Hast Du Kinder? Ja? Nein, warum nicht?«

Lissi rutschte unruhig auf ihrem Stuhl hin und her und murmelte verlegen:

»Nein. Hat sich einfach noch nicht ergeben.«

Sie hatte das Gefühl in einem Kreuzverhör gelandet zu sein.

»Lange solltest Du aber nicht mehr warten, oder?«, polterte er unangenehm offen zurück.

»Ich bin 43 und ich habe zwei Kinder. Meine Tochter zieht gerade zu ihrem Freund, sie ist 22. Mein Sohn ist 24.«

Lissi starrte ihn an. Die zehn Jahre Altersunterschied zwischen ihnen beiden wären grundsätzlich kein Problem. Aber sie überschlug kurz, dass bei dieser Konstellation die Wahrscheinlichkeit größer war, Großmutter zu werden, als Mutter. Augenblicklich fühlte sie sich gar nicht mehr stark und sexy. Stattdessen spürte sie das Gefühl des übriggebliebenen Seins in sich aufsteigen. *Restebuffet. Zug abgefahren, Bahnhof geschlossen*, schoss es ihr durch den Kopf. Es war, als würde sie plötzlich neben sich stehen und die Szene im Lokal als Außenstehende betrachten. Großmutter. Tickte hier

irgendwo dröhnend laut ein Wecker oder bildete sie sich das ein? Ihr Gesprächspartner deutete ihr Schweigen falsch und lachte:
»Ja, beeindruckend, oder? Sieht man mir gar nicht an. Ich habe früh angefangen.«
Sie rang sich ein Lächeln ab und erfuhr in den nächsten Minuten noch, dass er abends gerne mal wieder kuscheln würde und in den nächsten Jahren nach Thailand auswandern möchte. Aber erst wenn das Haus abbezahlt sei und er es vermieten könne. Für die richtige Frau würde er seine Pläne aber auch wieder umkrempeln. Und ob Lissi schon einen Favoriten an diesem Abend hätte. Er schien darauf zu hoffen, dass Lissi ihm sagen würde, dass er derjenige war. Aber das tat sie nicht. Er sprang in den nächsten Minuten zwischen persönlichen und belanglosen Themen so schnell hin und her, dass Lissi daran dachte, dass es für ihn wahrscheinlich ein *Auf-Speed*-Dating war. Das Glöckchen läutete zum letzten Mal. Der hochmotivierte *Dating-Angel* forderte zum offenen Daten und lockeren Weiterquatschen an der Bar auf. Doch Lissi ignorierte es und verließ stattdessen als erste das Lokal.

Auf dem eiligen nach Hause-Weg telefonierte sie aufgekratzt mit Charlotte und Tobi, um wie versprochen, sogleich von ihren Erlebnissen zu berichten. Und von ihrer neuerlichen Option Großmutter zu werden. Sie übertrieb maßlos, um sich den Schock nicht anmerken zu lassen. Wieder hatte sie einige Fische aus dem klitzekleinen Becken abgefischt – und zurück in die Pfütze geworfen.

»Prinzessin, was würden wir nur ohne Dein chaotisches Liebesleben machen? Wir hätten gar nichts mehr zu lachen!«, sagte Tobi mit einem unüberhörbaren Grinsen.

»Schön, dass Euch das so erheitert«, gab Lissi zurück.

Er versicherte ihr zum unzähligen Male, dass für sie sicher noch alles gut werden würde. Und er wies darauf hin, dass in ihrer schrägen Dating- und

Experiment 3: Lissi und die sieben Dates

Männer-Sammlung eigentlich nur noch einer mit Tourette-Syndrom fehlte. Lissi lachte und versicherte, dass sie zumindest dieses Kapitel überspringen wolle. Tobis Einladung, noch auf einen Wein bei ihm und Frank vorbeizukommen, lehnte sie ausnahmsweise ab. Auch wenn sie von den Erlebnissen des *Speed Datings* ziemlich berauscht und albern war, zog sie es vor, den restlichen Abend alleine zu verbringen. Warum war sie nur so überdreht? Lag es an dem Glas Wein? Oder war es eine Kompensation ihrer Großmutter-Ängste?

Als Lissi später alleine zu Hause im Bett lag, dachte sie über die letzten Stunden nach. Sie schmunzelte immer noch und war stolz, dass sie sich getraut hatte teilzunehmen. Der Abend hatte ihr allerhand interessante Kontakterlebnisse gebracht. Alle in eine Stunde gequetscht. Auch wenn kein ernsthafter Kandidat dabei gewesen war, hatte es durchaus Spaß gemacht und war insgesamt sehr kurzweilig gewesen. Am nächsten Tag würde sie online sehen, ob einer der Teilnehmer an einem weiteren Kennenlernen interessiert war. Plötzlich zuckte sie bei dem Gedanken zusammen, dass vielleicht keiner der Männer ihren Namen mit *Ja* anklickte. Wie der Absage-Button. Und das würde durchaus ihren Stolz verletzen. Schließlich war sie eine der attraktivsten Frauen im Raum gewesen. Natürlich ganz objektiv betrachtet. Andererseits musste sie zugeben, dass sie selbst an keinem ernsthaft interessiert war. Und dass sie sich auf ein weiteres Treffen nur einlassen würde, um sich selbst zu beweisen, dass sie nicht eiskalt aussortierte, wie es ihr die einschlägigen Statistiken unterstellten. Und um nicht unhöflich zu sein. Dieser Volker war doch an sich ganz süß gewesen. Viel zu jung und unreif für sie. Aber süß. Und auch die anderen waren doch genauer betrachtet ganz nett gewesen, wenn man die verstörenden Punkte wie Zahnbelag oder vier Kinder, mal ausklammerte. Lissi rollte sich unter dem Rascheln der Bettdecke auf die Seite und grübelte mit geschlossenen Augen. Irgendwie war es genauso wie bei den

Experiment 3: Lissi und die sieben Dates

Online-Börsen gewesen. Durch das Gefühl einer scheinbar unbegrenzten Möglichkeit an potenziellen Partnern, war Lissi schnell bereit gewesen, die Kandidaten bei kleinsten Mängeln abzuhaken und auf den nächsten zu warten. Der ihr ja innerhalb der kommenden Minuten vorgesetzt würde. Oder beim nächsten Termin in vier Wochen. Oder beim Termin darauf. Genau genommen förderte das Format des *Speed Dating* sogar das sekundenschnelle Bewerten und Aussortieren von Menschen. Es fußte ja sogar auf dem Ansatz, dass man innerhalb weniger Minuten merke, ob man zusammen passte oder nicht. Näheres Kennenlernen überflüssig. Hinzu kam der Zeitdruck möglichst alles in sieben Minuten zu packen, so dass sich die ganze Veranstaltung sehr hektisch angefühlt hatte. Das war vermutlich der Grund für ihren überdrehten Gemütszustand nach der Veranstaltung gewesen. Und Hektik hatte Lissi von montags bis freitags wahrlich genug. Sie zog eine Zwischenbilanz: *Diese ganzen Verkupplungs-Angebote brachten in der Summe mehr Verwirrung und eher eine Steigerung der eigenen Ansprüche, als einen tatsächlichen Hoffnungsschimmer.* Geschweige denn Erfolg. Aber so sehr sie sich auch anstrengte und sich bemühte über die merkwürdigen ersten Eindrücke hinwegzusehen: Es interessierte sie wirklich keiner der Männer. Da konnte sie machen, was sie wollte. Nach der Welle der Ausgelassenheit am Abend, fühlte sie nun Enttäuschung in sich aufsteigen. Das nächste erfolglose Experiment. Sie schnaufte und schlug die Augen wieder auf. Selbstverständlich hatte sie mit dem Bewusstsein an dem Event teilgenommen, dass die Wahrscheinlichkeit dort ihren Partner fürs Leben zu finden, vermutlich bei 1:140 Millionen lag. Sie hätte an diesem Samstag genauso gut einen Lottoschein ausfüllen können. Dennoch war sie insgeheim auch mit Hoffnung hingegangen. Schließlich bestand ja eine Chance. Lissi rollte sich wieder auf den Rücken und starrte hoch zur Decke, auf der das Licht der Straßenlaternen helle Muster zeichneten. Irgendwann musste es doch klappen. Wie viele Kontakte und Dates hatte sie schon allein während ihres Projekts gehabt? Besonders durch die

Experiment 3: Lissi und die sieben Dates

vorangegangene Flut der Onlineportale, schätzte sie auf Tausend. Kaum übertrieben. Sie dachte zurück an die Gespräche, die sie mit Charlotte und Tobi gehabt hatte. Und zu den Gedanken über ihre Wunschbeziehung. Ihr dämmerte, dass das *Speed Dating* für sie ein Rückschritt gewesen war. War sie nicht schon über den Punkt hinaus gewesen? Über den Punkt des Drucks und des Forderns? Über den Punkt des vorschnellen Bewertens? Als sie vor Wochen in ihrem geblümten Notizbuch niedergeschrieben hatte, was sie als Person im Kern ausmachte? Warum sie eine Beziehung wollte und was sie sich von einem Mann wünschte? Sie hatte doch ruhig und besonnen suchen wollen. Und sich nicht wieder in Situationen der Enttäuschung bringen wollen. Der vergangene Abend war eine rote Warnleuchte gewesen: Sie fuhr wieder zu schnell. Sie ließ sich vom Zeit- und Erfolgsdruck treiben. Lissi knipste noch einmal die Lampe an. Sie schwang sich mit ihrem gestreiften Pyjama aus dem gemütlichen Bett und ging in ihr Arbeitszimmer. Sie startete ihren Laptop, loggte sich beim *Speed Dating*-Portal ein und setzte alle Kreuzchen konsequent bei Nein. So würde sie nie erfahren, was die anderen entschieden und würde nicht in Versuchung geraten, aus reinem Zeitdruck heraus, jemanden noch einmal zu daten, den sie in Wahrheit gar nicht kennen lernen wollte. Sondern den sie sich unterm verschwitzten Streifenhemd als unterhaltsam und interessant fantasierte. Dass sie vielleicht jemanden enttäuschte, der genauso wie sie, auf ein wenig Bestätigung und das große Glück hoffte, tat ihr leid. Aber sie musste einen Gang runter schalten und sich selbst vor ihrer Eile schützen. Dann notierte sie in ihrem Projektbuch:

Bilanz Experiment 3: Runter vom Gas. Und an die Geschwindigkeitsregeln halten.

Experiment 4: Dem Frosch einen Teich bauen

Das Grün der Bäume war so satt und grell, wie es nur im späten Frühling sein konnte. Lissi schlenderte mit Charlotte durch den sonnigen Stadtpark, um einen Platz für ihr gemeinsames Picknick zu suchen. Natürlich hielt sie dabei ein Auge auf dem Rasen und ein Auge auf den umherlaufenden Männern. Den meisten folgten allerdings Frau, Kind und Hund. Vor allem die Hunde waren ein Problem. Lissi konnte sie einfach nicht leiden. Wieder nix. Was sie mittlerweile beinahe routiniert zur Kenntnis nahm. Charlie erzählte, während sie die Decke ausbreitete und die Tupperboxen arrangierte, von einer wahnsinnig romantischen Überraschung, die ihr Freund Sebastian vor wenigen Tagen vorbereitet hatte. Er hatte den Balkon mit zahlreichen Kerzen und einem großen Strauß Blumen dekoriert. Er hatte gekocht, Charlottes Lieblingsmusik lief im Hintergrund und als sie spät am Abend von einem Kundentermin in München nach Hause gekommen war, genossen sie die Zeit zu zweit. Einfach nur so. Ohne besonderen Anlass. Lissi spürte den obligatorischen Stich im Herzen. Wieder wurde ihr klar, wie sehr sie sich einen Partner wünschte. Ihre ersten handfesten Experimente, einen Mann fürs Leben zu finden, hatten in den letzten zwei Monaten zwar einen knackigen Hintern und einige unterhaltsame Momente gebracht, doch die große Nuss war noch nicht geknackt. Sicher hatte Lissi durch Sport und Yoga zu einer gewissen Ausgeglichenheit gefunden. Auch, dass sie sich zu Beginn ihrer Pläne einmal mit sich selbst beschäftigt hatte, war eine bereichernde Erfahrung gewesen. Und vor allem die letzten beiden Experimente, hatten ihr das Gefühl gegeben, das Schicksal in die Hand zu nehmen. Statt einfach nur zu warten. Ganz wie sie es ursprünglich geplant hatte. Doch wenn sie ehrlich war, versuchte sie sich selbst auszutricksen. Ganz heimlich hatte sie gehofft, nicht mehr als ein oder zwei Experimente zu brauchen, bis der Richtige vor ihr stand. Und vor allem, dass es doch abseits dieser

Verkupplungs-Pfade passieren würde, die ihr in Wahrheit eher peinlich waren. Da nun schon drei Experimente nicht zum Ziel geführt hatten, stiegen Ungeduld und Frustration. Natürlich hatte sie erst vor zwei Wochen nach dem *Speed Dating* entschieden, ein wenig auf die Bremse zu treten. Aber die im Yogakurs antrainierte Ruhe, atmete lediglich die brodelnde Panik beiseite. Sie wollte nicht länger alleine sein und suchen. Sie wollte auch Kerzen auf dem Balkon. Und allem voran einen Mann, der sie dort hinstellte. Sie fragte sich, ob ihre Vorgehensweise richtig war. Und ob sie zum Ziel führen würde. Oder ob das alles nur eine riesige Verschwendung von Zeit und Energie war. Und am Ende doch alles ganz anders kommen würde als geplant. Dass sie mittlerweile am Erfolg ihres eigenen Projektes zweifelte, wollte sie allerdings auch nicht zugeben. Stattdessen seufzte Lissi schmachtend und versicherte ihrer Freundin, dass sie mit Sebastian einen absoluten Volltreffer gelandet hatte. Und dass Charlie sicher die glücklichste Frau auf der Welt sein musste. Charlotte strahlte und reichte Lissi die Box mit geschnittenen Früchten. Diese tauschte Lissi gegen ein Stück Käsekuchen. Immerhin mit eingebackenen Himbeeren. Früchte fürs gute Gewissen. Sie war in den letzten Tagen rückfällig geworden. Wachsende Schwermut war nur mit Süßem einzudämmen. Dennoch konnte sich Lissi stolz in ihrem knallroten Bikini präsentieren. Die intensive Sonne der letzten Wochen, hatte sie bereits braun werden lassen. Und sie genoss die warmen Strahlen auf ihrer Haut in vollen Zügen. Wohingegen Charlotte kalkweiß wie sie war, nahezu in der Sonne leuchtete und sich mit Lichtschutzfaktor fünfzig einschmierte.

»An Deiner Stelle würde ich das nicht tun. Mit dem Duft der Sonnencreme und Deiner Hautfarbe, halten Dich die Bienen sicher gleich für ein überdimensionales Gänseblümchen«, neckte Lissi sie lachend. Charlie lachte laut zurück und cremte unbeirrt weiter. Kurz darauf lagen die beiden faul auf der Decke und hingen ihren jeweiligen Gedanken nach. Das Kreischen der Kinder, das gelegentliche Bellen eines Hundes, das

Experiment 4: Dem Frosch einen Teich bauen

ferne Hupen von Autos und das Rufen der fußballspielenden Halbstarken, bildeten die typische Geräuschkulisse eines Stadtparks an einem sonnigen Sonntag. Träge öffnete Lissi hin und wieder die Augen und beobachtete die anderen Parkbesucher.

Nachdem sie eine ganze Weile so dagelegen hatte, fühlte Lissi wieder die Ruhelosigkeit in sich. Sollte sie sich nicht lieber um ihr Projekt kümmern, statt einfach nur so herumzuliegen? Schließlich kramte sie das geblümte Notizbuch aus ihrer Tasche hervor und begann darin zu blättern.

»Was soll ich nur als nächstes machen?«, fragte sie gedehnt und mehr zu sich selbst. Sie müsste irgendetwas tun. Sie konnte nicht einfach die Geschwindigkeit ihres Projektes drosseln und erneut der Dinge harren, die da kommen mochten. Es ließ sie nicht los. Bloß abwarten gelang ihr nicht. Rumsitzen war einfach nicht ihre Stärke. Charlotte blinzelte zu ihr rüber und erkannte das Buch, das zu Lissis ständigem Begleiter geworden war.

»Du solltest gar nichts tun«, antwortete sie und schloss wieder die Augen.

Lissi schnaufte. Das war im Prinzip genau das, was sie sich wünschte. Gar nichts tun und sich finden lassen. Aber sie wollte das Schicksal nicht wieder aus der Hand geben. Das Risiko war ihr zu hoch. Sie war unruhig. Zudem ungeduldig, und dem Universum gegenüber hochgradig misstrauisch.

»Oder Du solltest aufräumen«, schlug Charlie nach einer Denkpause vor.

»Von sieben Tagen in der Woche. Wie viele sind bei Dir verplant?«, fragte sie.

»Acht. Das weißt Du doch«, gab Lissi prompt zurück und lachte.

»Warum fragst Du?«

Experiment 4: Dem Frosch einen Teich bauen

Das überdimensionale Gänseblümchen verscheuchte eine Biene mit der Hand und setzte sich auf.

»Genau. Und wann hast Du Zeit für Deinen Mann? Theoretisch. Wenn Du einen hättest?«

Lissi blickte sie verdutzt an.

»Naja, wenn ich einen hätte, dann würde ich auch Zeitfenster für ihn schaffen. Ist doch logisch.«

Charlie runzelte die Stirn.

»Und was würdest Du von heute auf morgen streichen? Die Überstunden an drei Abenden die Woche? Drei Mal pro Woche Sport? Die Verabredungen mit uns, Deinen Freunden zum Essen und Chillen? Deinen Wellness-Abend? Den Abend mit Deiner Lieblingsserie?«

Verwirrt fragte Lissi:

»Ich weiß nicht, auf was Du hinaus willst? Ja, ich habe viel zu tun und gestalte mein Leben abwechslungsreich. Aber was hat das mit meinem Missgeschick in Sachen Liebe zu tun? Und überhaupt: Das trifft doch im Prinzip auf alle Singles und Berufstätigen zu. Und dann schaffen sie Platz, wenn ein Partner da ist. Oder nicht?«

Charlotte gab zu bedenken, dass Lissis Lebenskonzept durchaus etwas größer und ehrgeiziger angelegt war, als bei anderen Menschen. Und dass sie auch nicht der Typ war, der all zu leicht von seinen Plänen und Meinungen abrückte. Lissi biss krachend in ein Stück Apfel und dachte nach.

»Du meinst…ich habe in meinem Leben gar keinen Platz für eine Beziehung?«, fragte sie schließlich zögerlich, als ihr dämmerte was ihre Freundin andeutete.

»Und Du meinst, ich bin auch nicht bereit diesen zu schaffen?«

Charlotte nickte und schaute ihr fest in die Augen. Lissi holte Luft und setzte zu einem entschiedenen *Ja, aber* an, doch sie hielt es zurück. Stattdessen atmete sie schnaubend aus. Denn sie musste zugeben, dass sie bei der Vorstellung, ihre geliebten Gewohnheiten und Pläne umstellen zu müssen, einen deutlichen Widerstand in sich spürte. Den Sport zu streichen, käme ihr gar nicht in den Sinn. Sie war doch gerade erst in Form gekommen. Das regelmäßige Kochen mit ihren Freunden war ein fester Anker, den sie sicher nicht lichten würde. Und gegen die Überstunden konnte sie kaum was machen.

»Aber mein Freund könnte doch bei all dem mitmachen?«, fragte sie hoffnungsvoll.

Woraufhin Charlotte nur lächelte und die Augenbrauen hoch zog.

»Und das möchtest Du? Dass er immer und überall dabei ist? Und er streicht dafür all seine eigenen liebgewonnen Gewohnheiten? Seine Freunde? Seine Hobbys?«

Laut knackend biss Lissi in ein weiteres Stück Apfel und überlegte kauend. Ihr Blick blieb auf einem Großvater und seinem Enkel haften, die zusammen in aller Seelenruhe durch den Park schlenderten und allerlei Blumen, Stöckchen und Steine untersuchten, die der Kleine wackelig aufhob. So betrachtet hatte Charlie Recht, denn sie hatte gar keine Zeit für eine Beziehung. So wie sie ihr Leben führte. Aber was sollte sie denn stattdessen tun? Sie musste doch ihre Zeit irgendwie sinnvoll füllen, bis ein passender Partner da war.

»Also? Was soll ich als nächstes tun? Was schlägst Du vor?«, forderte Lissi heraus.

»Und zieh Dir mal lieber was über, bevor Du zu einer Pommes rot-weiß wirst. Wie kann man nur so weiß sein?«

Glucksend streifte sich Charlotte ihr Baumwollkleid über und sagte wie selbstverständlich:

»Ganz einfach. Mach erst einmal Platz in Deinem Leben. Dann wirst Du schon automatisch einen Partner anziehen, wenn Du so weit bist. Räum auf und lass Dir Zeit.«

Experiment 4: Dem Frosch einen Teich bauen

Auf einem weiteren Stück Apfel kauend, überlegte Lissi. Es schien an der Zeit, sich mit den weicheren Themen der Partneranziehung auseinander zu setzen. Bevor ihre unterdrückte Anspannung zu einem Vulkan würde. Lissi lächelte Charlotte dankbar an. Dass diese herzliche kleine Person es immer wieder schaffte, ihre Überlegungen in eine neue Richtung zu lenken.

»So, und jetzt noch eine Neuigkeit aus dem Büro«, leitete Lissi ein.
Während sie sich genüsslich Weintraube für Weintraube in den Mund schaufelte, erzählte sie von der überflüssigen Entscheidung ihres Chefs, ihr einen Praktikanten an die Seite zu stellen. Er solle angeblich von ihrer guten Arbeit lernen und sie solle entlastet werden. Lissi stöhnte. Sie hatte keine große Lust darauf, den Babysitter für einen milchbärtigen Studenten zu spielen. Sie arbeitete ohnehin sehr gerne alleine und hielt die Fäden selbst in der Hand. So hatte sie den Überblick, die Kontrolle über die Qualität der Arbeit und musste selten nachbessern. Die Vorstellung, ihre kostbare Zeit nun auch noch damit verschwenden zu müssen, detaillierte Arbeitsanweisungen zu formulieren, missfiel ihr ganz und gar.

»Aber das ist doch das perfekte Timing!«, sagte Charlie mit leuchtenden Augen.

»Wir haben gerade darüber gesprochen, dass Du mehr Platz und freie Zeitfenster in Deinem Leben vertragen könntest. Wenn der Frischling gut eingearbeitet ist, fallen vielleicht Deine Überstunden weg!«
Sie strahlte. Lissi schaute skeptisch.

»Ich fürchte eher, dass es mehr werden. Schließlich muss ich seine Arbeit erst erklären und dann kontrollieren.«
Sie seufzte. Warum zog sie nur diese Berge von Arbeit an.

»Wir werden sehen. Hoffentlich ist er kein vollkommener Trottel«, schloss Lissi mit einer Spur Bitterkeit.

Experiment 4: Dem Frosch einen Teich bauen

Die beiden Freundinnen teilten sich das restliche Obst und genossen weiterhin die Sonne, bevor sie sich am späten Nachmittag voneinander verabschiedeten.

Lissi stand im Türrahmen ihres lavendelfarbenen Schlafzimmers und freute sich mal wieder über den gelungenen Raum. Doch sie versuchte auch, ihn in einem anderen Kontext zu betrachten. Hatte sie wirklich keinen Platz in ihrem Leben für eine Beziehung? Und klappte es deswegen nicht mit der Liebe? Sie versuchte das Problem abermals von außen nach innen einzukesseln, so wie schon zu Beginn ihres Liebes-Projektes. Sie übte sich in der Imagination, Platz in ihrer Wohnung für einen Mann zu schaffen. Immerhin war es schon acht Jahre her, dass sie zuletzt mit einem Mann zusammen gewohnt hatte. Die Vorstellung, dass in ihrer stets aufgeräumten und so geschmackvoll eingerichteten Wohnung, schmutzige Socken und womöglich Unterhosen mit Bremsspuren herumlagen, tat Lissi beinahe körperlich weh. Sie musterte ihren begehbaren Kleiderschrank, in dem die Kleidung so ordentlich hing, wie in einer Boutique. Gedanklich schob sie die Bügel zusammen und schaffte Platz für karierte Hemden, ausgebeulte Jogginghosen und allerlei männliche Modesünden. Sie rückte ihre geliebten Schuhe zusammen und stellte sich ausgetretene Boots und Sneakers neben ihren Pumps vor. Ihr lief ein kalter Schauer über den Rücken. Sie ließ ihren Blick durch den eleganten Raum wandern. Dass ihre farblich bis ins Kleinste abgestimmte Dekoration von umherliegender Kleidung, Sportmagazinen, Musikinstrumenten, Filmplakaten oder einem geschmacklosen Geschirr in der Küche förmlich zerstört werden könnte, ertrug sie kaum. Es erdrückte sie. Und sie fühlte Widerstand in sich wachsen. Solle er, der fiktive Mann an ihrer Seite, doch froh sein, dass sie einen guten Geschmack besaß. Solle er doch einfach bei ihr einziehen und seine vermutlich hässlichen Sachen entsorgen. Solle er doch einfach ihren gut funktionierenden Lebensplan annehmen. Das wäre sicher das Beste und

Einfachste. Für beide. Lissi verschränkte die Arme vor stolz geschwellter Brust und wusste ihren natürlichen Lebensraum gerettet. Vorerst. Durch das gekippte Fenster wehte eine leichte Brise herein, welche die bodenlangen Vorhänge sachte schwingen ließen. Unten auf der Straße brüllte ein Kind herzzerreißend. Lissi hörte die ruhige säuselnde Stimme der Mutter, die versicherte, dass das alles gar nicht so schlimm sei und der Schmerz nach ein wenig Pusten vergehe. Es war, als würde jemand die Luft aus Lissi lassen. Ob sie selbst auch einmal in die Situation kommen würde, ihr Kind zu trösten und Pflaster aufzukleben? Diese Frage hatte sie in letzter Zeit immer häufiger beschäftigt. Wenn sie eine feste Beziehung ersehnte, würde sie sich unweigerlich näher mit dem Thema auseinandersetzen müssen. Insbesondere seit ihrem Gespräch mit Katharina über ihre tatsächlichen Wahlmöglichkeiten als Frau: Hausfrau, Mutter und Karrierefrau? War das mit ihren hohen Ansprüchen an alles was sie anpackte vereinbar, ohne daran zu zerbrechen? Und überhaupt, wo kamen neuerdings diese ganzen Kinder her? Aber bislang hatte sie es ja nicht einmal geschafft, eine ernsthafte stabile Beziehung zu führen. Da schien die Kinderplanung, von der sie nicht einmal sicher war, dass sie sie wollte, wie ein Gegacker um ungelegte Eier. Unbefruchtete ungelegte Eier. Lissi stand einfach nur da.

»Und wenn Du Dir eine Beziehung so leicht vorstellst und denkst, der Typ verbiegt sich oder sein Leben nach Deinen Wünschen und alles tanzt nach Deiner Pfeife, dann wird kein gesunder Mann bei Dir bleiben. Niemals. Egal wie hübsch und erfolgreich Du bist.«
Lissi zuckte unwillkürlich zusammen. Das waren vor einigen Wochen Tobis Worte gewesen, die ihr nun wieder durch den Kopf schossen. Und sie taten mehr weh, als das Bild eines hochgeklappten Klodeckels oder eines durchgeschwitzten Männershirts auf ihrem edlen Schlafzimmerparkett. Bei allen Befürchtungen stand eines fest: Sie wollte nicht alleine bleiben. Der Wind blähte die Vorhänge weit auf. Lissi fröstelte. Sie rieb

Experiment 4: Dem Frosch einen Teich bauen

sich sachte die Oberarme und zog die Schultern hoch. Wie konnte sie bei den Temperaturen Ende Mai nur plötzlich frieren. Sie ging in ihren Kleiderschrank und nahm sich einen breiten hellblauen Leinenschal, den sie sich um die Schultern legte. Lissi hatte eine stattliche Garderobe. Es müsste einiges aussortiert und umgeräumt werden, wenn hier jemand auch nur ein Drittel der Regale und Stangen für sich beanspruchen wollte. Das Gleiche galt für das Bücherregal, die CD- und DVD-Sammlung, die Küche und wahrscheinlich auch das Arbeitszimmer. Vielleicht konnte es sogar gar kein Arbeitszimmer bleiben, sondern müsste einem Musik-, Sport- oder Kinderzimmer weichen. Was, wenn er, dessen Name und Leben noch nicht bekannt war, eine Sammelleidenschaft hatte? Was, wenn er ein Kind mitbrachte? *Puh,* stöhnte Lissi laut und strich sich über die Stirn. Es gab auf einmal so viele *was, wenn,* die alle nicht mit ihrer akkuraten Einrichtung kompatibel waren. Wenn sie bei dem Gedanken an unpassende Gegenstände in ihrer Wohnung, einen Kälteschauer bekam, statt freudige Erwartung auf den Menschen zu dem sie gehörten, wie sollte sie dann Platz in ihrem Leben schaffen können? Wenn sie ihrem Partner kein Recht auf Mitgestaltung einräumte, würde er dann nicht ewig Gast in ihrer Wohnung sein? Wenn sie kein Herz für Männersocken hatte, wie könnte sie dann ein Herz für Männer haben? Wie könnte sie ihr Herz wirklich öffnen, wenn sie noch nicht bereit für das Öffnen ihres Kleiderschranks war? Ungelegte Eier, keine Frage. Aber sie wollten früher oder später ausgebrütet werden. Und dafür brauchte man ein geeignetes Nest. Lissi wäre nicht Lissi gewesen, wenn nicht unwillkürlich eine neuerliche Woge des Tatendrangs in ihr aufgebraust wäre, welche die Ängste wegspülte. Zumindest vorübergehend. Sie streckte den Rücken gerade und reckte das Kinn in die Höhe. Sie würde abermals die Ärmel hochkrempeln. Sie war eine Macherin. In allen Lebenslagen. Sie müsste flexibel werden. Und am besten sollte sie anfangen, dies zu trainieren, bevor der Hahn in den Korb wollte. Sie wollte vorbereitet sein. Bevor die Sache ernst wurde. So wie

Experiment 4: Dem Frosch einen Teich bauen

Charlotte es gesagt hatte. Sie wollte erst einmal Platz schaffen. Dann würde ihr Traummann automatisch kommen. Wer einen Frosch im Garten haben möchte, muss zunächst einen Teich bauen. Ganz einfach. Lissi warf den Schal künstlerisch um ihren Hals und ging in die Küche, um eine Flasche Wein zu entkorken. Mit einem gekühlten Glas Chardonnay in der Hand, wanderte sie durch ihre Wohnung und prüfte jeden Raum eingehend vom Türrahmen aus. Das sonnengelbe Arbeitszimmer, das edle Wohnzimmer in anthrazittönen, die Küche im französischen Landhausstil, das lavendelfarbene Schlafzimmer und das moderne Bad. Dazu ihre beiden Balkone und den schlichten langen Flur. Ihre Wohnung war geräumig und großzügig eingerichtet. Es war mehr als genug Platz für zwei Personen. Oder drei. Wenn sie ihn schuf. Und zuließ, dass er neu gestaltet wurde. Schöne Räume, schöne Gedanken. Sie nippte an ihrem Wein und stand einen Moment ruhig da. Dann warf sie den Schal über die Lehne eines Küchenstuhls und ging zurück ins Schlafzimmer. Hier würde sie anfangen.

Ziel des Abends war es, ein Drittel des riesigen Schrankes frei zu räumen. Das schien ein realistischer Platzbedarf für eine Männergarderobe zu sein. Sie trank sich noch einen Schluck Mut an, atmete tief durch und begann auszumisten, umzuschichten, neu zu sortieren. Zunächst vorsichtig und mit wehem Herzen. Vielleicht würde sie das Teil ja doch noch einmal tragen. Doch dann flogen beherzt Hosen, Blusen und Shirts auf einen Haufen neben dem Bett. Sogar Schuhe wurden ausgemistet. Paare, die schon immer gedrückt hatten, die nie zu irgendetwas zu passen schienen oder die über den Zenit waren. Lissi nahm jedes Kleidungsstück in die Hand, probierte es an und prüfte, ob sie sich darin noch wohl fühlte, ob es zwickte und ob es noch ihrem Stil entsprach. Anprobieren, prüfen, neu falten oder wegwerfen. Anprobieren, prüfen, neu falten oder wegwerfen. Anprobieren, prüfen, neu falten oder wegwerfen. Den ganzen Abend lang.

Experiment 4: Dem Frosch einen Teich bauen

Der Haufen wuchs und wuchs. Gegen Mitternacht reckte und streckte sie sich schließlich. Sie war müde und erschöpft, nach ihrem manischen Anfall. Aber auch glücklich. Das konsequente Ausmisten hatte etwas Befreiendes. Sie fühlte sich leicht. Wohlwollend ließ sie ihren Blick über die Regale, Stangen und offenen Schubladen wandern und nahm noch einen kräftigen Zug Chardonnay. Sie stemmte eine Hand in die Hüfte und betrachtete das Ergebnis. Überrascht und zufrieden stellte sie fest, dass sogar mehr als ein Drittel im Schrank frei geworden war.

»Hier kann er schon einmal einziehen«, dachte Lissi lächelnd. Sie stand noch einen Moment stolz da und stopfte anschließend sämtliche aussortierten Klamotten in große Müllsäcke. Gleich am nächsten Morgen sollten sie in den Altkleidercontainer wandern. Sicher waren einige Teile dabei, die sie noch gut hätte verkaufen können. Aber zum einen war es nicht ihr Ding, sich stundenlang an den Laptop zu setzen und Auktionen einzustellen und zu überwachen. Dafür hatte sie auch gar keine Zeit. Und zum anderen wollte sie sich davor schützen, ihre heldenhaften Entscheidungen bei jedem einzelnen Stück noch einmal überprüfen zu können. So stellte sie die Säcke an die Wohnungstür und machte sich bettfertig. Zum Abschluss des Tages bezog sie eine zweite Bettdecke und strich sie auf der stets freien Seite des Bettes glatt. Wenn sie schon einen Partner durch übersinnliche Kräfte und Energien anlocken wollte, dann sollte auch das Bett vorbereitet sein. Als sie später so da lag, ging sie in Gedanken die übrigen Räume ihrer Wohnung durch. Einen nach dem anderen würde sie ausmisten, umräumen und für einen möglichen Einzug ihres Traummannes vorbereiten. Ein spannendes Experiment. Diesmal würde es klappen, mit einem neuen Lebenspartner. Aber ihr letzter Gedanke gehörte Carsten, den sie sich auf dem Kopfkissen neben ihr vorstellte, bevor sie in einen tiefen und zufriedenen Schlaf sank.

Experiment 4: Dem Frosch einen Teich bauen

In den nächsten Wochen gestaltete sie ihre Wohnung um. Sie schaffte gezielt Freiräume, die neu gestaltet werden könnten. Natürlich nur nach Absprache. Aber je nachdem was ihr immer näher rückender Lebenspartner mitbringen würde. Nach und nach konnte sie sich mit dem Gedanken anfreunden, nicht mehr für jedes Teelicht die optimale Platzierung festzulegen. Schließlich wünschte sie sich doch einen Partner, der sein eigenes Leben führte. Und keine Marionette. Das wäre ihr auf Dauer ohnehin zu langweilig. Aber Lissi weitete dieses Experiment der Partneranziehung sogar noch aus. Aus Forschungszwecken. Und voller Hoffnung. Sie fühlte sich zunächst merkwürdig dabei, aber sie hielt sich konsequent drei Abende in der Woche frei. Die theoretisch für eine Zeit zu zweit zur Verfügung stehen würden. Sie strich eine Sporteinheit, eine Verabredung mit ihren Freunden und machte an einem Abend pünktlich Feierabend, egal wie ihr Schreibtisch aussah und wie sehr die Aufgaben drückten. Das Verblüffende war: Es geschah rein gar nichts. Die Welt brach nicht zusammen und es schien sogar niemandem aufzufallen, dass sie vorsichtig etwas kürzer trat. In einer Projektbesprechung mit ihrem Chef, hatte er eine Ausarbeitung bis zum nächsten Tag verlangt. Lissi hatte tief durchgeatmet und gesagt, dass sie es erst bis zum übernächsten Tag schaffe, wenn er ihre gewohnte Arbeitsqualität wolle. *Ok*, war schlicht und einfach seine Antwort gewesen. Wofür zur Hölle hatte sie sich all die Jahre krumm gemacht? Es passierte rein gar nichts, wenn sie Grenzen aufzeigte und andere ausweitete. In den ersten drei Wochen, saß sie an ihren neu gewonnenen freien Abenden kerzengerade und angespannt auf dem Sofa. Sie tigerte immer wieder durch ihre Wohnung und kontrollierte, wo es noch etwas zu erledigen gab. Das Fernsehprogramm langweilte sie maßlos und sie fragte sich allabendlich, wie die Menschen es nur ertrugen, jeden Abend diese Berieselung über sich ergehen zu lassen. So oder so, konnte Lissi die Ruhezeit nicht annehmen. Ob mit Fernseher oder ohne. Eines Abends dachte sie an ihre erste Yogastunde zurück. Die Erinnerung wies erstaunliche Parallelen auf: Erst nach der Anweisung, tief durchzuatmen und alle Partien zu entspannen, wurde ihr bewusst, dass jeder Muskel unter ständiger Anspannung stand. Und erst nach der eigenen Anweisung, sich freie Abende zu schaffen, spürte Lissi, dass sie auf Basis ihrer durchgeplanten Lebenszeit niemals wirklich zur Ruhe kam. Egal wie viele bewegliche Tiere sie turnte. Denn in Wahrheit war auch der Yogakurs nur ein weiterer Termin, den sie meist unter massivem Zeitdruck gerade so zwischen Projektbesprechungen und einer Nachtschicht am heimischen Schreibtisch einhielt. Sie versuchte sich immer noch selbst auszutricksen und die Panik zu unterdrücken. Sie hatte Angst, alleine zu bleiben. Wirkliche Angst. Sie setzte sich immer wieder unter Druck und wollte das Glück erzwingen. Und ihr Leben war so voller Pläne und Tätigkeiten, dass es für zwei Menschen gereicht hätte. Ihr Lebenskonzept war tatsächlich überladen. Aber sie lud nun behutsam nach und nach ab. Sie versuchte die kraftraubende Perfektion auf 100 % zu senken. Von vormals 150 %. Sie ließ absichtlich Klamotten in ihrer Wohnung liegen, statt sie wie gewohnt sofort wegzuräumen. Sie erledigte die Einkäufe auf den letzten Drücker, statt die Vorräte immer gut gefüllt zu wissen. Das reinste Chaos.

Als Lissi Anfang Juli an einem besonders heißen Tag mit Charlotte in einem Café zusammen saß, berichtete sie von ihrem Experiment der letzten Wochen. Dass in ihrem Flur, Kleiderschrank und Schuhregal, freie Bügel und Plätze vorbereitet waren, die einladend ihre Energie ins Universum verströmten. Und dass sie freie Zeitfenster geschaffen hatte, die sie alleine vor dem Fernseher oder lieber mit dem Lesen eines Buches verbrachte hatte, statt auszugehen oder an einem Projekt zu arbeiten.

»Ich habe lange darüber nachgedacht. Die einzige Anarchie, die ich betreibe, ist das Parken im Parkverbot, wenn ich sonntags meine Brötchen hole. Der Rest meines Lebens ist absolut geradlinig und immer korrekt. Immer geplant, zielstrebig und fleißig.«

Experiment 4: Dem Frosch einen Teich bauen

Lissi schwenkte die Tasse Milchkaffee in ihrer Hand.

»Das kann schon einschüchternd sein, das sehe ich ein«, fügte sie grinsend hinzu.

Charlotte drückte ihren Unterarm und strahlte sie mit ihren blauen Augen an.

»Ich freue mich für Dich, dass Du weicher und lockerer wirst. Merkst Du, dass es Dir selbst gut tut? Du kannst Dein Leben leichter gestalten, als Du es bislang getan hast. Und Du siehst auch nicht mehr so streng aus.«

Lissis kastanienbraunes Haar fiel ihr nach vorne über die Schulter als sie noch einmal nach der Getränkekarte griff.

»Ja...«, sagte sie leise.

Es war merkwürdig. Das Experiment des Teichbauens, im übertragenen Sinne, hatte zwar bislang auch noch nicht zum Erfolg geführt. Aber Lissi hatte das Gefühl, dass sie das Platzschaffen in ihrer Wohnung und ihrer Zeitplanung, weiter gebracht hatten, als die vorherigen vermeintlich konkreteren Experimente zum Finden eines Mannes. Sicher war sie immer noch ohne Mann, aber etwas tief in ihr sagte ihr, dass sie noch nicht so weit war. Dass sie noch nicht fertig war mit sich und dem Aufräumen ihres Lebens. Der Teich war noch nicht fertig. Sie war aber langsam bereit, größere Veränderungen in ihrem Leben zuzulassen. Vom Plan abzuweichen. Zumindest schon einmal theoretisch. Inwieweit das standhielt, würde die direkte Konfrontation mit einer umherliegenden Männersocke zeigen. Wenn es so weit war. Lissi lächelte ihre Freundin an. Sie legte die Getränkekarte beiseite, holte ihr Notizbuch hervor und schrieb:

Bilanz Experiment 4: Erst schwimmen lernen, dann den Teich bauen, erst dann quakt der Frosch.

Experiment 5: Kommentare sagen mehr als tausend Likes

Nachdem Lissi noch gut zwei Wochen auf der Welle der Erleuchtung geschwommen war, verblasste ihr inneres Licht allmählich wieder. Das war zwar alles schön und gut, aber auch Glühwürmchen flogen nicht alleine. Die Lampe machten sie überhaupt erst an, um Partner anzulocken. Lissis Lampe hatte jetzt schon gut drei Monate geleuchtet. Zwischendurch hatte sie immer mal geflackert, aber so langsam sollte doch mal ein Mann ins Licht fliegen. Ohne zu verglühen natürlich. Die Zeit schien ihr davonzurennen. Die Uhr tickte. Mit jedem Tag Alterungsprozess sank doch ihr Marktwert im Single-Haifischbecken. Sie hatte sich fit gemacht und Platz in ihrem Leben geschaffen. Was sollte sie denn noch alles machen? Ständig dachte sie, der Lösung greifbar nahe zu sein. Und wähnte sich schon so gut wie verliebt, verlobt, verheiratet. Um kurz darauf abermals über ihre Ungeduld zu stolpern und in Missmut zu verfallen. Momentan hatte das Projekt eher den Status *Aktenzeichen XY ungelöst*. Da konnte auch keine auf Beamtisch gesprochene Videobotschaft an die Mitbürger in der ARD, die fehlende heiße Spur bringen. Zudem stagnierte ihr Gewicht hartnäckig zwei Kilo vor der Zielmarke. Es wollte trotz aller Bemühungen einfach nicht klappen. Lissi saß im Büro und schmollte. Auf ihrem hölzernen Schreibtisch stapelten sich die Papierberge und das Telefon wollte ihr keine Ruhe lassen. Wo war dieser versprochene Praktikant, wenn man ihn brauchte? Aus der Küche am Ende des Ganges hörte sie das laute Lachen einiger Kollegen. *Vermutlich wieder einer der blöden Witze von Herrn Bornemann*, dachte Lissi und rollte genervt die Augen. Erfahrungsgemäß würde er es sich nicht entgehen lassen, ihr den Schenkelklopfer höchstpersönlich vorzutragen, damit ihr auch ja kein Lacher entginge. Und wie gewohnt würde sie sich ein gequältes Lächeln abringen. Aus reiner Höflichkeit. Und Professionalität. Es war Mitte Juli und drückend heiß an diesem Tag. Sie war froh, dass sie sich am Morgen für die weiße Leinenhose und die dazu passende Bluse entschieden hatte. Der leichte Stoff war genau das Richtige bei diesen Temperaturen. Sie wünschte nur, dass jemand all diejenigen Menschen darüber informieren würde, die sich stattdessen standfest für Polyesterkleidung entschieden. Und einen entsprechend betörenden Duft ausströmten. Zudem gab es gegen Feierabend stets scheinbare Flashmobs der besagten Polyesterträger im Aufzug des Bürogebäudes. Lissi stöhnte schon beim Gedanken daran. Sie band sich ihr Haar zu einem strengen Pferdeschwanz zusammen, um dem Nacken Luft zu lassen, was für einen kurzen Moment der Abkühlung sorgte. Als eine erneute Woge Lacher in ihr Büro drang, stand sie unter dem saugenden Geräusch ihrer Unterarme, die sich vom Schreibtisch lösten, auf und schloss die Bürotür. In diesem Moment klingelte das Telefon erneut. *War ja klar*, dachte sie gereizt und lief quer durch den Raum zurück zu ihrem Schreibtisch.

»Elisabeth Schütz?«

»Hey, ich bin's. Gibt's Dich auch noch?«, begrüßte Katharina sie belustigt.

Seit ihrem letzten Telefonat und Lissis These über das schwere Erbe der Frauenbewegung, hatten sie nichts mehr voneinander gehört. Was für ihre Freundschaft aber nicht untypisch war. Sie waren beide vielbeschäftigt. So erfuhr Lissi von dem letzten riesigen Mandat ihrer Freundin, von der neuen Gucci-Handtasche, denn schließlich musste Katharina ihr Geld ja nicht für Windeln ausgeben und der unfassbaren Tatsache, dass eine Kollegin es wagte, kurz vor Ende des Mutterschutzes gleich das nächste Kind anzusetzen. Katharina tobte, dass sie nun weiterhin alleine mit der Arbeit klar kommen müsste, während ihre Kollegin seelenruhig zu Hause saß und die Hausfrau mimte.

»Die hat doch nur keinen Bock mehr zu arbeiten! Ihr Mann verdient genug, sie hat eine Putzfrau und kann den lieben langen Tag ihr Kind spazieren fahren. Da bekommt sie lieber ein zweites Kind als diesen

Luxus aufzugeben. Was für eine Verschwendung ihrer Bildung. Das sagen hier alle«, wetterte sie.

Und fluchte noch über die Hitze in ihrem Büro. Lissi blickte starr auf die Schreibtischplatte und spielte mit einem Kugelschreiber. Schon wieder dieses Thema. Und das war genau der Satz gewesen, vor dem sie selbst Angst hatte. Der sie zu der Überzeugung brachte, dass sie sich vermutlich nie würde entscheiden können. Wenn sie es denn wollte. Nämlich dass sie als faul und abhängig gelten könnte, wenn sie sich in einer ungewissen Zukunft für eine Familie entschied. Lissi wusste, dass nicht nur ihr Marktwert sank. Denn das tat auch ihre Fruchtbarkeitskurve. Unaufhaltsam mit jedem Tag. Vor Beginn ihres Projektes war ihr nicht klar gewesen, dass die Wahrscheinlichkeit schwanger zu werden, zwischen 30 und 35 Jahren bei nur noch fünfzig Prozent lag. Danach ging es noch steiler bergab. Nun hatte sie die Information und sie ließ sich auch durch Yoga nicht weg atmen. Lissi atmete tief durch. Zog denn keiner von Katharinas Kollegen, geschweige denn sie selbst, in Erwägung, dass sich die Frau einfach aus vollem Herzen für ein neues Leben entschieden hatte? Dass ihr der Job tatsächlich nicht mehr gefiel? Und dass es das war, was sie liebte und wollte? Nämlich Vollzeit-Mutter zu sein und nicht zwischen den Stühlen stehen zu müssen? Die Vorstellung war zwar durchaus abstrakt für Lissi, aber so etwas müsste doch möglich sein, sollte es für sie einmal so weit sein. Dennoch ging sie der Diskussion mit Katharina aus dem Weg und sicherte ihr stattdessen zu, dass sie wahrscheinlich Recht hatte. Sie selbst erzählte noch kurz und knapp von ihren Erfahrungen aus dem Liebes-Projekt und was sich für sie verändert hatte. Was Katharina erwartungsgemäß mit einem verächtlichen Schnauben abtat.

»Meine Güte. Ich glaube Du musst dringend mal kräftig gevögelt werden, um wieder klar im Kopf zu werden. Du bist ja schon esoterisch gefährdet. Kleiderschrank pro forma frei räumen! Tse. Hey, es gibt doch

Experiment 5: Kommentare sagen mehr als tausend Likes

jetzt auch Escort-Service für Frauen wie uns. Wie sieht's aus? Doppeldate?«

Lissi zwang sich zu einem Lachen und schob kurz darauf eine erfundene Besprechung vor, um das Telefonat zu beenden. Katharina nahm ihre Bemühungen in Sachen Liebe und Leben nicht ernst. Und das mochte Lissi nicht. Sie ärgerte sich sogar. Auch wenn es ungewöhnlich war und es noch nicht zum Erfolg geführt hatte, es war immer noch ein professionelles Projekt, das sich in der Phase der Durchführung befand. Die Gebrüder Wright waren bei ihren ersten Flugobjekten auch ausgelacht worden. Aber die anderen würden sich schon noch wundern. Lissi würde wie geplant sämtliche Möglichkeiten der Partnersuche ausschöpfen. Und sicher noch Erfolge vorweisen können. Was sie anfing, brachte sie auch zu Ende. Und sie brachte es zu Erfolg. Aktuell sorgte allerdings nur die kosmische Partneranziehung durch freigeräumte Kleiderbügel für einen Hoffnungsschweif. Sie stemmte die Hände in die Hüften und funkelte die Aktenberge vor sich an. Aber nun gab es erst einmal anderes zu erledigen. Sie würde es schaffen. Wie immer. Einfach eine Akte nach der anderen abarbeiten. Sie goss sich ein großes Glas Zitronenwasser ein, um sich noch einmal zu stärken, bevor sie sich erneut in die Arbeit stürzen würde. Während sie in Gedanken eigentlich schon im nächsten Projekt der Marketingabteilung war, hatte sie plötzlich eine Idee. Warum eigentlich nicht. Laut Statistik, war die häufigste Form einen Partner zu finden, immer noch über den Freundeskreis. Bislang hatte das zu keinem Glücksgriff geführt. Also würde sie den Kreis einfach erweitern müssen, um ihre Chancen zu erhöhen. Sie legte einen Zeigefinger auf die Lippen und grübelte. Mehr Freunde wollte sie eigentlich nicht. Sie war mit ihren Liebsten sehr zufrieden und hatte ja erst in ihrem letzten Experiment, die gemeinsamen Zeiten reduziert, um fiktive Partnerzeit zu schaffen. Aber was sie brauchte, war eine breitere Streuung der Information über ihren Singlestatus. Das würde doch sicher helfen. Sie trank einen großen Zug

Wasser und hielt das Glas in der Hand, während sie nachdenklich an den blauen Himmel schaute. Dort waren nur weiße Kondensstreifen von Flugzeugen zu sehen.

»Das ist überhaupt *DIE* Idee!«, sagte sie laut und schlug sich mit der freien Hand vor die Stirn.

Hatte sie nicht vorhin erst an eine Videobotschaft gedacht? *Aktenzeichen XY ungelöst?* Von wegen! Sie würde ein witziges Video von sich selbst aufnehmen und ihre Freunde bitten, es über ausgewählte Facebook-Freunde zu teilen! Schneller und besser könnte es doch gar nicht gehen mit der Kontaktaufnahme. Mitten in ihren Geistesblitz platzte Herr Bornemann mit hochrotem Kopf. Er hielt die Klinke ihrer Bürotür in der Hand und hatte Mühe, die Fassung zu halten.

»Frau Schütz, kennen Sie den: Chef, ich habe morgen meinen Scheidungstermin, ich hätte gerne einen Tag frei. Chef: Kommt überhaupt nicht in Frage. Für Vergnügungen gibt es bei mir keinen Urlaub.«

Er hämmerte mit der Faust an den Türrahmen und sein Gesicht nahm vor Lachen ein noch dunkleres Rot an. Lissi zog nur eine Augenbraue hoch und sah ihn fragend an. Dass sie nicht einmal mit dem Mundwinkel zuckte, schien er gar nicht zu bemerken. Lissi blickte auf ihren Schreibtisch und sagte kühl:

»Danke, Herr Bornemann. Sie haben mir den Tag gerettet.«

Ihre vorgetäuschten Lacher hatte sie vorhin bei Katharina aufgebraucht. Witzerzähler waren in Lissis Augen die Ausgeburt der Hölle. Und allesamt einte sie, dass es ihnen schlichtweg egal war, ob ihre Zwangszuhörer eher betreten auf den Boden schauten oder schallend in ihr eigenes Lachen mit einstimmten. Witze würde sie in ihrem Bewerbungsvideo sicher nicht zum Besten geben. Mit einem kaum merklichen Kopfschütteln widmete sich Lissi ohne einen weiteren Kommentar den Papierbergen auf ihrem Schreibtisch, die nach Bearbeitung schrien. Sie hatte sich bei ihren Überlegungen irgendwie unangenehm ertappt gefühlt. Wie sie einfach nur dagestanden hatte. Dass sie den restlichen Arbeitstag trotz der Hitze und ihrer neuerlichen Kontaktidee, hochkonzentriert verbrachte, grenzte an eine wahre Meisterleistung der Disziplin. Doch um achtzehn Uhr ließ sie den Bleistift fallen. Es war der Abend in der Woche, an dem sie in jedem Fall pünktlich Schluss machte, egal wie ihr Schreibtisch aussah. Das war seit ihrem Experiment der Partneranziehung durch Platzschaffen eine feste Gewohnheit geworden, die sie nicht mehr missen wollte. Und die zugegebenermaßen auch gut tat.

Zu Hause duschte sie erst einmal ausgiebig und wählte dann eines ihrer Lieblingskleider aus. Während sie es vom Bügel nahm, nickte sie wohlwollend die freien Flächen in ihrem Schrank an. Es war alles vorbereitet. Sie fühlte sich wie eine Katze vor dem Sprung. Das Video würde das letzte Glied in der Kette sein. So würde es sicher klappen. Als sie schließlich dezent geschminkt vor ihrer Webcam saß, hatte sie Schwierigkeiten zu entscheiden, was sie eigentlich über sich sagen wollte. Wie wollte sie sich zeigen? Lustig, sportlich, sexy, erfolgreich? Von allem ein bisschen? Authentisch sollte es aber auch noch sein. Sie war aufgeregt und rief sofort Tobi an, um ihm von der neuesten Idee in Sachen Liebes-Projekt zu erzählen. Und dass sie nicht sicher war, wie sie das Video inhaltlich gestalten sollte. Er war nicht so euphorisch wie Lissi, aber als Freund ermutigte er sie dennoch:

»Na, dann mach mal! Ich werde es auf jeden Fall teilen, wenn es Dir hilft. Aufmerksamkeit wirst Du sicher bekommen.«

Nachdem sie aufgelegt hatten, betrachtete sie eine Weile ihr Selbstportrait auf dem Monitor und überlegte. Sollte sie das wirklich machen? Das wäre schon eine ziemlich verrückte Sache. Ob das vor ihr schon mal jemand getan hatte? Als sie spürte, dass sie zauderte, dachte sie:

»Ach, pfeif drauf. Was soll schon passieren? Alleine bin ich schon.«

Experiment 5: Kommentare sagen mehr als tausend Likes

Dann klickte sie beherzt auf den roten Aufnahmepunkt und sprudelte los. Sie nannte ihren Vornamen und wo sie wohnte. Dass sie Single sei und dies gern durch dieses Video ändern würde. Dass sie hoffte, so jemand Neues kennen zu lernen. Sie erzählte kurz von ihrem Job, was sie gerne machte, wohin sie gerne einmal verreisen würde und was sie sich von einem Mann wünschte. Natürlich vergaß sie nicht zu erwähnen, dass ein Witzeerzähler oder ein Hundebesitzer für sie nicht in Frage kämen. Das mochte sie einfach nicht. Bei ihrer dreiminütigen Selbstvorstellung achtete sie darauf, immer ein Lächeln auf den Lippen zu haben. Und dass jede ihrer beiden Schokoladenseiten zu sehen war. Sie stand sogar einmal auf, um zu zeigen, dass sie keine Elefantenbeine hatte. Denn inzwischen konnte sie sich stolz präsentieren. Im Prinzip war das Video wie beim *Speed Dating*. Nur, dass sie in ihre Webcam gesprochen hatte statt in die Pupille der Langeweile. Sie beendete die Aufnahme und sah sie sich an. Take eins. Das Haar sitzt. Sie sah gut aus. Keinen Stuss geredet. Sie atmete noch einmal tief durch. Dann postete sie das Video auf ihrer eigenen Facebook-Pinnwand sowie der von Tobi und Charlie. Zudem gründete sie eine offene Gruppe namens *33, ledig, sucht*, auf deren Pinnwand das Video ebenso platziert wurde. Das sollte also das Forum des Glücks werden. Ihr Herz klopfte und ihr Bauch kribbelte. Sie war aufgeregt. Ab jetzt hatte sie keine Kontrolle mehr. Ein Zustand, der ziemlich neu für sie war. Vor lauter Euphorie, konnte sie sich kaum vom Laptop lösen und schaute wie besessen alle paar Minuten, ob sich die Hoffnung nach der kleinen roten Ziffer oben links erfüllen würde. Sie brauchte dringend Zuspruch und Bestätigung. Nach wenigen Minuten kehrte sie an ihren Schreibtisch zurück und ihr Herz machte einen weiteren Extra-Hüpfer, als sie die ersten Likes ihrer Freunde erblickte. :-) *Super Video! Ich wünsche Dir viel Erfolg, Was für eine tolle Idee – hoffentlich klappt's* oder *Ich freue mich auf die Fortsetzung des Films mit einem Mann an Deiner Seite ;-)* schrieben sie. Freudig klatschte Lissi vor ihrem Monitor in die Hände. Das würde sicher ein voller Erfolg werden. In dieser Nacht konnte sie kaum Schlaf finden. Sie wähnte ihr Liebesglück in greifbarer Nähe und malte sich die verrücktesten Geschichten aus. Wen sie wohl kennen lernen würde? Vielleicht war er über all die Jahre ganz in ihrer Nähe gewesen? Und ihre Freunde hätten einfach nicht daran gedacht, sie einander vorzustellen.

In den nächsten Tagen erhöhte sich die Zahl der Likes deutlich. Auch von Menschen, die sie nicht kannte. Das Video war inzwischen 45 Mal geteilt worden und Lissi hatte keinen Überblick mehr, wer es wo sehen konnte. Das Experiment schien zu gelingen, der Freundeskreis erweiterte sich. Wenn auch virtuell. Ihr war etwas mulmig zumute, aber sie war auch gespannt und kontrollierte täglich mehrfach die Resonanz. Was Lissi in ihrer Euphorie und Kurzentschlossenheit zu diesem Experiment nicht bedacht hatte, waren die weniger wohlwollenden Kommentare, die sich nach zehn Tagen nun ebenso unter ihrem Video sammelten. *Wie verzweifelt kann eine Frau sein...*, *Armselige Bitch!* oder *besorgen würde ich es dir ja... aber nur im Dunkeln* standen da. Egal wie viele Likes das Video schon hatte, die bösartigen Kommentare trafen sie hart. Aber vor allen Dingen fehlte das, was sie bezweckt hatte: Es nahmen nur eine handvoll Männer Kontakt mit ihr auf. Und diese schickten ihr Facebook-Nachrichten mit Fotos in eindeutigen Posen oder zweideutigen Texten. *Du stehst auf Krimis? Ich bin gerne Dein Sherlock Holmes – und habe auch eine große Pfeife.* Angewidert verzog Lissi das Gesicht, als sie das las. Die Geschmacklosigkeiten häuften sich tagtäglich. Ernst genommen, hatte ihren Aufruf offenbar niemand. Und der Plan, ihren Freundeskreis virtuell zu erweitern, um damit ihre Chancen zu erhöhen, war kräftig in die Hose gegangen. Ihr war mit einem Mal wieder schwer ums Herz. Sie hatte das Gefühl einen schweren Rucksack zu tragen. Die Euphorie war verflogen, als sie das las. Die Sache war ihr unendlich peinlich. Ja, sie war verzweifelt. Und diese Menschen hatten das sogar aus der Ferne erkannt. Und einen sehr wunden Punkt getroffen.

Experiment 5: Kommentare sagen mehr als tausend Likes

Es fehlte nur noch, dass sie beim *Galileo Fake Check* auf Pro Sieben auftauchte und von Aiman Abdallah mit der Frage konfrontiert werden würde: *Ist dieses Webvideo echt? Wie ist so etwas möglich? Was bringt eine 33-jährige Frau dazu, solch ein Video aufzunehmen?* Und das schockierende Ergebnis wäre, dass das Video echt war. Von einer echten Frau mit echten Hoffnungen. Und echtem Schamgefühl. Lissi wollte sich am liebsten die Bettdecke über den Kopf ziehen und wünschte, dass es einfach nur aufhörte. Dass sie dieses Video nie aufgenommen und verbreitet hätte. Hoffentlich würde Carsten das Video niemals zu Gesicht bekommen. Mehr hätte sie sich vor ihm kaum erniedrigen können. Vor ihm und dem Rest der Welt. Einige Tage später erhielt sie plötzlich eine Flut an unangenehmen Nachrichten, die sie nicht mehr bewerkstelligen konnte. Sie las die Mitteilungen gar nicht mehr im Detail, sondern löschte sie direkt. Die Peinlichkeit war größer als die Neugier. Und noch mehr *Shitstorm* hätte sie kaum ertragen können. Ob jemals ein ernsthafter Interessent dabei gewesen war, erfuhr sie nie. Sie änderte in ihrem Profil die Einstellung, sodass nur ihre Freunde Nachrichten schreiben konnten und löschte die von ihr ins Leben gerufene Facebook-Gruppe.

Als sie kurz darauf an einem lauen Juli-Abend mit Charlotte und Tobi bei einem Glas Wein auf ihrem Balkon zusammen saß und ihr Leid klagte, trösteten die beiden sie.

»Es war einen Versuch wert«, sagte Tobi mit einem Schulterzucken.

»Ich persönlich hätte ja mehr Möpse gezeigt, aber nun gut.«
Sie boxte ihn an die Schulter.

»Du hast leicht reden. Von Dir kursiert ja nicht das peinlichste Video der Welt durchs Internet«, jammerte sie.

Am besten ginge sie erst wieder aus dem Haus, wenn Facebook und das Internet abgeschafft waren. Wie hatte sie nur auf diese Schnapsidee

Experiment 5: Kommentare sagen mehr als tausend Likes

kommen können. Wie peinlich. Langsam kehrte zwar wieder Ruhe ein. Aber sie würde noch lange Angst haben, dass im Supermarkt jemand auf sie zeigte und sagte:

»Hey, das ist doch die verzweifelte Mittdreißigerin aus dem Internet!«

Denn sie wusste eines: Das Internet vergisst nichts. Und Facebook schon gar nicht. Ihre beiden Freunde sprachen ihr wie immer Mut zu und empfahlen ihr, einfach dazu zu stehen. Der Wunsch nach einer Partnerschaft sei schließlich nichts Verwerfliches oder Peinliches. Immerhin hätte sie kein Plüschkostüm dabei getragen. Und überhaupt: Hätte Columbus sich nicht vorgewagt, hätte er Amerika nicht entdeckt.

»Und die Gebrüder Wright hätten nicht die ersten Flugzeuge entwickelt«, sagte Lissi und ihre Miene hellte sich ein wenig auf. Genau. Sie hatte Grenzen überschritten. Und Neuland betreten. Nur so ging die Entwicklung voran. Wie große Forscher und Entdecker vor ihr hatte sie Hohn und Spott wegstecken müssen. Aber sicher war es für ihr großes Ziel, die Aufnahme im Olymp der Paare, gut gewesen. *Bitte, lass es für etwas gut gewesen sein...*, dachte sie flehend und genehmigte sich einige gefüllte Oliven und Weißbrot mit Schafskäse. Drei Gläser Wein später, war sie überzeugt davon, dass das alles irgendwohin führte. Sie war trotz der Aufmunterung froh, dass Tobi das Thema wechselte und eine absurde Geschichte über einen Mülltonnenstreit mit seinen italienischen Nachbarn erzählte. Offenbar hatten diese bei den Behörden angegeben, sich eine Tonne und somit die Kosten der Müllentsorgung mit Tobi und Frank zu teilen. So umgingen sie die Gebührenpflicht. Und Gott weiß wo, entsorgten sie über Monate ihren Müll. Die Geschichte war aufgeflogen, als eine besonders engagierte Mitarbeiterin bei Tobi angerufen und gefragt hatte, ob sie den Gebührenbescheid aufteilen oder vollständig an ihn ausstellen sollte. Er war aus allen Wolken gefallen, als er hörte, dass sogar seine Unterschrift für diese Vereinbarung vorliegen würde. Er ließ sich das entsprechende Dokument mailen und traute seinen Augen kaum, als er sah, dass ganz offensichtlich jemand seinen Namen und seine Unterschrift gefälscht hatte. Eine Unterschrift, die mit seiner tatsächlichen, nicht die geringste Ähnlichkeit hatte. Aber bei der sein Name zu erkennen war.

»Bin ich jetzt in die Fänge des organisierten Müll-Verbrecher-Syndikats geraten?«, endete er und saß mit offenem Mund da.

Charlotte und Lissi schütteten sich aus vor Lachen und hatten Mühe sich wieder zu beruhigen. Die Geschichte bekam auf der Stelle zwei Likes. Und die verbrecherisch-grenzüberschreitenden Nachbarn, zwei bösartige Kommentare. So glich sich am Ende doch wieder alles aus, oder? Das herzhafte Lachen tat nach den Tagen der Erniedrigung unendlich gut. Lissi musterte Charlotte und Tobi in dem flackernden Kerzenlicht. Diese beiden vertrauten Gesichter, die sie schon so viele Jahre ihres Lebens begleiteten. Und ihr wurde weinselig bewusst, dass sie gar nicht alleine war. Die beiden waren immer bei ihr, egal was passierte.

Später am Abend resümierte Lissi noch in ihrem Projektbuch und erklärte den Versuch des erweiterten Freundeskreises über Videobotschaft offiziell für beendet:

Bilanz des Experiments 5: Magie ist das, was passiert, wenn man seine Komfortzone verlässt. – Man weiß nur vorher nicht so genau, ob es weiße oder schwarze Magie ist.

Experiment 6: (Never) fuck the own company

Lissi war eine Getriebene. Vom Ziel besessen. Wem versuchte sie etwas vorzumachen? Die Vorstellung, die Schlacht geschlagen zu geben und als Verliererin allein vom Platz zu gehen, konnte sie kaum verkraften. Sie verdaute zwar noch die Schelte aus ihrem letzten Experiment, aber in Gedanken stellte sie bereits die nächsten Schritte der Partnersuche zusammen. Wo ein Wille war, da war auch ein Weg. Und niemand, der sie näher kannte, hätte jemals ihren Willen unterschätzt. Kurz nach ihrem Video-Debakel, rief ihr Chef sie zu sich, um ihren neuen persönlichen Assistenten und Praktikanten vorzustellen. Lissi betrat forsch den Besprechungsraum und ihr blieb fast das Herz stehen. Sie fühlte, dass ihr trotz der Augusthitze sämtliche Farbe aus dem Gesicht wich. Da grinste ihr doch tatsächlich der süße Volker vom *Speed Dating* erwartungsvoll ins Gesicht. Sie wünschte, dass sich der Boden unter ihren Füßen auftun würde. Ihr Notfallplan von einst, in einem solchen Fall einfach zu behaupten, er würde sie sicher mit einer anderen verwechseln, erübrigte sich in dem Moment, als er sie mit einem überraschten *Lissi!*, begrüßte. Warum nur, hatte sie ihm damals ihren wirklichen Vornamen genannt. Lissis Chef schaute verblüfft von einem zum anderen und sie beantwortete die unausgesprochene Frage:

»Wir kennen uns flüchtig über einen gemeinsamen Bekannten.« Sie schüttelte Volker steif die Hand und schaute ihm mit einem Blick fest in die Augen, der ihn aufforderte die Geschichte zu bestätigen. Was er eifrig nickend tat.

»Na, dann sollte das mit Ihnen beiden ja hervorragend klappen, nicht wahr?«, sagte ihr Chef und rieb sich tatfreudig die Hände. *Großartig*, dachte Lissi und warf ihr kastanienbraunes Haar zurück. An diesem Tag war sie mit einem strengen Bleistiftrock und einer kurzärmeligen Bluse förmlicher gekleidet als üblich. Was an dem wichtigen Besprechungstermin am Nachmittag lag, bei dem sie sich besonders stark und sicher fühlen wollte. Aber nun kam es ihr doppelt zu pass, um möglichst eindrucksvoll ihre Stellung gegenüber *Speed Dating* Volker deutlich zu machen. Sie brachten noch einige Minuten höflichen Small Talk hinter sich, bevor Lissi ihn anwies ihr zu folgen.

»Und? Immer noch Single?«, fragte er mit einem laszivem Unterton, kaum dass ihr Vorgesetzter außer Hörweite war. Sie spürte seinen Blick auf ihrem wiegenden Hinterteil. Lissi blieb abrupt stehen, sodass er fast mit ihr zusammenstieß und fauchte:

»Pass auf, Kleiner. Wir arbeiten hier zusammen und ich bin leider Gottes Dein Boss. Wir haben lediglich sieben Minuten Gespräch miteinander verbracht, mehr nicht. Wenn Du Dich erinnerst, habe ich *Nein* angeklickt. Und dabei bleibt es auch. Also tu' nicht so, als wären wir alte Freunde. Ist das klar?«

Sein Grinsen gefror ihm im Gesicht und er nickte stumm. Als sie schon weitergehen wollte, drehte sie sich noch einmal um und ergänzte:

»Und hier bin ich Frau Schütz. Und Sie Herr Richter.«

Die Fronten waren somit geklärt. Ihre Stellung klar gemacht. Dann trottete er wie ein begossener Pudel hinter ihr her und ließ sich die Räumlichkeiten sowie seinen Arbeitsplatz zeigen. Womit hatte sie das nur verdient? Lissi war wütend. Auf sich selbst und diese bescheuerte Situation. Seit dem Beginn ihres Projektes hatte sie außerordentliches Talent für unangenehme Situationen bewiesen.

Volker machte in den nächsten zwei Wochen keinerlei Annäherungsversuche mehr und war sichtlich eingeschüchtert von ihrer Ansage. Sie hatte eigentlich nicht so schroff sein wollen und es tat ihr leid. Er stellte sich zudem gar nicht so dumm an. Er war wirklich an der Arbeit interessiert, fragte nach und dachte mit. Das gefiel ihr und sie gab ihm bereitwillig Auskunft. Auch um ihren Auftritt am ersten Tag wieder gut zu machen.

Experiment 6: (Never) fuck the own company

Volker war 26, frisch von der Uni und gehörte zu der Gattung Jungs, die als Erste in die Schulsportmannschaft gewählt wurden. Aber wenn er sie so zögerlich *Frau Schütz* nannte und sie mit seinen frechen Knopfaugen ansah, verspürte sie den großen Drang sich mit ihm im Kopierraum zu verschanzen und erst wieder herauszukommen, wenn das Diktat beendet war. Lissi lief eine Gänsehaut über den Körper und sie blinzelte den wilden Gedanken beiseite. Stark bleiben. Profi bleiben. Nicht erst ab Montag. Am Ende seiner zweiten Arbeitswoche kam er gegen Feierabend in ihr Büro und erwähnte wie beiläufig, dass die Kollegen noch zusammen etwas trinken gehen wollten. Ob sie nicht mitkommen wolle. Verdutzt hielt Lissi inne. Sie war in letzter Zeit so sehr mit sich selbst und ihren groß angelegten Experimenten beschäftigt gewesen, dass sie völlig vergessen hatte, auszugehen. Einfach auszugehen. Und immerhin war ein Kennenlernen in der Kneipe oder Bar der zweithäufigste Ausgangspunkt für eine langfristige Beziehung. Wie hatte sie das nur vergessen können.

»Das ist eine gute Idee«, lächelte sie freundlich und freute sich auf die Gelegenheit, sich von einer lockeren Seite zeigen zu können.

»Ich mache mich nur noch kurz frisch und fahre meinen Rechner runter. Dann können wir los.«

Sichtlich erleichtert, begann auch er zu lächeln und ging zurück in sein Büro.

Kurz darauf saßen sie vor einer Reihe quietschbunter Cocktailgläser. Natürlich gab Herr Bornemann zur Feier des Tages einige seiner besten Witze zum Besten, während die anderen zwischen den unerhörten Lachern, kräftig an ihren Strohhalmen nuckelten. Die Blicke von Lissi und ihrem Assistenten Volker kreuzten sich und sie verstanden sich wortlos. Prustend prosteten sie sich über den Tisch zu, was Herr Bornemann als Ansporn seiner Vorgesetzten verstand und mit einer Salve Blondinen-Witze noch einmal richtig aufdrehte. So entstand im Laufe des Abends eine Art Parallelkultur, in der sich Lissi und Volker wie Außerirdische über die Absurdität der Witzekultur amüsierten und der Rest des Kollegenkreises tatsächlich über die Witze lachte. Wobei die rauen Mengen Alkohol beiden Seiten halfen. Trotz der Witzekanone verabschiedeten sich die Kollegen nach und nach ins Wochenende, bis schließlich spät am Abend nur noch Lissi und ihr reizender Assistent übrig waren. Sie lachten noch einmal über die komischsten Momente des Abends und Lissi spürte, dass sie kräftig betrunken war. Heute Nacht würde sie in ihrem Bett wieder Karussell fahren. Aber nach Hause wollte sie noch nicht. Sie war so lange nicht aus gewesen, dass sie das Gefühl hatte, etwas nachholen zu müssen. Sie wollte die Nacht zum Tag machen. Dafür war ihr junger Begleiter sofort zu begeistern und schlug vor, noch in einen Club zu gehen. Gesagt, getan. Sie tranken weitere Cocktails und tanzten bis ihnen die Puste ausging. Was er verschwiegen hatte, war die Tatsache, dass sich seine klitzekleine Wohnung gleich neben dem Club befand, in der sie sich spät in der Nacht wiederfanden. Nur noch einen letzten Absacker. Dann sollte aber wirklich Schluss sein. Als er gerade zwei Gläser Sekt eingoss, schaute er zu ihr rüber wie sie an seiner Küchenzeile lehnte und selig grinste. Die lustige Zecherin. Er musterte sie einen Moment und stellte dann die Gläser ab.

»Komm her, Du hübsches Ding«, sagte er und zog sie an sich. Leidenschaftlich küsste er ihren Hals, was ihr abschließend die Herrschaft über ihre Sinne raubte. Ihr Abwehrversuch war geradezu lächerlich.

»Herr Richter, so geht das nicht…«, hörte sie sich lallen.

Und sie machte ihre Stellung erneut deutlich. Oben, unten, auf der Seite, auf den Knien, laut und leise. Es ging auch ohne Kopierraum und ohne Diktat. Erst Sonntagabend verließ sie wie eine Überlebende des Tigerkäfigs seine Wohnung. War also doch noch ein *Speed Vögeling* daraus geworden.

Experiment 6: (Never) fuck the own company

»Süße, Du hast aber auch ein Talent. Wie oft kann man den gleichen Fehler bei der Partnerwahl machen?«, stöhnte Charlotte später am Telefon.

Gespielt nachdenkend, aber auch mit einem kaum zu unterdrückenden Grinsen, sagte Lissi:

»Mmh. Von Freitagnacht bis Sonntagabend... Acht Mal?«

»Poah! Meine Güte! Was hast Du dem Kleinen in den Cocktail getan?«

Lissi berichtete noch von einigen unanständigen Details, bevor sie ihrer Freundin versicherte, dass sich das nicht wiederholen würde. Eine Affäre mit einem Kollegen, dazu mit einem jüngeren Praktikanten, wäre ein totales *No Go*. Was solle sie später auch schon in sein Arbeitszeugnis schreiben? Dass seine Mitarbeit stets zur vollen Befriedigung war? Doch ganz so einfach war das nicht.

Den gesamten August hindurch befand sich Lissi in einer Art dauerhaftem Rollenspiel. Und einer damit einhergehenden Dauererektion. Tagsüber war sie die strenge Frau Schütz und etwa drei Mal pro Woche ließ sie sich selbst umherscheuchen. Und zwar über die Matratze ihres Assistenten. Über den Küchentisch, über die Waschmaschine, über den Wohnzimmerteppich. Sie hatten sich außerhalb des Büros nicht viel zu sagen. Was aber auch nicht nötig war. Die Geschichte fand ihren Höhepunkt, als sie beinahe von Herrn Bornemann in ihrem Büro erwischt wurden. Volker hatte sie besonders lasziv *Frau Schütz* genannt, was sie aus unerklärlichen Gründen völlig anmachte. Schon waren seine Hand in ihrer Bluse und ihre Hand in seiner Hose. Sie waren nur davon gekommen, weil der Witzekönig direkt vor Lissis Tür noch lautstark einen zum Besten gab, bevor er die Tür öffnete. Sie hatten sich gerade noch voneinander lösen und halbwegs geordnet an den Tisch setzen können. Jetzt musste es wirklich aufhören. Die Sache könnte sonst ihre Karriere gefährden. Und

das sagte sie ihm auch. Als sie sich am Abend in seiner Wohnung wieder anzog. Entgeistert starrte er sie an:
»Das ist nicht Dein ernst!«
Sie zuckte nur mit den Schultern und sagte kühl:
»Wir wussten doch beide, dass das nichts Festes ist. Und das heute war wirklich gefährlich.«
Sie zog ihr Shirt an und zwinkerte ihm zu:
»Außerdem soll man doch aufhören, wenn's am schönsten ist.«
Er starrte immer noch. Doch dann nahm sein Gesicht gehässige Züge an und er lehnte sich mit einem süffisanten Grinsen zurück. Er verschränkte die Arme und giftete:
»Du bist eine *femme fatale*. Erst machst Du die Männer verrückt und dann wirfst Du sie weg. Du bist ein Miststück.«
»Ey! Jetzt wollen wir aber mal schön friedlich bleiben!«, rief Lissi. Ihr Herz pochte. Und sie hatte Mühe ihre aufsteigende Wut über diese Beleidigung im Zaum zu halten. Sie, eine *femme fatale*? Von wegen. Bislang hatten ihr die Männer immer das Herz gebrochen. Er zeterte und flehte, dass sie ihnen eine ernsthafte Chance geben solle. Dass er wirklich in sie verliebt sei. Und dass er seine Freundin für sie verlasse, wenn sie von ihrem Auslandssemester in Spanien zurückkäme.
»Bitte was?! Was für eine Freundin?«, rief Lissi fassungslos. Schon wieder so eine kleine Ratte. Doch bevor sie mehr Details erfuhr, winkte sie ab. Sie wollte davon nichts wissen. Er war eine Affäre gewesen und nicht mehr. Dass sie schon wieder die andere Frau gewesen war, tat ihr leid. Ein Wort gab das andere. Ihr Streit gipfelte schließlich in einer gegenseitigen Drohung und einer gleichzeitigen Zusicherung: Wenn er kein Wort bei den Kollegen über ihre Affäre verlor, würde sie seine Arbeit fair bewerten und sich nicht für eine vorzeitige Kündigung einsetzen. Und sie würde seiner Freundin nichts sagen. Außerdem wollten sie sich um

Professionalität am Arbeitsplatz bemühen. Dafür war die Drohung ein hervorragender Einstieg.

Die nächsten Wochen waren ein Eiertanz, in denen sie steif umeinander kreisten und jede Berührung bewusst vermieden. Dafür tauschten sie grimmige Blicke aus. Lissi war sich sicher, in jeder seiner Notizen doppeldeutige und bösartige Botschaften zu erkennen. Und hatte Herr Bornemann diesen Witz mit der Büroaffäre nicht schon zwei Mal in ihrer Anwesenheit erzählt? Fast täglich ging Lissi mit einem deutlichen Bauchgrummeln ins Büro und bangte, ob etwas bekannt geworden war. Sie hatte sich im Büro noch nie so beobachtet gefühlt und sehnte den Tag herbei, an dem sein Praktikum beendet sei. Das war allerdings erst Ende Dezember so weit. Es war der reinste Psychoterror. Dennoch, die wilde Affäre mit Volker war wie eine Teufelsaustreibung gewesen. Sie hatte sich wohl bei ihm gefühlt und noch niemals zuvor so sexy. Aber das war schließlich keine Basis. Er passte einfach nicht zu ihr. Zumal sie jetzt auch wusste, dass er kein Deut besser war als alle anderen Kerle vor ihm. Als sich die Wogen zwischen ihr und Volker allmählich glätteten, sie sich wieder entspannte und eines Abends frisch geduscht allein in ihrem Bett lag, heftete sie ihren Blick auf das leere Kopfkissen neben sich. Es lag frisch bezogen bereit und gab tagtäglich seine männer-anziehenden Energien ab. Also hoffentlich tat es das. Denn sie war immer noch allein. Das hatte sie bei all der Vögelei fast verdrängt. Sie strich mit der Hand über das Kissen und sah plötzlich Carstens Gesicht. Wie er einst neben ihr gelegen hatte. Seine strahlenden blauen Augen. Sein Lachen. Sie hatte in letzter Zeit kaum an ihn gedacht. Wie es ihm wohl ging? Ob er noch an sie dachte? Oder ob er schon eine neue Geliebte hatte? Die genauso hoffnungsvoll wie sie es einst war, darauf wartete, dass er mit gepackten Koffern vor ihrer Tür stünde. Die er genauso leidenschaftlich küsste. Lissi boxte das Kissen kräftig, sodass es neben das Bett flog und drehte sich auf die andere Seite.

Experiment 6: (Never) fuck the own company

Keinen Gedanken wollte sie mehr an ihn verschwenden. Sie war wütend auf sich. Hoffentlich hatte sie durch die Sache mit Volker keine wertvolle Zeit bei ihrem Projekt Liebe verloren. Und hoffentlich würde er weiterhin dicht halten und die Sache nicht doch noch hässlich werden lassen. Ja, es war ein wenig Ablenkung und Zerstreuung gewesen. Aber was sie sich in ihrem Alter und ihrer Situation nicht erlauben konnte, war Zeit zu verplempern. Verdammter Mist. Wie hatte sie so ihr Ziel aus den Augen verlieren können? Andererseits hatte sie nebenbei die dritthäufigste Kennenlern-Variante *Arbeitsplatz* getestet. Ganz ohne Planung. Denn diesen Punkt hatte sie eigentlich überspringen wollen. Und sie hatte es nach eingehender Prüfung, auch für nur bedingt empfehlenswert befunden. Sie nahm das geblümte Notizbuch vom Nachttisch und klappte es auf:

Bilanz des Experiments 6: Never! Really never fuck the own company! Außer der Praktikant macht Dich fuckin' horny.

Experiment 7: Es fehlt ein Glied in der Kette

Bei einem ihrer seltener gewordenen Telefonate mit Katharina, platzte diese beinahe vor Aufregung und konnte es kaum erwarten, etwas loszuwerden.

»Na, nun sag schon, was die heiße Neuigkeit ist!«, forderte Lissi. Sie war überzeugt, dass es sich um ein riesiges Mandat oder eine Beförderung handelte.

»Heiß trifft es ziemlich genau! Ich habe es getan! Ich habe letzte Woche einen Escort-Service gebucht.«

»*WAS?!*«, rief Lissi ungläubig.

»Ja, als ich in Berlin zu der Tagung war. Ich habe einfach noch einen Abend dran gehangen und es mir gut gehen lassen. Was Männer können, kann ich schon lange«, prahlte die Anwältin.

»Du hast für Sex Geld bezahlt?«

»Nicht nur für Sex. Für einen ganzen Abend Unterhaltung, Essen gehen und nette Begleitung. Man hat so gesehen, kaum einen Unterschied zu einem normalen ersten Date gemerkt.«

»Ich glaube das nicht«, keuchte Lissi fassungslos und ließ sich aufs Sofa fallen.

Sie hatte schon davon gehört, dass das Buchen eines Escort-Service unter erfolgreichen Frauen immer mehr Anklang fand, aber sie hätte nie damit gerechnet, dies einmal aus ihrem engsten Bekanntenkreis zu hören. Das war mit Abstand das Spektakulärste, das Katharina in letzter Zeit von sich gegeben hatte. Diese berichtete begeistert, dass sie die Empfehlung von einer befreundeten Anwältin aus Düsseldorf erhalten habe. Man suche sich einfach einen der Herren auf der Website der Begleitagentur aus, äußere Kleidungswünsche, sage was man unternehmen wolle und buche einen Abend. Seriös und schnörkellos. Der Kerl wäre sehr gutaussehend gewesen und arbeite im normalen Leben als technischer Leiter in einem großen Unternehmen. Den Escort-Service mache er nebenbei. Aus Spaß. So wie es die meisten Escort-Männer machen. Deswegen könne man sie auch so gut als Begleiter für geschäftliche Anlässe mitnehmen, da sie das Business-Parkett kannten. Katharina habe sich richtig angeregt mit ihm unterhalten können. Sie versprach Lissi, ihr sogleich die Kontaktdaten zukommen zu lassen. Lissi wiegelte zwar ab, doch Katharina ließ sich nicht beirren.

»Ach, sei kein Feigling!«, provozierte sie übermütig.

Und Lissi fragte schließlich in gespielt geschäftlichem Ton, als würde sie die technischen Daten eines Kühlschranks prüfen:

»Gibt es für die Jungs so etwas wie eine maximale Nutzungsdauer pro gebuchter Zeiteinheit? Gibt es eine Orgasmus-Garantie?«

Sie versuchte sich die AGBs der Agentur vorzustellen und kam auf absurde Ideen. Katharina lachte:

»Also wenn Du das schon fragst, ist es höchste Zeit, dass Du Dir so ein lecker Kerlchen buchst!«

Beschämt und erregt zugleich, notierte Lissi letztendlich doch noch die Website der Begleitagentur. Um die sie gedanklich in den kommenden Tagen kreiste. Vielmehr um das, was darüber zu buchen war. Denn mittlerweile war es Spätsommer und Lissi hatte im Rahmen ihres Projektes bereits einige Experimente hinter sich. Erfolglose Experimente. Die Möglichkeit, sich einen Mann für definitiv unverbindlichen Sex zu buchen, weckte in ihr die Hoffnung auf eine Art Teufelsaustreibung. Weg mit den schlechten Geistern und Enttäuschungen, her mit dem neuen Glück auf Liebe. Allerdings, nun auch noch einen Mann für Sex zu bezahlen, fühlte sich in Lissis Vorstellung merkwürdigerweise so an, als würde sie sich selbst prostituieren. Statt die beglückte Kundin zu sein. Und außerdem wollte sie doch kein weiteres Kapitel der lüsternen Erfahrungen in ihrer Projektakte aufschlagen. Nicht direkt nach der Episode mit Volker, aus der sie gerade noch davon gekommen war. Sex hatte sie in den letzten Wochen an sich genügend gehabt. Und sie wollte doch ernsthaft einen Mann finden. Sie hatte trotz allem immer noch Hoffnung. Es waren noch längst nicht alle Möglichkeiten ausgeschöpft. Trotzdem könnten bis dahin, Sex und ein angenehmer Abend mit einem attraktiven gebildeten Mann, nicht schaden. Als Ausgleich für alle vergangenen Mühen und Fettnäpfchen. Ohne anschließenden Nervenkrieg. Ob sie ihr Geld nun für einen zusätzlichen Urlaub mit der unsicheren Aussicht auf Sex, oder lieber für Sex mit einem sicheren Erholungsgefühl ausgeben würde, spielte nüchtern betrachtet keine Rolle. Urlaub. Genau, sie brauchte Urlaub. Von ihrem Projekt und ihrem getriebenen Selbst. Sollte sich doch zur Abwechslung mal jemand anderes um ihre Triebthemen kümmern. Und vielleicht könnte sie ihren Traummann ja auch so finden. Wie bei *Pretty Woman*. Nur andersherum.

Als sie einige Tage später bei Tobi und Frank in der Küche stand und routiniert Gemüse in feine Streifen schnitt, erzählte sie den beiden davon. Die waren sofort Feuer und Flamme, und versuchten sie zu überzeugen, den Escort-Service sofort zu buchen. Schließlich hätte das in ihrem Bekanntenkreis noch keiner gemacht. Außer Katharina, welche die beiden aber kaum kannten. Lissi könne mal wieder Columbus auf dem Gebiet sein.

»Jungs, beruhigt Euch! Hier geht es nicht um eine ausgeflippte Handtasche, sondern darum, ob ich einen Mann für Sex bezahlen soll«, mahnte sie die beiden zu einer ernsthafteren Diskussion. So ernsthaft man das überhaupt diskutieren konnte, ohne sich dabei vollkommen schäbig zu fühlen.

»Gott, wie furchtbar klingt das?«, fragte sie und schnitt die Zucchini besonders energisch.

Sie war gerade einmal 33, attraktiv und erfolgreich. Außerdem war ihr erst vor kurzem bewiesen worden, dass sie durchaus verführerisch war. Hatte

Experiment 7: Es fehlt ein Glied in der Kette

sie das denn wirklich nötig? War das der abschließende Beweis dafür, dass sie auf dem Partner-Buffet übrig geblieben war?

»Das ist halb so schlimm«, erklärte ihr Frank und fuchtelte dabei mit dem Pfannenwender wie mit einem Zeigestock.

»In Wahrheit sind es doch die Durchschnittsbürger und Spießer, die in Bordelle und Swinger-Clubs gehen. Die Heckenschneider, die Gartenzwergbesitzer und Pauschalurlauber. Du outest Dich lediglich als Deutsche – als Staatsbürgerin des Landes, das der Zuhälterei durch sein Prostitutionsgesetz, Tür und Tor geöffnet hat.«

Theatralisch hielt er die geöffneten Arme nach oben und stand in seiner *Kiss-the-Cook*-Schürze stramm da. Lissi konnte sich den Gedanken nicht verkneifen, dass er nun auch noch etwas von einem geisteskranken Wichtel hatte. Aber sie musste über seinen überschwänglichen Kurzvortrag lachen. Genauso wie Tobi, der seinen Lebenspartner herzlich drückte und küsste.

»Schwing den Wender lieber in der Pfanne. Bei uns Normalspießern wird pünktlich gegessen«, neckte er ihn, woraufhin Frank gackernd lachte und der Aufforderung nachkam.

Lissi lehnte sich an die Küchenzeile, verschränkte die Arme und biss laut knackend in einen Paprikastreifen.

»Das ist im Prinzip gar nicht so dumm…«, überlegte sie laut.

»Eigentlich ist es sogar ziemlich effizient und ehrlich.«

Die beiden Männer schauten sie mit hochgezogenen Augenbrauen an und waren gespannt auf ihre Eingebung.

»Schaut doch mal. Sex ist neben Nahrung und Schlaf, ein existenzielles Grundbedürfnis des Menschen.«

Sie referierte energisch darüber, dass es doch eines der ältesten Gewerbe der Welt sei und sicher das Normalste, sich sein Grundrecht auf Sexualität zu nehmen. Dass man sich dafür nicht schämen brauche und es unterm Strich doch die ganze Zeit mit dem Kennenlernen in Bars sparen würde,

Experiment 7: Es fehlt ein Glied in der Kette

wenn es schlussendlich ohnehin nur um eine kurze Bettgeschichte ging. Zeit hatte sie bekanntermaßen wenig. Nicht als Projektleiterin, nicht als potenzielle Ehefrau mit schrumpfendem Marktwert und nicht als denkbare Mutter mit sinkender Fruchtbarkeitskurve. Und überhaupt sei dieses Angebot die einzig logische Konsequenz aus dem Emanzipationsprozess. Als sie schließlich endete, schauten sich Frank und Tobi an und sagten zunächst nichts.

»Prinzessin, lass Dich einfach von dem Sunnyboy vögeln, bezahl ihn und mach keine Doktorarbeit draus«, sagte Tobi schließlich trocken und widmete sich wieder der brutzelnden Pfanne. Glucksend drehte Lissi sich um und schnitt ihr Gemüse fertig.

Nachdem sie die Fürs und Wider immer wieder gewälzt hatte, fasste sie sich ein Herz und buchte den Escort-Service. Sie wollte sich schließlich nicht vorwerfen lassen, nicht alles versucht zu haben. Außerdem mochte sie die Rolle der abenteuerlustigen Entdeckerin, auf der Suche nach dem Land, in dem sich Männer neben Schokobrunnen räkelten und nur darauf warteten, von Ü-30-igerinnen entdeckt zu werden. Allerdings hatte sie den *Service* in Berlin gebucht, um keinesfalls einen Bekannten treffen zu können. Wenige Tage später, war sie also dort und vor dem Treffen mit dem Escort-Boy wahnsinnig aufgeregt. Sie hatte das Gefühl, jeder würde ihr ansehen, was sie gleich tun würde. Nervös schaute sie immer wieder auf die Uhr, strich sich die Haare hinters Ohr und spielte mit den Gliedern ihrer gläsernen Halskette. Sie konnte selbst kaum fassen, dass sie dort vor dem Berliner Restaurant stand und auf einen Fremden wartete, mit dem sie in wenigen Stunden Sex haben würde. Als er um die Ecke kam, wusste sie gleich, dass er es war. Er sah nicht ganz so gut aus wie auf dem Foto im Internet, aber immer noch sehr attraktiv. Diesen Effekt kannte sie schon. Souverän begrüßte er sie mit zwei Küsschen auf die Wange und stellte sich als Marc vor.

»Hallo…«, hauchte Lissi schüchtern, was sonst gar nicht ihre Art war. Marc war sehr zuvorkommend. Hielt ihr die Türen auf, achtete darauf, dass sie stets etwas zu trinken hatte und unterhielt sich interessiert mit ihr. Sie sprachen angeregt über die Herausforderungen von Führungskräften in mittlerer Ebene, über ihre Lieblingsstädte und gewünschten Reiseziele.

»Das ist eine hübsche Halskette«, stellte er fest.

Lissi ließ die einzelnen Glieder erneut durch ihre Finger gleiten und erklärte:

»Ja. Jede Glasperle ist handgemacht. Ein echtes Einzelstück.«

Sie musterte die Kette.

»War ein Geschenk von einer Freundin.«

Warum sie den letzten Satz noch hinterherschob, wusste sie nicht. Es war ihr schlagartig ein Bedürfnis gewesen, das klar zu stellen. Natürlich hatte Marc keinen Grund zur Eifersucht, selbst wenn sie die Kette von ihrem möglichen Ehemann gehabt hätte. Schließlich war er der von ihr bezahlte Escort-Mann. Abgesehen von dieser Irritation, war es insgesamt ein sehr angenehmer Abend. Eines der besten Dates, das sie seit Langem hatte. Und Katharina behielt Recht: Man spürte keinen Unterschied zu einem echten ersten Date. Nur dass Lissi für sämtliche Kosten einstand. Sie hätte während des begeisterten Gesprächs sogar beinahe vergessen, unter welchen Umständen sie sich getroffen hatten, bis er schließlich nach dem Essen auf die Uhr schaute und mit einer höflichen aber deutlichen Aufforderung fragte:

»Wollen wir?«

Lissi rutschte das Herz in die Hose und ihre Hände wurden kalt. Richtig, da war ja noch was. Unwillkürlich fragte sie sich, ob sie überhaupt Lust hatte und ob es so nötig war, jemanden dafür zu bezahlen. Hatte das noch etwas mit ihrem Projekt zu tun? War sie vom rechten Pfad, also Projektplan, abgekommen? Oder würde es der batteriegetriebene Helfer nicht

Experiment 7: Es fehlt ein Glied in der Kette

doch noch einmal tun. Alternativ die Erinnerung an die wilden Nächte mit Volker, die mittlerweile ihre Onanier-Vorlagen-Erinnerungen mit Carsten überlagerten. Aber wenn sie die Mission jetzt abbrechen würde, hätte sie Marc nur dafür bezahlt, mit ihr zu reden und zu essen. Und das wäre noch schlimmer als für Sex zu bezahlen. Also nickte sie stumm und verlangte beim Kellner die Rechnung, die sie unter Zugabe von reichlich Trinkgeld beglich. *Sei kein Feigling*, ermahnte sie sich.

Marc ging mit ihr in das in der Nähe gelegene Hotel, in dem Lissi ein Zimmer zur Übernachtung gebucht hatte. Im Bad machte sie sich noch einmal frisch, atmete tief durch und ging zurück in den Schlafraum. Sie war aufgeregt wie beim ersten Mal. Und wer wollte schon das erste Mal, ein zweites Mal erleben. Ihr Begleiter hatte bereits den Wein sowie den nächsten Knopf seines Hemdes geöffnet und schenkte gerade ein. Nach kurzer Zeit fanden sie sich heftig küssend und fummelnd auf dem Sofa wieder. War küssen nicht eigentlich tabu? Aber Lissi hatte keine Zeit, weiter darüber nachzudenken. Die Klamotten fielen schnell. Ständig gab er knurrende Laute des Wohlgefallens von sich, die Lissi eher irritierten als stimulierten. Sie versuchte es zu ignorieren, doch dann nahm er ihre Hand und stöhnte ihr keuchend ins Ohr:

»Streichle mein Glied… Ich begehre Dich…«

Lissi unterdrückte glucksend ein Lachen. Glaubte der Typ wirklich, dass Frauen auf exakte anatomische Bezeichnungen standen? Ob man so etwas auf einer Callboy-Schule lernte? Doch als sie das Glied des Begehrens berührte, stand er abrupt und wortlos auf. Ehe sie richtig registrierte was passiert war, hörte sie plötzlich die Dusche nebenan. Sie starrte auf die Stelle, an der er gerade den Raum verlassen hatte. Lissi fing irritiert an zu grinsen und schlug sich die Hände auf den Mund, um nicht laut loszulachen.

Experiment 7: Es fehlt ein Glied in der Kette

Das glaube ich doch jetzt nicht. Glied gestreichelt und das war's schon? Dann muss ich aber leider reklamieren und mein Geld zurück-fordern. So viel zu Nutzungsdauer und Orgasmus-Garantie.

Sie prustete in ihre Hände und rang einen unkontrollierten Lachkrampf im letzten Moment nieder. Als sie die Badezimmertür hörte, zwang sie sich schnell zur Beruhigung, richtete den noch übrig gebliebenen Spitzen-BH und stützte sich betont lässig mit dem Weinglas in der Hand auf die Sofalehne.

»Du… hast geduscht?«, fragte sie vorsichtig und irritiert.

Er bedachte sie mit einem eitlen Blick und antwortete:

»Ich bin ein sehr hygienischer Mensch. Ich habe den Lusttropfen abgewaschen. Wir können nun hinüber ins Bett gehen.«

Sie fühlte sich wie in einem schlechten Film. Das hatte er doch nicht wirklich gesagt. War das wirklich derselbe Mann, mit dem sie sich kurz zuvor noch so angeregt unterhalten hatte? Sie beobachtete regungslos, wie er sich *playboymäßig* auf das Bett legte und mit der flachen Hand auf die Bettdecke klopfte, um sie zum Rüberkommen zu animieren. Lissi rührte sich nicht vom Fleck. Sie starrte ihn einfach nur an, während ihr Kopf schwirrte. Das war eine Nummer zu schräg für sie. Die ganze Situation war falsch. Er war ein von ihr bezahlter Callboy, verdammt nochmal. Wollte sie wirklich so weit gehen? Recht auf Sexualität hin oder her. Ruckartig stand sie auf und zog sich in Windeseile an.

»Marc, es tut mir leid. Du bist sicher toll und so. Hast es sicher ziemlich drauf. Aber ich kann das nicht.«

Fluchtartig verließ sie das Hotelzimmer, bevor er antworten und sie vom Gegenteil überzeugen konnte. Draußen auf der Straße vor dem Hotel, bekam sie einen haltlosen Lachkrampf und konnte sich kaum noch auf den Beinen halten. Sie konnte es nicht glauben, was sie gerade erlebt hatte. Sie hoffte nur, dass er weg war, wenn sie wieder in ihr Zimmer kam. Dass sie von Passanten teils neugierig, teils verunsichert gemustert wurde, nahm

Experiment 7: Es fehlt ein Glied in der Kette

sie kaum wahr. Schließlich lehnte sie sich kurzatmig an die Hauswand und wischte sich die Augen. So hinter dem eingetopften Buchsbaum versteckt, sah sie gerade noch, wie Marc irritiert das Hotel verließ und auf seinem Handy tippte. Vermutlich wollte er seinem Agentur-Chef, oder wie man das nannte, seine Version der Geschichte erzählen. Bevor Lissi als unbegattete Kundin es tun konnte. Sie blieb breit grinsend an der Hauswand stehen und resümierte schließlich:

Bilanz Experiment 7: Wenn Glieder eine Kette bilden, werden sie meistens genutzt um Grenzen zu markieren... PS: Arme und Beine sollten die einzigen Glieder am Körper sein, die »gestreichelt« werden.

Experiment 8: Lass die Karten sprechen

Lissi schreckte mitten in der Nacht auf und saß kerzengerade im Bett. Sie schwitzte und ihr Herz pochte heftig. Es war erneut dieser Traum gewesen, den sie seit Wochen immer wieder hatte. Sie schlug sich die Hände vors Gesicht und rieb sich die Augen. Es dauerte einige Augenblicke, bis sie sich sicher war, in der Realität zu sein. Sie atmete mehrmals tief ein und aus. Es war fünf Uhr zehn. Eine denkbar blöde Zeit, um aus einem denkbar blöden Traum hochzuschrecken. Als sie sich im dunklen Schlafzimmer umsah und sich ihr Puls nur langsam senkte, fielen ihr der zweite Bettbezug und die freien Flächen in ihrem offen stehenden Kleiderschrank auf. Und es war niemand da, der diese leeren Stellen hätte füllen können.

»Oh Gott, ich drehe langsam durch! Ich räume meine Wohnung für einen imaginären Freund halb leer, biedere mich über alle erdenklichen Wege an und träume ständig so einen krassen Kram! Wenn das so weitergeht, bin ich in Kürze scheinschwanger und reif für eine Einweisung«, dachte sie aufgewühlt und rieb sich erneut die brennenden Augen.
Ihr Herz pochte immer noch. Und immer wieder flackerten Bildfetzen ihres Traums auf. Sie träumte seit Wochen regelmäßig davon, einen gesunden Jungen auf die Welt zu bringen. Was nicht nur verstörend real, sondern überhaupt verstörend war. Zur Sicherheit prüfte sie aber doch einmal, dass ihr Bauch keine Wölbung machte, die nicht direkt auf Schokosünden zurückzuführen war. Lissi rutschte an das Kopfteil ihres Bettes, zog die Bettdecke bis zu den Schultern und schlang darunter die Arme um ihre Beine. Sie legte das Kinn auf die Knie. Leicht wiegte sie sich vor und zurück. Mittlerweile war es Ende September. Man konnte den nahenden Herbst schon beinahe riechen. Lissi war müde. Sie war allein. Einsam. Sie fühlte, dass sich ihre Energie dem Ende neigte. Sie wollte nicht mehr suchen und kämpfen. Dass das alles so lange dauern

würde, hatte sie nicht erwartet. Der gesamte Frühling und Sommer waren schon drauf gegangen. Hatte sie ihre beiden Lieblings-Jahreszeiten überhaupt richtig wahrgenommen? Die Wärme, die Blumen, die Menschen auf den Straßen? Ihre Gefühle zackten seit Monaten zwischen vermeintlichen Ruhephasen, euphorischem Tatendrang oder nackter Panik hin und her. Mittlerweile hatte sie allen Grund sich zu fragen, ob das noch gesund war. Wahrscheinlich könnte jeder Hobbypsychologe eins und eins zusammen zählen: Sie war nun fast 34, nach einem halben Jahr Liebes-Projektlaufzeit durchaus enttäuscht, dass es noch nicht geklappt hatte und mehr unter Druck als je zuvor. Aber grundsätzlich noch voller Hoffnung. In den letzten Monaten dachte sie verstärkt über das Thema Familie, Kinder und Lebensplanung nach. Wofür ihr wiederum der Mann und potenzielle Vater fehlte. Dazu die bohrende Frage, ob sie sich entgegen aller zu erwartenden Widerstände, vor allem der eigenen, den Mut aufbringen könnte, sich für eine Aufgabe der Erfüllung zu entscheiden. Und wenn ja, welche wäre das: ehrgeizige Führungskraft oder liebende Mutter? Oder wollte sie den Spagat wagen? Und würde sie jemanden finden, der ihr bei dieser Entscheidung half? Jemanden, der alle Zweifel einfach auslöschen konnte? Was sollte bei all dem Gedankenwirrwarr schon anderes herauskommen, als der wiederkehrende Traum einer Geburt, der sie unbarmherzig mit der Nase darauf stieß? Oder wurde sie unnötig wegen ungelegter, geschweige denn befruchteter Eier panisch? Lissi seufzte herzzerreißend in den einsamen dunklen Raum. Wenn ihr doch nur jemand sagen könnte, wo das alles hinführte. Ob das alles richtig war, was sie tat. Ob sich das alles lohnte. Und ob sie ihren Traummann überhaupt jemals treffen würde. Oder ob sie am Ende als schrullige alte Schachtel einsam sterben und ihr Vermögen einer Stiftung zur Rettung des Feldhamsters vermachen würde. Dann könnte sie sich jetzt einfach ganz im Sinne der plüschigen Nager voll auf ihre Karriere konzentrieren. Das wäre für alle Beteiligten sicher das Beste. Lissi hörte auf, sich zu wiegen und lehnte den

Experiment 8: Lass die Karten sprechen

Kopf an die Wand. Die sachte flackernden Lichtreflexe auf den dunklen Vorhängen hatten etwas Unwirkliches. Die Welt da draußen war noch ganz leise. Sie saß noch eine Weile ruhig da und sammelte sich. Das Gewicht der Schwermut auf ihrer Brust erschwerte das Atmen und Denken. Bis sie schließlich entschied aufzustehen. Das brachte doch alles nichts. Sie goss eine große Tasse Kräutertee auf und streifte den flauschigen Bademantel über ihren Pyjama. Lissi lehnte an der Küchenzeile und blies in den heißen Tee. Bei angeknipster Lampe und mit einem leicht angekurbelten Kreislauf sah die Welt schon wieder ein bisschen freundlicher aus. Die Schatten zogen sich zurück. Dennoch: Sollte sie ihr Projekt aufgeben? Sollte sie sich geschlagen geben? Akzeptieren, dass sie offenbar alleine bleiben würde? Sollte sie den Gedanken zulassen, dass sie vermutlich nicht in der Lage war, einen liebenden Partner dauerhaft an sich zu binden? Lissi atmete tief durch und richtete sich in ihrer Küche zu voller Größe auf. Nein. Noch hatte sie einen Ladebalken in ihrem Akku. Und sie würde ihn nutzen, um ihr Glück in der Liebe zu finden. So leicht gab sie nicht auf. Abermals rieb sie sich die müden Augen. Es war nur ein blöder Traum gewesen, nichts weiter. Ein Traum, der sie schon länger verwirrte. Aber noch nie so sehr erschrocken hatte wie an diesem Morgen. Das brachte Lissi auf eine Idee. Am besten würde sie die gewonnene Zeit am frühen Morgen nutzen, um der Sache mit diesem beängstigenden Thema auf die Spur zu gehen. Denn Elisabeth Maria Schütz ging analytisch und gewissenhaft an die Dinge heran. Daran hatte sich auch in den letzten sechs Monaten nichts geändert. So saß sie wenige Minuten später an ihrem Laptop im halbleeren Arbeitszimmer und recherchierte zum Thema Traumdeutung. Sie umklammerte ihre dampfende Teetasse und las seitenweise Erläuterungen, Interpretationen und Symbole. Eine spannende Welt tat sich auf, in der jedes Zeichen seinen Sinn und eine tiefere Bedeutung hatte. Verrückt, aber das war auf eine eigentümliche Art beruhigend. Laut Tee schlürfend erfuhr sie, dass der Traum, wie sie ihn regelmä-

Experiment 8: Lass die Karten sprechen

ßig sah, nämlich selbst gebärend, als Frau und als glückliche Entbindung, ihr allerlei positive Vorzeichen für die Zukunft mitzuteilen schien. Lissi war hellwach und las aufmerksam. Die Geburt, als Zeichen des Neubeginns und einer neuen Lebensphase. Ein sich Selbstgebären. Eine neue Einstellung zum Leben für sie als Frau. Und das baldige sich Erfüllen eines lang gehegten Wunsches, mit dem sich viele Sorgen auflösen werden. *Puh...*, schnaufte Lissi leise und ließ sich zurück an die Stuhllehne fallen. Das klang doch insgesamt ziemlich gut für sie. Die Sache hatte bei genauerer Betrachtung nur einen Haken: Sie träumte diesen Traum schon seit langem. Da konnte man sich doch fragen, was das Universum unter *bald* verstand. Diese Woche? Dieses Jahr? Dieses *Leben*? Und was war diese Veränderung, die sie sich angeblich wünschte? Lissi blies sachte und gedankenverloren auf den heißen Tee, als ihr eine blinkende Anzeige am Bildschirmrand ins Auge fiel:

»Wen werden Sie heiraten? Verblüffend genaue Ergebnisse!«

Darunter zwei abgebildete Hände mit feinen Linien darauf. Genau das war die Frage, die sie seit Monaten umtrieb. Und hier wurde ihr eine Antwort per Mausklick geboten. Konnte sicher nicht schaden. Nach der Eingabe ihrer exakten Geburtsdaten mit Datum und Zeit sowie ihrer E-Mail-Adresse, erhielt sie nur wenige Augenblicke später eine sechsseitige Auswertung ihrer Situation. Ihre spirituelle Führerin schien sich ernsthaft über Lissis inneren Energien-Konflikt zu sorgen. Aber sie machte ihr auch Mut, dass die Zeit des Zweifelns bald vorüber sei. Dass sie das Gefühl des *Wartezimmers* aushalten solle und sich die Dinge bald fügen würden. Dass die Enttäuschungen der Vergangenheit zu Früchten in der Zukunft führten. Sie habe starke Karten mit Aussicht auf Erfolg für Lissi gezogen. Ihre spirituelle Führerin bräuchte nur noch das große Sternbild, um Lissis innere Blockaden lösen zu können. Was dem emotionalen Durchbruch den Weg ebnen sollte. Das Sternbild sei zwar für Lissi als *Freundin* kostenlos, aber eine symbolische Beteiligung von 79,90 €,

Experiment 8: Lass die Karten sprechen

zahlbar über Kreditkarte oder Bankeinzug, würde den Göttern geopfert werden. Was schließlich auch ihr, Lissi und ihrem persönlichen Weg, zugutekäme. Laut lachend warf Lissi den Kopf in den Nacken. Was für ein Start in den Tag.

Natürlich wusste sie, dass das Humbug gewesen war. Aber die gelesenen Sätze ließen sie den ganzen Tag über nicht los. Auch nicht, als sie sich im Büro mit Bergen von Projektakten umgeben, in die Arbeit vergrub. Und die Witze von Herrn Bornemann routiniert über sich ergehen ließ. Die Zeit des Zweifelns, das Gefühl des Wartezimmers und die ersehnte Versicherung einer geschäftstüchtigen spirituellen Führerin, dass alle Irrungen für etwas gut gewesen waren. Das hatte den Kern so gut getroffen. Andererseits: Wer auf eine Online-Anzeige mit dem Text *Wen werden Sie heiraten?* klickte, konnte doch nur so empfinden, oder? Und das wussten die Köpfe und Schreiberlinge hinter der Anzeige sicher noch besser als Lissi. Darüber war sich Lissi im Klaren. Aber dieser Morgen, an dem sie sich so elend, leer und einsam gefühlt hatte, zeigte Lissi auch eines: Sie war bereit, sich auf ein weiteres Experiment für ihr Projekt einzulassen. Lissi brauchte kosmischen Beistand.

Eine Woche später, saß sie im Wohnzimmer einer professionellen Kartenlegerin. Sie sah sich neugierig und etwas enttäuscht im Raum um. Sie hatte etwas anderes erwartet. Eine Frau mit wallendem weißem Haar, in ebensolchen Gewändern und rauchiger Stimme. Einen Nebel aus Räucherstäbchen und einen Vorrat an Hühnerbeinen. Unfrittiert. Stattdessen saß Lissi in Jeans und Sneakers an einem gänzlich ungeheimnisvollen Esszimmertisch und trank leicht nervös eine Tasse grünen Tee. Zusammen mit einer agilen Frau mittleren Alters, die ebenfalls Jeans trug und eine Kurzhaarfrisur hatte. Die Sneakers hatte Lissi wegen der Standfestigkeit und guten Fluchtmöglichkeit gewählt. Wie immer war sie also gut vorbereitet und angemessen gekleidet. Die beiden Frauen plauderten zunächst über

Experiment 8: Lass die Karten sprechen

alltägliche Dinge, bis sie sich langsam der Sitzung näherten, wegen der Lissi den Termin gemacht hatte. Die Kartenlegerin versicherte ihr, dass Profis mit einem echten Draht nach oben, ihren Gästen keine Hiobsbotschaften übermittelten. Schon gar nicht ungefragt und ohne Rückversicherung. Das beruhigte Lissi, denn sie fürchtete sich davor, dass ihr im Rahmen dieser kosmischen Konferenz, ein Floh ins Ohr gesetzt würde. Dass sie auf dieser Basis irrationale und absurde Entscheidungen treffen könnte. Eine sich selbsterfüllenden Prophezeiung, wie beim Ödipus-Komplex. Aber so sollte nichts schiefgehen. Es ging los. Mit einem Kribbeln im Bauch und ein wenig Herzklopfen, stellte Lissi also in Gedanken ihre erste Frage und zog dabei die Karten, welche die Wahrsagerin in einer bestimmten Reihenfolge ausbreitete. Zufrieden nickte diese. Ihr schien zu gefallen, was sie dort sah. Kurz darauf erfuhr die gespannte Lissi, dass sie im nächsten Jahr mit anhaltenden beruflichen Erfolgen zu rechnen hatte. Und dass sie sich nicht um ihre Karriere sorgen müsse, auch wenn sie in ihrem Leben etwas änderte. Lissi war verblüfft. Immerhin hatte sie die Frage nach ihrem beruflichen Vorankommen nur gedacht. Sie konnte es nicht erklären, aber sie spürte unwillkürlich eine Woge der Freude und Ruhe durch sich strömen. Wenigstens wäre der Job schon einmal sicher. Auch wenn sie daran kaum gezweifelt hatte. Sie ließ sich noch einen Tee nachschenken, bevor sie sich der zweiten, viel brennenderen Fragen stellte und hierfür die Karten zog. Prüfend wiegte die Frau den Kopf immer wieder von links nach rechts. Der Fall schien kniffliger. Was keine neue Info für Lissi gewesen wäre. Denn sie hatte nach den Aussichten in der Liebe gefragt. Doch dann prophezeite ihr die Seherin mit fester und überzeugter Stimme, dass sie innerhalb der nächsten drei Monate einen Mann treffen würde, den sie von da an für lange Zeit an ihrer Seite sähe. Aber seine Rolle in ihrem Leben sei noch nicht ganz entschieden. Denn die mögliche neue Liebe würde schon früh, von dem Auftauchen eines Mannes aus der Vergangenheit auf den Prüfstand gestellt werden. Einem

Experiment 8: Lass die Karten sprechen

Mann, den Lissi erst vor kurzem für ihren Seelenverwandten gehalten hätte. Und der laut der Karten auch der Richtige für sie gewesen wäre. Sie hätten zusammengehört. Waren in diesem Leben füreinander bestimmt. Wenn er sein Leben aufgeräumt hätte. Wenn er nicht haderte.

»Ihre Liebe zueinander ist außergewöhnlich groß. Und sie erhalten nach einer Zeit des Ringens, eine zweite Chance. Es ist an ihm, das Leben in die Hand zu nehmen. Wenn er es nicht tut, werden Sie sich für immer verlieren.«

Lissi stockte der Atem. Ihr Herz pochte schneller. Carsten. Sie konnte nur Carsten meinen, oder? Sie war aufgeregt. Konnte das wirklich sein? Sah sogar das gesamte Universum, dass sie trotz aller Schwierigkeiten füreinander bestimmt waren? Lissis Gefühle kochten unerwartet auf. Sie fühlte, dass ihr das Blut in die Wangen schoss. Bevor sie sich zur Beruhigung zwang und sich bewusst machte, wo sie war. Es gab keinen Grund, gleich ihren Verstand über Bord zu werfen. Nur weil ein paar bunte Karten auf dem Tisch lagen. Und überhaupt, sie würde sich keine neue Liebe von diesem Lügner und Feigling kaputt machen lassen! Niemals! Doch dann schoben sich die anderen Worte der Seherin zurück in ihr Bewusstsein. Drei Monate. Noch drei Monate. Sie würde es vermutlich keine drei Tage mehr schaffen, ohne vollends zu verzweifeln. Sie wollte sofort eine Beziehung mit einem liebenden Partner. Und sie wollte, dass Carsten nicht länger an ihr zerrte. Das gelang ihm offenbar sogar, wenn er kein aktiver Teil ihres Lebens war.

»Jetzt habe ich alles Mögliche probiert und es passiert immer noch nichts. Ich habe mich geöffnet. Habe Dinge in meinem Leben geändert und vorbereitet. Jetzt soll ich *noch* länger warten«, jammerte Lissi. Sie wollte auf der Stelle eine Lösung und ein Ende ihrer getriebenen Suche. Die Kartenlegerin lächelte geheimnisvoll und sagte:

»Wissen Sie, die Suche nach sich selbst, das ist keine Entwicklung, die irgendwann abgeschlossen ist. Wenn man einmal damit angefangen

Experiment 8: Lass die Karten sprechen

hat, sich selbst zu hinterfragen und zu reflektieren, wird man nicht mehr aufhören, an sich zu arbeiten. Auch wenn sie ihr vermeintliches Ziel der Partnerschaft erreicht haben.«

Lissi keuchte:

»Wenn ich vorher gewusst hätte, dass ich mir eine Dauerbaustelle auflade, hätte ich damit nicht angefangen.«

»Sie sind stolz auf ihre Entwicklung. Und Sie fühlen sich wohler damit, etwas weicher und weniger unbarmherzig zu sein. Das kann ich sehen.«

Sie ließ ihre Worte wirken und musterte Lissi, die sie überrascht anblickte. Zwinkernd fügte sie hinzu:

»Und ihr Herz ist noch nicht so offen, wie es sein könnte. Sie haben Angst, Schwäche zu zeigen und verletzt zu werden. Es könnte auch sein, dass ihre Schwierigkeiten in der Liebe, in der Vergangenheit verwurzelt sind. In einem früheren Leben. Ihre Überschrift scheint Misstrauen zu lauten. Haben Sie Vertrauen.«

Ertappt löste Lissi sofort ihre verschränkten Arme, um Offenheit zu demonstrieren. Wieder einer der Menschen, der das Gefühl vermittelte, mehr in ihrem Innersten zu sehen, als sie selbst. Lissi war es mulmig zu mute. Stumm blickte sie aus dem Fenster und ließ die letzten Monate revue passieren. Was sie erlebt hatte. Und was sich verändert hatte. Nach einigen Augenblicken begann sie zögerlich zu lächeln und nickte der Frau zu. Es stimmte. Sie war weicher geworden und sie fühlte sich leichter. Gut, das lag auch an den gepurzelten Pfunden. Aber sie fühlte sich insgesamt einfach wohler. Auch, wenn sie noch alleine war. Die Frau nickte lächelnd zurück.

»Sie können sich das mit der persönlichen und spirituellen Entfaltung vorstellen, wie eine Pyramide. Alle Menschen stehen zunächst auf der riesigen Fläche am Boden. Einige beginnen sich zu fragen, was es oben noch gibt und steigen eine Etage höher. Was mit Anstrengungen

Experiment 8: Lass die Karten sprechen

verbunden ist, die nicht jeder auf sich nehmen möchte. Dort angekommen, stellen sich wiederum einige Menschen dieselbe Frage und klettern auf die nächste Ebene und so weiter. Je höher man kommt, desto umfassender werden das Bewusstsein und die eigene Wahrnehmung. Und desto weniger Menschen trifft man dort. Aber umso mehr sieht und entdeckt man.«

Lissi schlussfolgerte blitzschnell.

»Also jetzt stehe ich weiter oben, mir weht ein frischer Wind um die Nase, ich genieße die Aussicht, aber es gibt noch weniger Menschen, mit denen ich darüber sprechen kann? Und die zu mir finden können? Oder ich zu Ihnen?«

Sie stockte.

»Das ist nicht das, was ich wollte. Dann klettere ich doch lieber wieder runter und erhöhe meine Chancen«, feixte Lissi.

Die Kartenlegerin stimmte in das Lachen mit ein, schüttelte dann aber freundlich den Kopf:

»Nein, runter geht es nicht mehr. Das ist ein *One-Way-Ticket*. Was sie über sich erfahren haben, können sie nicht mehr vergessen. Das wäre ein Rückschritt ihrer persönlichen Entwicklung. Und das würden sie auch gar nicht zulassen.«

Lissi dachte plötzlich an Katharina. Ihre langjährige Freundin und erfolgreiche Anwältin, mit der sie sich immer auf der gleichen Stufe gesehen hatte. Beide konsequent, diszipliniert und häufig beinahe bedingungslos. Beide ehrgeizig und erfolgreich im Job. Beide fordernd in Bezug auf eine Partnerschaft. Doch in letzter Zeit, waren Lissi die Äußerungen und Verhaltensweisen von Katharina immer fremder geworden. War Katharina in ihrer persönlichen Entwicklung etwa stehen geblieben? Gemessen am Bild der Pyramide. Obwohl sie im Job voran kam? Denn sie wartete immer noch voll aggressiver Herausforderung darauf, dass sie gefunden wurde. Dass sie endlich ein Mann so hinnahm wie sie war. Denn

Experiment 8: Lass die Karten sprechen

Katharina die Große würde sich sicher nicht bewegen. Sie bügelte alles nieder, was vom vermeintlich rechten Weg abkam. Dazu gehörte neuerdings auch Lissi. Und Katharina schien darüber hinaus sogar darauf zu warten, dass sich mehr Menschen an ihr und ihren Tugenden ein Vorbild nahmen. Diese Erwartung erfüllte sich aber nicht. Und so wurde sie immer frustrierter und kratzbürstiger. Waren das vor wenigen Monaten wirklich noch Lissis eigene Ansichten gewesen? Wieder blickte sie aus dem Fenster, vor dem sich die Bäume im Wind wiegten. Ihr dämmerte, dass sich im Laufe ihres Projektes mehr getan hatte, als sie derzeit sehen konnte. Lissi hatte im Laufe der kosmischen Sitzung unerklärlich schnell Vertrauen gefasst. So erzählte sie der kurzhaarigen Wahrsagerin noch von ihrem wieder-kehrenden Traum.

»Sie verspüren den Drang, etwas in ihrem Leben zu verändern. Neu zu gestalten. Das drückt dieser Traum der Geburt aus. Ich sehe Zuwachs in Ihrem Leben, ein Kind. Sie werden nicht alleine bleiben. Eine Geburt sehe ich hingegen nicht. Die gewünschte Veränderung in Ihrem Leben wird sicher erfolgreich, das kann ich sehen. Also trauen Sie sich. Sie werden spüren, wann der richtige Zeitpunkt gekommen ist. Aber überstürzen Sie nichts. Ihre Lektion heißt Geduld«, sagte diese verheißungsvoll.

Als Lissi später am Abend zu Hause saß und ihre Gedanken um die Vorhersage kreisten, hatte sie nach einiger Zeit das Gefühl, als würde sich ein Nebelschleier lichten. Ein Nebel, in dem sie sich den ganzen Nachmittag aufgehalten hatte. Trotz fehlender Räucherstäbchen. Ein Auftauchen aus dem Leben in einer betörenden Welt, in der alles einen Sinn und eine Vorherbestimmung hatte. Vertrauen und Geduld sollte sie haben.

»Na toll. Ich bin verloren«, dachte Lissi grimmig.

Sie schüttelte den Kopf und verzog das Gesicht. Kosmischer Beistand. Seelenverwandte. Vorherbestimmungen. Als ob das die Sorgen im echten

Leben tatsächlich lösen würde. War das alles nicht nur eine Flucht aus dem wirklichen Hier und Jetzt? Eine Flucht ins Reich der Wunschvorstellungen? Um das reale Leben mit wohldosierter Hoffnung erträglicher zu machen? Sie dachte an ihren Besuch in der Gemäldegalerie im Frühjahr zurück. An die Flucht in längst vergangene Zeiten. In die Kulisse schillernder Hollywoodstreifen. Noch einmal schüttelte Lissi den Kopf.

»Was habe ich mir dabei denn nur gedacht? Ich fange an, mich lächerlich zu machen«, sagte sie laut in den Raum hinein.
Sie wollte sich nicht länger im Nebel des Wunschdenkens aufhalten. Sie war Realistin, Herrgott nochmal. Ein wenig Ablenkung würde ihr guttun. Ein wenig Urlaub im Kopf. Sonst würde sie wirklich noch durchdrehen. Energisch schaltete sie den Fernseher ein. Doch egal wohin sie im Laufe der nächsten Stunden zappte und egal wie laut, bunt oder explodierend die Bilder auf der Mattscheibe waren. Immer wieder echoten die Worte und Vorhersagen der Wahrsagerin in ihrem Kopf. Die Karten für ihren weiteren Weg hatten doch auch denkbar gut ausgesehen. In allen Lebenslagen. Sie würde einen neuen Mann treffen. Sie würde nach einer Veränderung, anhaltenden Erfolg im Beruf haben. Sie bräuchte keine Angst vor dieser Umgestaltung zu haben. Ob sie nun daran glauben wollte oder nicht. Ob es ausgemachter Blödsinn war oder nicht. Lissi konnte nicht leugnen, dass sie sich auf eine eigentümliche Art bestärkt fühlte. Leichter und sicherer. Beruhigter. Aber es trieb sie auch die Frage um, um welche Veränderung in ihrem Leben es sich wohl handeln sollte. Ob damit die anstehende Bekanntschaft mit der lang ersehnten neuen Liebe gemeint war? Sollte Carsten tatsächlich noch einmal auftauchen, würde sie ihn einfach weiter ignorieren. Er hatte ihr das Herz gebrochen. Das immer noch heilwerden musste. Sie wollte sich vollends auf eine neue Liebe einlassen. Endlich einmal ohne Komplikationen in eine Beziehung starten. Sie würde stark bleiben. Lissi schob den Gedanken beiseite. Die Kartenlegerin hatte doch etwas von Zuwachs gesagt. Zuwachs, aber keine Geburt.

Experiment 8: Lass die Karten sprechen

Lissi hatte sich vor dem Start ihrer aktiven Partnersuche nie in der Rolle als Mutter gesehen. Hatte ihr Leben im perfekten Gleichgewicht aus beruflichem Erfolg und leidenschaftlicher Zeit zu zweit geplant. Mit vielen Reisen und viel Freiheit. Seit Beginn ihres Projektes, hatte sie immer wieder mit dieser Thematik gehadert. Aber jetzt, da ihr prognostiziert wurde, dass sie selbst kein eigenes Kind bekommen würde, gefiel ihr das Bild nicht. Hatte sie sich nicht Klarheit darüber gewünscht, was für sie vermutlich vorher-bestimmt war? Sich nicht zwischen den Möglichkeiten entscheiden zu müssen? Sich auf die Rettung der Feldhamster konzentrieren zu können? Aber da war noch etwas anderes. Der Wunsch aufzuräumen und auszumisten. Eine Veränderung in ihrem Leben. Die nicht mit Partnerschaft und Nachwuchs zu tun hatte. Carsten hätte sein Leben für eine gemeinsame Zukunft umkrempeln müssen. Und hatte sich gegen sie entschieden. Was Lissi vor Schmerz und enttäuschter Liebe beinahe um den Verstand gebracht hätte. Doch Lissi fragte sich nun, ob sie selbst nicht erst ihr Leben ändern müsste und wollte, bevor sie es von jemand anderes verlangte. Und dieser noch nicht greifbare Wunsch, klopfte lauter und umfassender an ihr Bewusstsein, je länger sie darüber nachdachte. Der Wunsch schien größer als der Versuch, durch das bloße Ausräumen des Kleiderschrankes und der Wohnung, sprichwörtlichen Raum für einen Partner zu schaffen. Oder das Streichen von Sport und Überstunden, um eine mögliche Partner-Zeit zu haben. Und dann kam sie. Die Frage, die das Leben aus den Angeln heben konnte: War Lissi glücklich? Mit ihren stets überfüllten und gehetzten Arbeitstagen? Getrieben von dem Wunsch nach Aufstieg und Wachstum? Sollte ihr Leben so weitergehen? Bloß ergänzt um eine perfekt getimte Partnerzeit? Lissi erschrak. Das war all die Jahre jene Säule gewesen, die unverrückbar die Mitte ihres Lebens bildete. Das hatte sie noch nie hinterfragt. Und sie war sich nicht sicher, ob es eine gute Idee war, dies zu tun. Ausgerechnet jetzt. Allein und ohne konkrete Aussicht auf die ersehnte Partnerschaft. Lissi schaltete den Fernseher aus,

Experiment 8: Lass die Karten sprechen

den sie ohnehin kaum wahrgenommen hatte. Sie verschränkte die Arme und starrte an die Wand. Ihr Herz klopfte schnell. Was war los? Steuerte sie gerade direkt in eine Lebenskrise? Oder war sie kurz vor dem Durchbruch ihrer Blockaden? Der Blockaden, die sie notfalls noch für 79,90 € und dem großen Sternbild lösen könnte? Per Kreditkarte oder Bankeinzug. Lissi rieb sich langsam die Oberarme und saß einfach nur da. Wie in einer Schockstarre. Bis sie eine Idee hatte. Auf ihr schnelles und pragmatisches Denken konnte sie sich verlassen. Sie griff nach ihrem geblümten Notizbuch und blätterte zur nächsten freien Seite. In großen Buchstaben schrieb sie die Überschrift *Mein perfekter Tag* und teilte die Seite in eine schmale sowie eine breite Spalte. In die Schmale schrieb sie untereinander die Zahlen von *1* bis *24*. Dann schloss sie die Augen und atmete mehrmals tief ein und aus. Sie dachte an die Entspannungsübung aus dem Yoga und versuchte, so ruhig wie möglich zu werden. In Gedanken stellte sie sich schließlich die Frage, wie ein perfekter Tag für sie aussähe. Vollkommen unabhängig von aktuellen Verpflichtungen, Verbindlichkeiten, Ängsten oder Zweifeln. Aus vollem Herzen: Mit was würde sie ihren Tag am liebsten verbringen? Und mit wem? Wäre sie weiterhin die fleißige Projektleiterin? Was würde sie sonst noch gerne tun? Nachdem Lissi eine ganze Weile so dagesessen und die auftauchenden Bilder in ihrem Kopf hatte kommen und gehen lassen, schlug sie die Augen auf. Und begann zu schreiben. Ihr Morgen sollte mit einem Frühstück beginnen. Gemeinsam mit ihrem Mann und den Kindern. Ja, es sollte auch ein eigenes sein. Und er könnte ruhig eines oder mehrere mit in die Beziehung bringen. Sie sollten in einer großen, modernen Stadtwohnung leben. Den Vormittag wollte sie im Büro als Projekt-leiterin verbringen. Sie mochte ihren Job wirklich und konnte sich nicht vorstellen, ihn aufzugeben. Wozu auch. Allerdings würde sie nur noch halbtags arbeiten, sodass ihr der Nachmittag zur freien Verfügung stand. Als Zeit für Familie, Sport, Ausflüge oder Zeit für ihre Freundschaften. Als Zeit, um an ihren Träumen abseits des

Jobs oder der Familie zu arbeiten. Damit sie nicht länger *Irgendwann-möchte-ich-mal*-Schwärmereien blieben. Wie sollte sie das sonst alles schaffen, wenn sie sich weiterhin von morgens bis spätabends in die Arbeit kniete? Den Abend wollte sie dann wieder mit ihrem Partner verbringen. Zusammen kochen, reden, ausgehen und die Zeit zu zweit genießen. Um schließlich zusammen einzuschlafen, nachdem sie die Leidenschaft füreinander genossen hätten. Lissi legte den Stift beiseite und ging ihren Traumtag immer wieder von morgens bis abends durch. Die Vorstellung wurde fortwährend plastischer und lebendiger für sie. Sie erinnerte sich an das Gefühl, nachdem sie die Attribute ihres Traumpartners aufgeschrieben hatte. Es herrschte plötzlich völlige Klarheit darüber, was sie sich wünschte. Und die Imagination, dies erreichen und leben zu können, holte das Gefühl der Leichtigkeit und Wärme zurück. Tatsächlich schlief Lissi in dieser Nacht so ruhig und tief, wie schon lange nicht mehr. Und das Gefühl hielt an. Einige Tage später, hielt sie in ihrem geblümten Projektbegleiter fest:

Bilanz des Experiments 8: Am Ende wird alles gut. Wenn es nicht gut wird, ist es noch nicht das Ende. (Oscar Wilde)

Experiment 9: Möge die universelle Macht mit mir sein

»Frau Schütz, ich kann diese Notiz nicht lesen. Können Sie mir sagen, was ich mit der Projektakte tun soll?«

Lissi blickte von ihrem Monitor auf und sah Volker im Türrahmen stehen. Er wirkte entspannt und schaute sie geschäftlich interessiert an. Der verkniffene Ausdruck des Zorns der letzten Wochen war verschwunden. Erleichtert atmete Lissi auf und sagte mit einem Lächeln:

»Natürlich.«

Sie erhob sich, strich ihre Stoffhose glatt und warf ihr kastanienbraunes Haar zurück. Als sie neben ihrem männlichen Äquivalent zu Monica Lewinsky stand und an der Besprechungsecke ihres Schreibtischs vollkommen gelassen über seine Aufgaben sprach, stieg der Duft seines Parfums in ihre Nase. Und er nannte sie hier im Büro immer noch Frau Schütz. Hot. Unwillkürlich blitzten Bilder ihrer gemeinsamen Nächte auf. Es war wirklich heiß zwischen ihnen gewesen. Sie biss sich auf die Lippe. Aber er war nicht mehr als eine weitere Affäre. Außerdem war er zu jung für Lissi. Und er hatte eine Freundin. Was Lissi zwar erst am Ende der Episode erfahren hatte, aber trotzdem. Die Sache war abgehakt. Lissi rang die nackten Erinnerungen nieder, ignorierte das Pulsieren in ihrer Körpermitte, straffte die Schultern und brachte ihr Gespräch ruhig zu Ende.

»Bei Fragen, kommen Sie einfach zu mir«, sagte sie noch einladend, bevor er mit einem Lächeln ihr Büro verließ. Sie atmete nochmals erleichtert aus, als er die Tür hinter seinem süßen Hintern geschlossen hatte. Die Lage hatte sich also entspannt. Vermutlich war seine Freundin von dem Auslandssemester zurückgekehrt und er hatte sich wieder besonnen, wen er wollte.

»Gut so«, dachte sie.

Experiment 9: Möge die universelle Macht mit mir sein

Nicht ohne einen kleinen Stich der enttäuschten Eitelkeit. Lissi blickte auf ihren überquellenden Schreibtisch und holte sich eine Tasse Kaffee aus der Teeküche, um sich danach wieder in die Berge von Arbeit zu vertiefen. Es würde sicher spät werden an diesem Abend. Das war noch weit entfernt von ihrem perfekten Tag. Aber zu Hause wartete ja ohnehin niemand auf sie. Noch nicht. Sie streckte sich später unter dem lauten Knacken ihres Rückens und rieb sich den schmerzenden Nacken nach Stunden des konzentrierten Arbeitens, als ihr Handy eine SMS meldete. Während sie dieses Mal seinen Namen auf dem Display las, zuckte sie nicht einmal mehr zusammen. Es war, als wäre sie darauf vorbereitet gewesen. *Können wir bitte reden?* Sie warf das Handy auf die Tischplatte und vergrub das Gesicht in den Händen. Die Kartenlegerin hatte es prophezeit. Der Mann aus der Vergangenheit war also schon einmal aufgetaucht. Verdammt. Er war zu früh dran. Wo war die vermutlich neue Liebe in Lissis Leben, die er auf den Prüfstand stellen sollte? Ihr Kopf schwirrte von der Erschöpfung. Bis ihre Gedanken schließlich den Weg zurück zu der Zeit mit Carsten fanden. Ihr wurde warm. Sie waren irrsinnig verliebt gewesen. Nahezu manisch. Wie Magnete. Das Band zwischen ihnen war eng geknüpft und etwas ganz Besonderes. Wie hatte es reißen können? War es überhaupt wirklich gerissen? Lissi erinnerte sich an ein Zitat von Johnny Depp: *Wenn du gleichzeitig zwei Menschen liebst, wähle den zweiten, denn, wenn du den ersten richtig lieben würdest, gäbe es keinen zweiten.* Warum nur, hatte sich Carsten gegen sie entschieden? Wenn seine Liebe zu ihr so innig gewesen wäre, wie er es sagte, wie hätte er sie dann jemals so zurückstoßen können? Hatte er sie schlussendlich mit seinen Gefühlen zu ihr angelogen? Ihr etwas vorgemacht? War er ein Scheißkerl, ein schlechter Mensch? Lissi streckte sich abermals und seufzte laut. Sie spürte ein neues Pulsieren der Erregung. Doch diesmal war es ganz anderer Art. Carsten sollte nicht länger ihre Energie in Beschlag nehmen, verflucht noch eins. Wie konnte es nur immer und immer wieder passieren, dass der Drecksack eine Rolle für sie spielte. Er sollte sie nicht einmal mehr per SMS kontaktieren dürfen. Es stand ihm nicht zu, sie wie auch immer geartet weiterhin als Menschen in seinem Leben zu haben. Das hatte er nicht verdient. Er hatte sie nicht verdient. Nicht, nachdem er sie so behandelt hatte. Nach einer Zeit der hormongewitternden Leidenschaft, benutzt und weggestoßen wie eine billige Nutte. Ja, sie war die andere Frau. Elisabeth Schütz, die ewige Geliebte. Wer sich einen vergebenen Partner aussucht, hat in Wahrheit Angst vor Nähe? Angst vor der klassischen Rolle als Frau und Mutter? Angst davor, nicht besonders zu sein? Misstrauen als große Überschrift? Das Superweib von Welt will sich vermeintliche Stärke durch ihre Leidensfähigkeit beweisen? Sich als degradierte Geliebte demütigen lassen, um im übrigen Leben als Frontsau bewundert zu werden? Das soll der Grund für die Partneranziehung sein? Ha! Was war das dann mit Volker gewesen? Sie hatte nicht einmal gewusst, dass er vergeben war! Und sie hatte in den Monaten davor alles erdenklich Mögliche getan, um ihr Leben auf eine Partnerschaft vorzubereiten. Sie hatte sich im wahrsten Sinne des Wortes den Arsch abtrainiert! Hatte ihre perfekte Wohnung halb leer geräumt um Platz zu schaffen! Es lag sogar seit einer Ewigkeit ein zweiter Bettbezug bereit! Sie hatte freie Zeiträume für einen möglichen Partner geschaffen! Um Himmels Willen sie hätte sogar beinahe einen Callboy gevögelt, um wirklich alle Möglichkeiten der Partneranziehung auszuschöpfen! Sie wollte nicht mehr alleine sein! Verdammte Scheiße! Was musste sie denn noch alles tun, um dem Universum zu beweisen, dass sie für eine Beziehung bereit war? Die Wut dröhnte in ihren Ohren.

»*FUCK!*«, brüllte Lissi in den Raum, griff nach dem erstbesten Gegenstand und warf den Locher mit voller Wucht gegen die Wand.

Wo er neben einem empörenden schwarzen Fleck, eine Macke hinterließ. Und auf dem Boden den kläglichen Hauch einer Konfettiparty. Sie stand mitten im Raum und atmete schwer. Mit einer Hand in der Hüfte rieb sie sich die Stirn. Ihre Augen brannten und ihre Brust zog sich zusammen. Das Brennen in der Kehle konnte sie gerade noch rechtzeitig runterschlucken, bevor Volker mit einem überraschten Gesichtsausdruck die Tür öffnete. Er blickte abwechselnd von ihr zu dem Locher und fragte zögerlich:

»Alles ok…? Ist was passiert?«

Lissi winkte nur mit der Hand und nuschelte:

»Alles ok.«

Doch Volker Lewinsky blieb verunsichert stehen, bis Lissi den Kopf hob, sich zu einem gequältem Lächeln zwang und sagte:

»Es ist wirklich alles in Ordnung. Ich habe mich nur über eine Sache geärgert. Ist schon wieder vorbei.«

Nicht ganz überzeugt, aber nickend schloss er wieder die Tür. Nach und nach beruhigte sich Lissi wieder. Bis sie sich immer noch aufgewühlt, wieder an den Schreibtisch setzte und versuchte sich auf ihre Arbeit zu konzentrieren. Doch so sehr sie sich zur Disziplin zwang, es gelang nicht. Sie war erschöpft. Müde vom Kämpfen. Sie starrte auf den Monitor, aber die Buchstaben verschwammen immer wieder. Lissis Gedanken folgten ihren eigenen Pfaden. Sie dachte an die Notizen in ihrem geblümten Projektbuch. Die Möglichkeiten der Partnersuche. Gab es etwas, das sie noch nicht versucht hatte? Sollte sie die offenen Punkte noch abarbeiten? Neulich hatte sie von einer Pheromon-Party gehört. Bei der man einen möglichen Lebenspartner erriechen konnte, da der Geruch nachgewiesenermaßen eine große Rolle spiele. SMS-Chat, Single-Urlaub und – Kochen hatte sie auch noch nicht ausprobiert. Sie könnte auch gezielt in einer anderen Stadt ausgehen. Quasi eine Vergrößerung des Marktes. Neue Umgebung, neue Menschen, neue Chancen. Aber während sie die noch offenen Wege durchdachte, merkte sie eines: Sie wollte nicht mehr. Auf was sollte sie denn noch hoffen? An was glauben? Sollte sie sich abends vor das Bett knien und Gott um Hilfe anflehen? Hatte der überhaupt Zeit für solche Kleinigkeiten wie ihr Liebesglück? Und mit welchem Gott sollte sie eigentlich sprechen? In einer Zeit, in der sich jeder seine eigene Religion so zusammen basteln kann, wie sie ihm nützlich erscheint. Eine Scheibe Pseudo-Buddhismus, mit ein bisschen Glauben an Karma, das Zusammenhängen aller Lebewesen und der Erde sowie an Energien. Dazu eine Prise Spiritualität. Spätestens seit Hape Kerkelings *Ich bin dann mal weg*, muss das Universum sicher Milliarden von Alltagswünschen bearbeiten. Angefangen bei *Ich wünsche mir einen Parkplatz direkt vorm Bäcker*, über *Bitte lass mich diesen Samstag im Lotto gewinnen, ich spende auch was* bis hin zu *Lass ihn endlich aufwachen und mach', dass wir den Rest unseres Lebens zusammen verbringen*. Der Weltfrieden tauchte sicher selten auf. Das Universum: degradiert zu einem besseren Pizzaboten, der spontane Gelüste und einen Mordshunger befriedigt. Ein bisschen aus der Mode gekommen, scheint hingegen das Modell von Himmel und Hölle. Der unsterblichen Erlösung oder ewigen Verdammnis. Da macht die Aussicht auf eine Wiedergeburt in einer niederen Lebensform nach einem verbockten Leben, verbunden mit einer zweiten Chance, zugegebenermaßen mehr Hoffnung. Das Versprechen ist deutlich attraktiver. Die Chancen beim Gläubigen-Marketing wesentlich höher. Aber auf die Stamm-Beter ist dennoch Verlass. Spätestens zu Weihnachten, bei der Hochzeit oder einer Taufe wird der alte Hirte aufgesucht. Allerspätestens, wenn man die Radieschen von unten betrachten wird. Und auf die Feiertage wird selbstverständlich ebenfalls wert gelegt. Nur ein Zyniker würde behaupten, dass es ausschließlich um die Freizeit ginge. In der Religionsausübung ist immerhin jeder frei. Das konnte man genauso gut im Biergarten erledigen. Aber unterm Strich waren doch alle Angebote gleich. Wo lag schon der Unterschied, ob man als Teilzeitgläubiger seine Stoßgebete nach Parkplatz, Lottogewinn oder Lebenspartner an Gott, Licht, Universum, Allah oder Buddha sandte? Also an was und wen sollte Lissi nun glauben? In erster Linie an sich selbst? An ihr eigenes Sein und Können? Wäre sie dann Atheistin? Ein

Experiment 9: Möge die universelle Macht mit mir sein

religiöses Perpetuum Mobile: Antrieb, Ratsuchende, Ratgebende, Gläubige und Gott in einer Person. War sie etwa selbst die Heilige Dreifaltigkeit in Personalunion: Stärke, Klugheit und Schönheit? Oder war der Glaube an sich selbst, schlussendlich an den göttlichen Funken in uns selbst, der einzig wahre Glaube? Also der Funke von Gott, Licht, Universum, Allah oder Buddha versteht sich. Lissi rieb sich die Augen. *Ich drehe durch. Bevor ich aus Verzweiflung noch einen weiteren Glaubenskrieg anzettele oder eine neue Religion gründe, mache ich lieber Feierabend,* dachte sie trocken.

Wenig später, hatte sie bereits die Einkäufe für das Abendessen erledigt und trug die schwere Tüte nach Hause. Sie war noch immer angespannt und fühlte förmlich ihre zusammengezogenen Augenbrauen. Die Denkfalten auf ihrer Stirn. Kurz vor ihrer Wohnung entschied sie, an einem Kiosk noch ein wenig leichte Lektüre zu kaufen. Sie wollte den Abend alleine auf dem Sofa bei einem Glas Wein und einer Zeitschrift verbringen. Das würde sie sicher ein wenig beruhigen. Nachdem sie heute im Büro die Fassung verloren hatte. Wie peinlich. Dass sie ihre Emotionen nicht im Griff gehabt hatte. Als sie gerade am Kiosk bezahlte, fielen ihr einige knallbunte Streifen ins Auge. Rubbellos-Rollen. Sie hatte sich nie für Glücksspiel begeistern können. Die Realistin in ihr gewann immer wieder die Oberhand. Aber ohne lange zu überlegen, nahm sie an diesem Abend zwei Lose. Und malte sich auf dem restlichen Heimweg aus, was sie als erstes tun würde, wenn sie die 10.000 € gewann. Oder 20.000 €. Sie hatte ja schließlich zwei Lose. Die Anzahlung für eine kleine Ferienwohnung am Meer? Oder irgendwo in der Sonne? Ein Cabriolet? Drei oder vier dekadente Urlaube? Sparen für schlechte Zeiten? Ach, quatsch. Lissi sah sich bereits strahlend am Strand liegen und bunte Cocktails trinken. Oder in einem kleinen Flitzer lässig durch die Stadt cruisen. Bis sie die Einkäufe in den Kühlschrank geräumt hatte, hatten sich die Falten auf ihrer Stirn bei diesen Gedanken wieder ein wenig geglättet. Sie nahm schließlich die beiden Lose in die Hand und las die Spielregeln des *Fruitinators*: Drei Mal die Zahl sieben in einer Reihe und der angegebene Betrag am Ende der Reihe war der Gewinn. Wahrscheinlichkeit 1:450.000. Sie beschloss, auf Nummer sicher zu gehen und sagte feierlich mit einigem Nachdruck: *Gott, Licht, Universum, Buddha, Lissi: Ich wünsche mir diesen Lotteriegewinn. Sofort.* Sie rubbelte. Reihe 1: Sieben, Käfer, Sieben. Ein Euro. Reihe 2: Kirsche, Orange, Apfel. Zwanzig Euro. Reihe 3: Pflaume, Zitrone, Melone. Vier Euro. Mmh. Also schon einmal nichts. Na gut. Dann müsste sie eben mit 10.000 € zurechtkommen. Sofort passte sie in ihrer Vorstellung die Ausstattung der Ferienwohnung an. Reihe 1: Zitrone, sieben, sieben. Vierzig Euro. Reihe 2: Sieben, Apfel, Pflaume. Ein Euro. Reihe 3: Orange, Zitrone, Kirsche. Ein Euro. Lissi zog eine Schnute. Der Glücks-Quickie war in der Fantasie erregender gewesen. Fast wie beim *Speed Dating*. Die Hoffnung und die Möglichkeit zu träumen *Was wäre, wenn…* in der Zeit bevor die Felder freigerubbelt waren, war viel aufregender gewesen. Vermutlich wäre es besser, stets ein ungerubbeltes Los bei sich zu tragen. Das beflügelte zumindest die Fantasie. Und die Sache mit dem Wunsch ans Universum bräuchte sie wohl nicht weiter zu kommentieren. Dann wäre das auch mal geklärt. Sie zuckte mit den Schultern und warf die Lose in den Mülleimer.

Nach dem Essen saß sie wie geplant mit einem Glas Wein auf dem Sofa und las sporadisch in der Zeitschrift. Über Frauen in Führungspositionen, über Fitness bei minimalsten Zeitfenstern und die neueste Wunder-Gesichtsmaske aus den USA. Lissi blätterte über einige Werbe-Seiten hinweg, bis hin zu den Lesetipps. Sie wurde neugierig. Es wurde unter anderem ein Buch zum Thema Sterben empfohlen. Das Buch der Palliativ-Pflegerin Bronnie Ware, die ihre Gespräche mit Menschen auf dem Sterbebett beschreibt. Sie fasse diejenigen Punkte zusammen, die von Sterbenden am häufigsten bedauert werden:

Experiment 9: Möge die universelle Macht mit mir sein

1. Ich wünschte, ich hätte den Mut gehabt, mir selbst treu zu bleiben, statt so zu leben wie andere es von mir erwarteten.

2. Ich wünschte, ich hätte nicht so viel gearbeitet.

3. Ich wünschte, ich hätte den Mut gehabt, meinen Gefühlen Ausdruck zu verleihen.

4. Ich wünschte, ich hätte den Kontakt zu meinen Freunden gehalten.

5. Ich wünschte, ich hätte mir mehr Freude gegönnt.

Also ist es doch gar kein Buch über das Sterben, sondern ein Buch über das Leben, überlegte Lissi und ließ die Zeitschrift sinken. Aber unabhängig davon, passten diese Buchkapitel doch wie die Faust aufs Auge zu Lissis Vorstellung eines perfekten Tages, die sie erst vor wenigen Tagen aufgeschrieben hatte. Weniger arbeiten, mehr Zeit für Familie, Freunde und Freude. In der Theorie stand der Plan schon einmal. Nachdenklich nippte sie am Wein und spielte mit den Haarspitzen. Sie erinnerte sich plötzlich an ein Gespräch mit ihrer Großmutter, das sie kurz vor deren Tod gehabt hatte. *Lissi, ich frage mich wie Du das alles schaffst. Mit der ganzen Arbeit und so. Du hast studiert und bist so fleißig. Und Du traust Dich was. Das klappt wahrscheinlich nur, weil Du keinen Mann und keine eigene Familie hast,* hatte sie in einem bewundernden Ton gesagt. Seinerzeit hatte Lissi das mit stolz geschwellter Brust in sich aufgesogen. Doch heute, als sie daran zurückdachte, trafen die Worte den verletzlichsten aller Punkte: Sie war allein. Sie hatte keine eigene Familie. Wieder nippte sie am Wein. Diesmal war ein größerer Schluck nötig. Was hatte ihre Großmutter damals bewegt, diese Worte zu sprechen? Hätte sie bei einem Interview mit Bronnie Ware ähnliche Antworten gegeben? Lissi überlegte lange. Und kam gegen Ende des zweiten Glases zu dem Schluss: *Unsere gutbürgerlichen Mütter und Großmütter beneiden unsere Bildung, unsere Chancen und unsere Freiheit. Unsere Unabhängigkeit von Männern. Und wir, die modernen Powerfrauen, beneiden zeitweise wiederum die romantisierte Vergangenheit. Mit ihren klaren und stabilen Lebenswegen. In der die Möglichkeiten sein Leben zu gestalten, nicht ein gesundes Maß überstiegen und nicht zur Zerrissenheit führten.* Sie drehte den Stiel ihres Weinglases nachdenklich zwischen den Fingern. Verrückt. Dass ein Nachdenken über das eigene Sterben, zu den Wünschen der Lebensgestaltung führte. Lissi wollte am Ende ihrer Zeit laut *je ne regrette rien* schmettern, statt sich in tiefem Bereuen über verpasste Chancen und Gefühle zu winden. In meinem nächsten Leben würde ich vieles anders machen? Zeigte solch ein Satz nicht nur, dass man mit seinem Hier und Jetzt unzufrieden ist? Brauchte man denn immer erst eine knallharte Konfrontationstherapie, bevor man sich aus seinem gemütlichen Sessel bemühte? Musste erst etwas Schreckliches passieren, bevor man den Mut hatte, sein Leben in die Hand zu nehmen und zu gestalten? Statt träge dahinzudümpeln und die Zeit verstreichen zu lassen? Lebensgestaltung. Lebensbaustellen. Lebensanker. Wenn man sich von allen Zwängen und Pflichtgefühlen löste, wer oder was würde eine feste Insel im eigenen Leben bleiben? Was bliebe übrig? Bei was spürte man ein Gewicht auf den Schultern? Bei wem oder was ging einem das Herz auf? Während Lissi weiterhin den Stiel ihres Glases drehte, hatte sie plötzlich eine Idee. Diese Überlegung musste sie irgendwie pragmatisch und übersichtlich abbilden. Sie holte ihren kleinen Projektbegleiter aus der Handtasche und begann darin eine Art Landkarte zu zeichnen. In der Mitte war sie selbst als Ausgangspunkt. Als Hauptinsel. Drum herum entstand eine Vielzahl an kleineren oder größeren Inseln. Mal näher, mal entfernter. Mal mit dicken Linien verbunden, mal nur gestrichelt. Mal mit Widerwillen aufgemalt, mal mit Freude. Als sie fertig war, hielt sie das Bild ein wenig von sich entfernt und betrachtete es. Sie befand sich also im Bermudadreieck zwischen ihren geliebten Freunden Tobi und Charlotte, zwischen ihrem Job und großen Tatendrang, sowie dem Wunsch nach Familie, Ruhe und Ankommen. Dazu noch die

Insel der Gesundheit und Fitness. Die Insel der Träume mit vielen Sätzen der Kategorie *Irgendwann möchte ich mal*.... Es gefiel ihr nicht, aber es gab auch eine Insel mit dem Namen Carsten. Daneben gab es noch weitere Schauplätze wie das Bedürfnis, sich um ihre Eltern zu sorgen. Aus einer Art Schuldgefühl heraus, damit die beiden ihren Lebensabend genießen könnten. *Hör' auf, Dich um alles zu kümmern*, hatte Tobi vor einer ganzen Weile zu ihr gesagt. Leichter gesagt, als getan. Sie trank einen Schluck und ließ ihren Blick gedankenverloren durch den Raum wandern. Ihr Leben war bunt und vielfältig. Aktiv und abwechslungsreich. Eigentlich mochte sie es, die Fäden zwischen den vielfältigen Inseln in der Hand zu halten. Zu jonglieren, zu organisieren, zu koordinieren. Würde sie sich wirklich entscheiden müssen? Oder war doch ein sowohl als auch möglich? Ohne sich zerrissen zu fühlen? Ohne an ihrem Drang nach Perfektion zu zerbrechen? Eins stand fest: An diesem Abend könnte sie diese Fragen nicht beantworten. In ihrem Kopf hatte das Weißweinmeer zu erhöhtem Seegang geführt. Mit einem Grinsen im Gesicht, zog sie sich ihren Pyjama an, schminkte sich ab und legte sich ins Bett. Manchmal gab es nichts Schöneres, als sich zuzudecken und einzuschlafen. Nicht ohne zuvor noch ein Gebet in den Kosmos zu lallen:

»Universum, ich wünsche mir, dass ich innerhalb der nächsten drei Wochen den Mann meiner Träume kennen lerne und mit ihm glücklich den Rest meines Lebens verbringe. Ich bestelle hiermit meinen Mann. Verbindlich.«

Sicherheitshalber fügte sie noch hinzu:

»Hey, und die Sache mit dem Rubbellos und dem Gläubigen-Marketing habe ich vorhin nicht so gemeint.«

Am nächsten Morgen fühlte sich Lissi ausgeschlafen und wach. Und irgendwie friedlich. Die Bestellung des Traummannes wurde sicher gerade irgendwo da oben bearbeitet. Komische Sache. Das Nachdenken über

Glauben, Hoffnung und das Können, das eigene Leben zu planen. Eigentlich war das gar kein bewusstes Experiment im Rahmen ihres Projektes gewesen. Vielmehr das Nebenprodukt der Forschung und Experimente. Wie die Entdeckung der Röntgenstrahlen. Oder von Tesafilm. Aber eigentümlicher Weise fühlte es sich dennoch an, wie ein eigenständiges Kapitel. So notierte sie in ihrem geblümten Notizbuch:

Bilanz des Experiments 9: Hoffen und träumen sind die stärksten Triebfedern. Ob beim Rubbellos oder dem Warten auf den Traummann. Und wenn man eine Niete gezogen hat, hofft man einfach auf das nächste Glück.

Experiment 10: Es steckt vielleicht die Bäuerin in Dir

Die Steaks brutzelten laut in der Pfanne und der Duft ließ den drei Köchen das Wasser im Mund zusammen laufen. Während Tobi das Fleisch im Auge behielt, kümmerte sich Charlotte um die Sahneböhnchen und die Rosmarinkartoffeln. Lissi deckte indessen den Tisch so pompös wie für ein Festessen und reichte den beiden regelmäßig einen kleinen Gruß aus der Küche, in Form von Oliven, Schafskäse oder gefüllten Tomaten. Alle drei wiegten sich während ihrer Beschäftigungen immer wieder im Takt der lateinamerikanischen Musik und summten die Melodie mit. Lissi liebte diese Kochabende mit den beiden. Charlotte erzählte gerade begeistert von einem neuen Film und schlug vor, dass sie sich diesen demnächst zusammen anschauen sollten. Am besten sollten sie Frank und Sebastian auch mitnehmen, um mal wieder etwas zu fünft zu unternehmen. Das klappte viel zu selten. Kaum hatte Charlotte diesen Vorschlag gemacht, schaute sie Lissi mit einem Gesichtsausdruck an, als hätte sie sich selbst bei einem riesigen Fettnäpfchen ertappt. Doch Lissi winkte ab.

»Schon ok. Zu fünft, wie immer. Das Universum hat offenbar Lieferschwierigkeiten«, sagte sie mit einem Lächeln.
Charlotte lächelte zurück.
»Steckst Du immer noch in Deinem Projekt Männersuche?«
Lissi seufzte und zuckte mit den Schultern.
»Das Problem bei den meisten Projekten ist, dass sie deutlich länger dauern und viel teurer werden, als man in der Planung schätzt«, erklärte sie fachmännisch.
Tobi fuchtelte mit dem Pfannenwender und ergänzte:
»Und bei den meisten Projekten wäre es besser, sie abzubrechen, statt bis zum bitteren Ende durchzuziehen. Und immer wieder neue Energie reinzubuttern. Anstatt zu sagen *Jetzt habe ich schon so viel investiert,*

jetzt ziehe ich es auch durch – koste es was es wolle, sollte man sich lieber einmal fragen, ob ein vorzeitiger Abbruch nicht eher eine Schadensbegrenzung sein kann. Oder die Frage, was das daran Festhalten in Zukunft noch bringen kann? Ob das zu erwartende Ergebnis noch im Verhältnis zum Aufwand steht.«

Lissi schob ihm lachend einen Schafskäsewürfel in den Mund, bevor er schmatzend ergänzte:

»Ist eigentlich wie bei Beziehungen.«

Die drei lachten.

»Ja…«, sagte Lissi schließlich gedehnt.

»Langsam wird es krampfhaft. Das habe ich auch schon gemerkt. Aufgeben ist nicht meins. Und es gibt da noch eine Sache, die mich beschäftigt.«

Ob ein Floh im Haupthaar mehr zwickte, als einer im Ohr, wusste Lissi nicht aus persönlicher Erfahrung. Fest stand allerdings, dass sie einen Gedanken seit einiger Zeit nicht loswurde: War das Kernproblem bei der missglückten Partnerwahl ihr Misstrauen? Die Angst vor Nähe und Verletzung? Vor Zurückweisung? Und wann wurde dieser Grundstein gelegt? Natürlich hatte sie ihren beiden Freunden von der kosmischen Konferenz bei der Kartenlegerin erzählt. Auch von dem Hinweis, dass der Konflikt in einem früheren Leben begründet sein könnte.

»Würdet ihr eine Rückführung machen?«, fragte Lissi unsicher.

Tobi und Lissi sahen sie verblüfft an.

»Ist das Dein ernst?«

Lissi zuckte mit den Schultern und grinste verschmitzt:

»Für den Projekterfolg. Koste es, was es wolle.«

»Prinzessin, Du willst durch Hypnose in ein früheres Leben zurückkehren, dort irgendein Trauma aufdecken, damit es im jetzigen Leben mit der Liebe klappt?«

Tobi verzog das Gesicht.

»Wird es jetzt nicht langsam ein wenig absurd?«

Lissi schwieg und rückte das Besteck zurecht.

»Davon mal abgesehen«, klinkte sich Charlotte ein.

»Das kann doch auch gefährlich sein. Du weißt nicht, welche Bilder auftauchen werden. Was Du sehen wirst. Und überhaupt: Woher kommen diese vermeintlichen Erinnerungen? Die können genauso gut aus historischen Filmen oder romantischen Fantasien über die Geschichte kommen.«

Die beiden Freunde redeten auf sie ein. Wo auch immer die Bilder herkämen: Was wäre, wenn sie sich selbst bei einem blutigen Mord sehen würde? Und sie plötzlich glauben würde, dass sie es tatsächlich getan hatte. Dann müsste sie im Hier und Jetzt mit dieser Erinnerung zurechtkommen. Wenn sie sich als Vergewaltigungsopfer im Dreißigjährigen Krieg sehen würde. Oder als SS-Offizier, der Hunderttausende von Morden befehligte. Was würde sie dann mit diesen Bildern anfangen?

»Ja, ich weiß«, schnitt Lissi ihnen das Wort ab.

»Das habe ich mir doch auch schon überlegt. Aber irgendwie reizt es mich auch…«

Tobi zog die Augenbrauen hoch.

»Inwiefern soll Dir das im realen Leben helfen? Selbst wenn Du da auf wundersame Weise den Grund aller Beziehungsprobleme finden solltest.«

Er verdrehte die Augen.

»Was fängst Du dann mit der Info an?«

»Naja. Da ich nicht weiß, was passieren wird, kann ich das im Vorfeld nicht sagen. Keine Ahnung.«

Charlotte überlegte:

»Wenn doch der Glaube an die wandernde Seele, die Grundlage dieser ganzen Thematik ist. Und die Seele unabhängig von Raum und Zeit ist. Wie kann es dann sein, dass es ausschließlich *Rück*führungen gibt?

Experiment 10: Es steckt vielleicht die Bäuerin in Dir

Dann müsste es doch genauso viele *Vor*führungen geben, bei denen man einen Blick in die Zukunft werfen kann. Oder nicht? Und davon habe ich noch nie gehört.«

Sie schwiegen und widmeten sich wieder ihren jeweiligen Kochkünsten. Für eine Weile waren nur die Musik und das Klappern der Küchengeräte zu hören. Bis Tobi sagte:

»Ich weiß nicht. Ich denke es ist einigermaßen verrückt. Das ist abstrus.« Lissi grinste:

»Ich weiß.«

Zögerlich gab Charlotte zu:

»Also, ich würde mich nicht trauen. Ich hätte zu viel Angst davor, was passiert. Aber wenn Du es machen würdest…wäre ich extrem neugierig.« Tobi schüttelte schmunzelnd den Kopf.

Die drei schauten sich an und lachten.

»Lasst uns lieber essen. Vielleicht ist es Lissis Henkersmahlzeit, bevor sie vierhundert Jahre nach ihren Taten überführt und gerichtet wird.«

Lissi warf mit einem schallenden Lachen den Kopf in den Nacken. Die drei setzten sich an den Tisch und genossen ihr Gourmetmenü. Selbst gemacht und in Gesellschaft, schmeckte immer noch am besten.

Lissi lag rücklings auf einer wackeligen Massagebank, mit einer Wolldecke über den Beinen, genoss die Wärme und schwelgte in lebendigen Erinnerungen. In Erinnerungen, an einen längst vergangenen Herbst in England. Der steife Wind der Küste blies ihr in die Kleider und ließ sie frösteln. In Erinnerungen, an ihren zotteligen Hund, den sie vermisste. Und der bei der Jagd stets eine große Hilfe gewesen war. In Erinnerungen, die sie noch nie gesehen hatte.

»Ist das die Erinnerung, die wir suchen?«

Experiment 10: Es steckt vielleicht die Bäuerin in Dir

Sie kassierte gerade eine kräftige Salve Ohrfeigen von dem wütenden Lehrer. Sie war ein Jüngling im Dienste des Bayerischen Hofes. Der Prügelknabe für den jungen Prinzen. Denn dieser war ein Adeliger, dazu der Thronfolger und durfte von Rechtswegen nicht geschlagen werden. Ach, daher kam das also. Musste man es erst am eigenen Leib erfahren, um es zu verstehen.

»Wohin reisen Sie jetzt?«, drang die sanfte Stimme leise in ihr Ohr.

Unwillkürlich hatte Lissi das Gefühl, als würde sie vom Boden abheben und über den Dingen schweben. So, als wenn sich in einem Traum plötzlich die Szenerie verändert. Bis sie in einer neuen Szene landete. Es war Spätsommer in Frankreich und die Ernte wurde gerade eingefahren. Sie hieß Jeanne und hatte ihr blondes Haar zu einem dicken Zopf geflochten. Sie war wegen irgendetwas wahnsinnig aufgeregt und konnte sich kaum auf ihre Arbeit konzentrieren.

»Ist das die Erinnerung, die wir suchen?«, fragte die Hypnotiseurin.

»Ja", hauchte Lissi auf der Massagebank und ihr Herz begann schneller zu klopfen.

Die Erinnerung sprang, jedoch nur ein kurzes Stück. Das gesamte Dorf hatte sich in der kleinen Holzkirche versammelt. Sie trug ein weißes Kleid aus Leinen. Es war ihr Hochzeitstag. Deswegen war sie auf dem Feld so aufgeregt gewesen. Aber da war noch etwas anderes. Das Gefühl des Triumpfs. Sie hatte gewonnen. Sie hatte sich durchgesetzt. Entgegen der Warnungen und Drohungen. Sie würde den Mann heiraten, in den sie sich Hals über Kopf verliebt hatte. In dem Moment, als er das erste Mal ihren Gutshof betreten hatte. So stand sie da und wartete. Durchströmt von Glück und Aufregung. Er war spät dran. Aber das machte nichts. Schließlich würden sie den Rest ihres Lebens miteinander verbringen. Bis plötzlich die Türen aufgeschlagen wurden und jemand rief:

Experiment 10: Es steckt vielleicht die Bäuerin in Dir

»Er kommt nicht! Er hat einen Esel gestohlen und ist gestern Nacht davongeritten!«

Alle Blicke hefteten sich auf Jeanne, die das Gefühl hatte, als hätte ihr jemand kräftig in den Magen geboxt. Ihre Ohren rauschten. Nein. Das konnte nicht sein. Er würde kommen und sie heiraten. Er hatte es versprochen. Er hatte gesagt, er liebt sie. Sofort erhob sich ein ohrenbetäubendes Getuschel in der Kirche. Hier und da sogar ein schadenfrohes Lachen.

»Ich habe doch gesagt, er ist ein Betrüger! Ein Herzensbrecher!«, rief jemand anderes triumphierend. Jeanne sank auf die Knie und schlug sich die Hände vors Gesicht. Sitzen gelassen. Zurückgewiesen. Bloßgestellt. Vor dem gesamten Dorf. Wieder fühlte es sich an, als würde Lissi vom Boden abheben und in eine andere Zeit schweben. Doch das Gefühl nahm sie mit. Er hatte sie verraten. Sie lächerlich gemacht. Wie sollte sie nur mit dieser Schmach leben. Nie wieder würde ihr das passieren. Nie wieder würde sie sich verlieben. Ihr Herz pochte. Bis Lissi schließlich blinzelte und der Hypnotiseurin verwirrt in die Augen blickte. Sie war so aufgewühlt, als sei sie tatsächlich gerade dort in der kleinen Kirche verlassen worden. Lissi brauchte einige Minuten und zwei Gläser Wasser, bis sie sich wieder beruhigte und überzeugt war, nicht gerade im Brautkleid dazusitzen.

Zu Hause rief Lissi sofort Charlie an, um ihr von den Erlebnissen bei der Rückführung zu erzählen. Was sie gesehen und wie es sich angefühlt hatte.

»Unglaublich…«, keuchte Charlie ins Telefon.

»Dass Du das wirklich gemacht hast!«

»Ich wollte einfach wirklich alle Möglichkeiten der Partnersuche ausloten. Und wenn die Chance besteht, das Problem durch eine Art Zeitreise zu lösen, gehört das dazu.«

Allerdings gab sie auch zu, dass sie mehr als erleichtert war, keine vollkommen verstörenden Bilder gesehen zu haben. Verblüffend war allerdings, dass die Geschichte mit der geplatzten Hochzeit haargenau auf ihre Frage des Misstrauens zu passen schien. Es war so eine Huhn-Ei-Geschichte. War da zuerst die Frage gewesen und ihre Fantasie hatte in der Hypnose eine dazu passende Geschichte konstruiert? Oder war das tatsächlich ihre Erinnerung, die sie seit zweihundert Jahren wie eine Getriebene umherwandern ließ? Wenn ihr das wirklich zugestoßen war, wie sollte sie sich dann jemals wieder fallen lassen? Wie sollte sie jemals wieder einem Mann vertrauen? *Sie müssen ihm in der Vergangenheit vergeben,* hatte die Hypnotiseurin gesagt. *Dann löst sich der Konflikt im Hier und Jetzt.* Wo diese Bilder schlussendlich hergekommen waren? Lissi hatte wirklich keine Ahnung. Aber sie waren so verdammt real gewesen. Und sie hatten sich angefühlt, als seien sie ein unumstößlicher Teil ihres Selbst. Wie die Erinnerungen an ihre Zeit mit Carsten. Von der sie nun definitiv wusste, dass es sie gegeben hatte. Nachdem Charlotte und Lissi aufgelegt hatten, sah Lissi das geblümte Notizbuch auf dem Küchentisch liegen. Sie hielt einen Moment inne. Dann grinste sie und notierte:

Bilanz des Experiments 10: Hey, ich bin immerhin schon vor der gesamten Dorfgemeinde am Hochzeitstag sitzen gelassen worden. Was soll mir in diesem Leben noch Schlimmeres passieren?

Der Projektabschluss

Leinen los!

Der Himmel war strahlend blau. Und das Orange der Kastanienbäume leuchtete vor dieser Kulisse umso mehr. Das Sonnenlicht fiel weich durch die Blätter. Die Welt wurde ruhig und friedlich. Ein Goldener Oktober. Lissi saß in einem Café und blätterte gelassen in ihrem geblümten Notizbuch, das mittlerweile ein wenig mitgenommen aussah. Sie hatte es in den letzten Monaten ständig bei sich getragen. Seit Beginn ihres Projektes *Männersuche*. Lissi schmunzelte. Ihr *Projekt*. Durchgeplant, akribisch begonnen und mit ihrem typisch unerschütterlichen Willen auf Erfolg vorangetrieben. Sie hatte einige verrückte Geschichten erlebt. Und besondere Erfahrungen gesammelt. Einige waren sicher nicht geplant gewesen. Dafür waren einige Punkte noch offen. Es gab durchaus noch unbetretene Wege, um einen Mann fürs Leben zu suchen. Doch etwas hatte sich geändert. Seit ihrem letzten Experiment vor wenigen Wochen, hatte sie keinen Drang mehr verspürt, die nächsten Möglichkeiten in Angriff zu nehmen. Sie verzweifelte nicht mehr über das Alleinsein. Sie suchte nicht mehr. Dafür wusste sie nun sehr genau, was und wen sie für ihr Leben wollte. Aus der vermeintlich einfach geradlinigen Suche nach einem Mann, war plötzlich die Frage nach der eigenen Lebensplanung geworden. Und Lissi hatte ihr jetziges Leben geprüft. Einen Plan gefasst, wie sie es gerne umgestalten möchte. Herrje, sie hatte sogar ihr früheres Leben überprüft. Aber drauf gepfiffen. Selbst wenn es noch dauern sollte. Mit dieser Männergeschichte. Es war gut so wie es war. Lissi war glücklich. In genau diesem Moment, dort mit ihrem Cappuccino in der Oktobersonne. Es gab vorerst nichts mehr zu tun. Lissi klappte das Notizbuch zu und strich über den Einband. Die vollständige Projektakte. Ihre gesammelten Erkenntnisse und Momente der Wahrheit. Lissi warf ihr kastanienbraunes Haar zurück, reckte ihr Kinn und lächelte. Nein, sie hatte den Mann fürs Leben bei all ihren Experimenten noch nicht gefunden. Aber war ihr Projekt deswegen gescheitert? Sie hatte stattdessen jemand ganz anderes entdeckt: sich selbst. Zumindest in Teilen. Neue Seiten. *Ich erkläre das*

Projekt hiermit offiziell für beendet, dachte sie. Sie steckte das Notizbuch in ihre Handtasche, streckte ihr Gesicht der Sonne entgegen und schloss die Augen. Sie sog die Wärme des strahlenden Tages in sich auf. Sie konnte einfach nur sein. Ruhe. Endlich. Doch plötzlich spürte sie den Schatten einer Gestalt auf ihrem Gesicht. Sie fühlte, dass jemand neben ihr stand. Sie hob die Hand als Sonnenschutz über die Augen und schaute blinzelnd auf. Lissi war wie vom Blitz getroffen. Da stand er.

Anhang

DIE LISTE DER MÄNNER

Name	Beziehungs-Dauer	5 charakteristische Eigenschaften des Ex	3 Begriffe zur Streitkultur	Sex	3 Begriffe: Wie habe ich mich gefühlt?	Trennungsgrund
	von ___ bis ___ Dauer: ☐ on / off ☐ Affäre ☐ fest	○ ○ ○ ○ ○	○	☐ lahm / schwierig ☐ gut / normal ☐ heiß / Wahnsinn	○ ○ ○	Die Beziehung in einem Wort:
	von ___ bis ___ Dauer: ☐ on / off ☐ Affäre ☐ fest	○ ○ ○ ○ ○	○	☐ lahm / schwierig ☐ gut / normal ☐ heiß / Wahnsinn	○ ○ ○	Die Beziehung in einem Wort:
	von ___ bis ___ Dauer: ☐ on / off ☐ Affäre ☐ fest	○ ○ ○ ○ ○	○	☐ lahm / schwierig ☐ gut / normal ☐ heiß / Wahnsinn	○ ○ ○	Die Beziehung in einem Wort:
	von ___ bis ___ Dauer: ☐ on / off ☐ Affäre ☐ fest	○ ○ ○ ○ ○	○	☐ lahm / schwierig ☐ gut / normal ☐ heiß / Wahnsinn	○ ○ ○	Die Beziehung in einem Wort:
	Ø Dauer: Ø Abstand: Häufigste Art:	Gemeinsamkeiten aller Exe:	Was mich am häufigsten auf die Palme brachte:	Wie oft hat der Sex die Beziehung belastet? Wie oft war ich zufrieden?	Häufigstes Gefühl:	Häufigster Trennungsgrund: Häufigstes Wort:

Quelle: www.projekt-eieruhr.de © Svea J. Held, 2013

MENSCHEN DARAN, WER SEINE FREUNDE SIND

Wer sind meine sechs Lieblings-Menschen? | Wer steht mir am nächsten? | Was sind die jeweils fünf charakteristischen Eigenschaften? | Was schätze ich an ihm/ihr?

Postkarte an die Lieblingsmenschen schicken und ihnen schreiben, was man an ihnen besonders schätzt.

1
2
3
4
5

1
2
3
4
5

1
2
3
4
5

1
2
3
4
5

1
2
3
4
5

1
2
3
4
5

Quelle: www.projekt-eieruhr.de © Svea J. Held, 2013

Das schätze ich
an mir selbst
am meisten…

1 _____

2 _____

3 _____

4 _____

5 _____

Typisch für
mich ist…

1 _____

2 _____

3 _____

4 _____

5 _____

Freunde & Familie
nach den eigenen
5 charakteristischen
Eigenschaften fragen!

Ich freue mich
über…

1 _____

2 _____

3 _____

4 _____

5 _____

Das schätzen meine Lieblings-Menschen
an mir…

1 _____

2 _____

3 _____

4 _____

5 _____

Wütend macht
mich…

_____

Mir geht das
Herz auf,
wenn…

_____

Quelle: www.projekt-eienuhr.de

© Svea J. Held, 2013

ÜBUNG: WAS BIETE ICH IN EINER BEZIEHUNG?

Bin ich bereit, jede der Rollen anzunehmen? | Welche Rolle liebe ich? | Womit fühle ich mich wohl? Warum? | Vor welcher Rolle habe ich Angst? Warum? | Welche Rolle lehne ich ab? Warum? | Von welchen meiner Eigenschaften und Stärken profitiert mein Partner? | Was gebe ich meinem Partner? | Was gebe ich von Herzen, ohne eine Gegenleistung zu erwarten?

Ehefrau

Gärtnerin

Repräsentantin

Waschfrau

Krankenschwester

Muse

Mutter für die Kinder

Hure

Team für den Mann

Dekorateurin

Köchin

Gesellschafterin

Geliebte

Innenarchitektin

Putzfrau

Einkäuferin

»Mutter« für den Mann

Abb.: »Jeder bekommt den Partner, den er verdient« *Hermann Meyer, Goldmann Verlag (S. 227)*

Quelle: www.projekt-eieruhr.de

VERSORGER ODER GÄRTNER? – WAS ICH BRAUCHE

Welche Rollen erwarte ich? Alle oder nur Teile? | Welche Rollen wünsche ich mir? | Welche Rollen brauche oder möchte ich nicht? Warum nicht? | Von welchen Eigenschaften und Stärken meines Partners möchte ich profitieren? | Was wünsche ich mir von meinem Partner? | Was kann ich von meinem Partner annehmen, ohne mich abhängig zu fühlen? Warum wünsche ich mir eine Beziehung?

- Begleiter für kulturelle Veranstaltungen
- Liebhaber
- Kreditinstitut
- Kindermädchen
- Kumpel oder Freund
- Chauffeur
- Tragesel (Lastenträger)
- Gärtner
- Handwerker (Autoreparatur, tropfende Wasserhähne, verstopfte Abflussrohre)
- Beschützer
- Versorger
- Haushaltshilfe (Hausmann, Koch, Saubermacher, Einkäufer, Abspüler)
- Mäzen und Zahlmeister

Team für die Frau

Abb.: »Jeder bekommt den Partner, den er verdient« Hermann Meyer, Goldmann Verlag (S. 226)

ICH BACKE MEINEN TRAUMMANN

Welche Punkte sind flexibel? | Stehen vielleicht einige Wünsche im Widerspruch? | Sind meine Wünsche realistisch? | Stolpere ich über meine Anforderungen? | Wie tolerant bin ich? | Kann ich auch die Wünsche meines Partners erfüllen? Möchte ich das?

Charakter / Eigenschaften

_____
_____
_____
_____
_____

Verhalten in der Beziehung

_____
_____
_____
_____
_____

Aussehen

_____
_____
_____
_____

Must Have's / No Go's

+ _____
+ _____
+ _____
− _____
− _____
− _____

Familie / Hintergrund

_____
_____

Freunde / Soziales

_____
_____

Interessen

_____
_____

Einkommen / Beruf

_____
_____

☐ Ich bin bereit die Rolle der Ernährerin zu übernehmen.

Quelle: www.projekt-cieruhr.de   © Svea J. Held, 2013

FRISCH UND KNACKIG...

Was ich schon immer mal tun wollte… ok
☐ _____
☐ _____
☐ _____
☐ _____

Das nehme ich mir für meine Ernährung vor… ok
☐ _____
☐ _____
☐ _____
☐ _____

Das nehme ich mir für meine Fitness vor… ok
☐ _____
☐ _____
☐ _____
☐ _____

Ziele & Vorhaben als täglichen Termin in den Kalender eintragen! Und einhalten!

Ein Date mit mir

Diesmal klappt es, weil ich… ok
☐ _____
☐ _____
☐ _____
☐ _____

Das sind meine Ziele… ok
☐ _____
☐ _____
☐ _____
☐ _____

Damit belohne ich mich… ok
☐ _____
☐ _____
☐ _____
☐ _____

Nötige Gesundheits-Checks und Arzt-Termine… ok
☐ _____
☐ _____
☐ _____
☐ _____

Quelle: www.projekt-eieruhr.de   © Svea J. Held, 2013

MEIN NATÜRLICHER LEBENSRAUM

Darf sich mein Partner in meiner Wohnung entfalten? | Würde ich meine Wohnung für meinen Partner umgestalten? | Bin ich im Falle bereit, meine eigene Wohnung aufzugeben?

So stelle ich mir das Zusammenleben mit meinem Traumpartner vor…

_____
_____
_____
_____
_____
_____
_____
_____
_____
_____

Konfrontation Männersocke!

Meine Traumimmobilie…

_____
_____
_____
_____

Grundriss meiner Wohnung

Wo kann ich Platz für meinen Partner schaffen? ok
- ☐
- ☐
- ☐
- ☐
- ☐

_____
_____
_____
_____

Quelle: www.projekt-eieruhr.de   © Sosa, J. Held, 2013

MEIN PERFEKTER TAG – DAMIT ICH AUCH INS GRÜBELN KOMME...

Wann stehe ich auf? Und wo? | Wache ich alleine auf? Jeden Morgen? | Wie sieht meine Wohnung / mein Haus aus? | Gehe ich arbeiten? Vollzeit? Teilzeit? | Welchen Job hätte ich am liebsten (Herzensangelegenheit)? | Wie gestalte ich meine Freizeit? | Wann und wie verbringe ich Zeit mit meinem Partner oder Familie? | Wann und wie verbringe ich Zeit mit meinen Freunden? | Verbringe ich Zeit allein? Wie viel? | Treibe ich Sport? | Gehe ich aus?

1 h _____

2 h _____

3 h _____

4 h _____

5 h _____

6 h _____

7 h _____

8 h _____

9 h _____

10 h _____

11 h _____

Das sind meine ersten Schritte, um dem perfekten Tag näher zu kommen...

12 h _____

13 h _____

14 h _____

15 h _____

16 h _____

17 h _____

18 h _____

19 h _____

20 h _____

21 h _____

22 h _____

23 h _____

24 h _____

Einfach unabhängig von sämtlichen aktuellen Verpflichtungen träumen!

Quelle: www.projekt-eieruhr.de © Svea J. Hehl, 2013

EINE LEBENSLANDKARTE MIT SEEGANG

Welche Inseln und Baustellen gibt es in meinem Leben? Über was mache ich mir Gedanken? Was treibt mich um: Familie, Freunde, Ex, Job, Gesundheit, Hobby, Träume? | Welche Menschen spielen in meinem Leben eine Rolle? | Wie nah oder fern ist mir dieser Mensch oder diese Thematik / Problematik? | Was charakterisiert die Verbindung? | Welche Ängste oder Zweifel gibt es bei der jeweiligen Verbindung? | Will ich weiterhin an dieser Verbindung festhalten? Sie verändern? Oder lösen?

Mit Farben arbeiten! Und die Inseln je nach Nähe auf der persönlichen Karte platzieren!

ICH

Quelle: www.projekt-cieruhr.de © Svea J. Held, 2013

CARRIE BRADSHAW KNOWS GOOD SEX*
(*AND ISN'T AFRAID TO ASK)

Die Fragen, die Carrie Bradshaw in ihrer Kolumne Sex and the City stellt – in chronologischer Reihenfolge:

Staffel 1

- *Selbstschutz und Vertragsabschluss dominieren alles. Amor ist aus dem Nest geflattert. Verflucht, wie konnte uns das nur passieren?*

- *Wie kann es so viele fabelhafte ledige Frauen geben und so wenige fabelhafte ledige Männer?*

- *Wieso finden sich die Frauen nicht einfach damit ab, einen Fettsack zu heiraten? Wieso springen sie nicht einfach über ihren Schatten und nehmen sich einen fetten wabbeligen Fleischkloß?*

- *War das möglich? Pfiffen Frauen in New York auf die Liebe und entschieden sich stattdessen für die Macht?*

- *Wünschen sich alle Männer ihre Frauen promiskuitiv und emotional unbeteiligt?*

- *Wenn Models ansonsten vernünftige Individuen nur durch ihre Gegenwart ins Wanken bringen konnten, wie viel Macht besaß Schönheit dann wirklich?*

- *Hatte Miranda Recht? Waren wir Feinde? Gibt es einen versteckten Krieg zwischen Verheirateten und Singles?*

- *Sind Männer Mitte Zwanzig die neue Designerdroge?*

Carrie Bradshaw knows good sex*
(*and isn't afraid to ask)

❖ *Aber worum geht es dabei in Wirklichkeit? Sind jüngere Männer weniger gefährlich?*

❖ *Wo genau liegt die Grenze zwischen professioneller Freundin und einfach bloß Professioneller?*

❖ *Gilt es nicht als Reife, die Erfüllung von Gelüsten abwarten zu können?*

❖ *Wie viele von uns haben großartigen Sex mit Menschen, die wir aus Scham unseren Freunden vorenthalten?*

❖ *War heimlicher Sex die ultimative Form der Intimität? Weil er in seiner reinen Form unabhängig vom Urteil der Umwelt existierte? Oder diente er wieder nur dazu unsere Empfindungen zu leugnen und unser Gefühlsleben in noch mehr Schubladen einzuteilen?*

❖ *War es möglich, dass ich Mr. Big's geheimes Sexkätzchen geworden war?*

❖ *Haben Männer einen angeborenen Widerwillen gegen Monogamie? Oder ist es mehr als nur das? Ist hier in einer Stadt wie New York mit ihren unbegrenzten Möglichkeiten, Monogamie einfach zu viel verlangt?*

❖ *Waren Dreier die neue sexuelle Herausforderung?*

❖ *Wie gut kennen wir den Menschen, mit dem wir schlafen, überhaupt?*

❖ *Woran liegt es, dass es manchmal noch sexier ist, einem Mann eine Krawatte umzubinden als sie ihm abzunehmen?*

❖ *Wieso heiraten zwei Menschen, wenn sie sich nicht lieben? Um jemanden zu haben?*

Carrie Bradshaw knows good sex*
(*and isn't afraid to ask)

- ❖ *Kann ich mit einem Mann zusammen sein, der nie heiraten will?*

- ❖ *Ist es in einer Stadt der großen Erwartungen an der Zeit, sich mit dem zu begnügen was man kriegen kann?*

- ❖ *Was lag noch in den Tiefen der Mamis unten vergraben?*

- ❖ *Wenn ich es musste, konnte ich das? War ich gut darin? Würde ich es irgendwie schaffen, ich zu bleiben?*

- ❖ *Wie oft ist normal?*

- ❖ *Warum haben wir keinen Sex? Ist das normal? Was stimmt nicht? Wo soll uns das hinführen?*

- ❖ *Sind Beziehungen die Religion der Neunziger?*

- ❖ *Hatte ich nicht von Anfang an, an uns geglaubt? Geglaubt, dass er irgendwann aufhören würde zu mauern? Geglaubt, dass er irgendwann sagen würde »Ich liebe Dich«?*

- ❖ *Ist die Wahrscheinlichkeit einen Flyball zu fangen höher als eine dauerhafte Beziehung zu führen?*

Carrie Bradshaw knows good sex*
(*and isn't afraid to ask)

Staffel 2

- *Sollten wir eine Trennung langsam und schmerzhaft verarbeiten? Oder sollten wir die unangenehmen Gefühle ignorieren und sofort ein neues Spiel wagen? In einer Welt, in der es immer häufiger vorkommt, dass man jemanden verlässt, was gelten da für Trennungsregeln?*

- *Wie kann das sein, dass vier so kluge Frauen wie wir kein anderes Thema haben als ihre Freunde?*

- *Oder waren die Streitereien nur eine Form des Vorspiels?*

- *Legen wir so viel Wert darauf offen und ehrlich miteinander umzugehen, dass wir die Grenzen des Anstands verschieben? Gibt es immer noch bestimmte Dinge in einer Beziehung die man niemals sagen sollte?*

- *War »Ich hatte Unrecht« der eine Satz, den Mr. Big nicht sagen konnte?*

- *Sind alle Männer Freaks?*

- *Hat die Angst vor dem Alleinsein auf einmal dem Vortäuschen Tür und Tor geöffnet? Täuschen wir mehr als Orgasmen vor? Täuschen wir ganze Beziehungen vor? Ist vortäuschen besser als allein sein?*

- *Wann ist eigentlich das Alleinsein das moderne Äquivalent des Aussatzes geworden? Gibt es in den Restaurants in Manhattan demnächst neue Unterteilungen: Raucher, Nicht-Raucher, Single, Nicht-Single?*

- *Hatte ich mir all die Jahre vorgetäuscht, dass ich als Single glücklich war?*

- *In einer Stadt, die so schnelllebig ist, dass man die Sonntagszeitung schon am Samstag bekommt, konnte da irgendjemand sagen, wie viel Zeit uns noch blieb?*

Carrie Bradshaw knows good sex*
(*and isn't afraid to ask)

- ❖ *Kann in einer Welt, in der jeder sein Leben für eine Beziehung geben würde, eine Beziehung Dir das Leben wiedergeben?*

- ❖ *Ist Betrügen wie der sprichwörtliche Baum im Wald? Existiert es nicht, wenn niemand da ist, der einen dabei erwischt? In der schwerkraftfreien Welt des alles Erlaubten: Was definiert betrügen?*

- ❖ *In einer so zynischen Stadt wie New York, ist es da noch möglich an Liebe auf den ersten Blick zu glauben?*

- ❖ *Brauchen moderne Singles ihre modernen Mythen, die uns helfen unsere willkürlichen und manchmal erbärmlichen Beziehungen zu ertragen?*

- ❖ *Hatten die Beziehungsgötter gelächelt? Oder war dies nur etwas, an das ich mich verzweifelt klammerte?*

- ❖ *Sind wir bereit für ein Date alles zu glauben?*

- ❖ *Bedeutete es gegen eine Wand anzurennen, wenn ich darauf wartete dass er innehielt und mich bemerkte? Musste ich meine Erwartungen ändern? Oder war es doch möglich? Kann man einen Mann ändern?*

- ❖ *War unser Klassen-System von einem Kasten-System verdrängt worden? Und falls ja, darf es Beziehungen außerhalb unserer Kaste geben?*

- ❖ *War ich diejenige, die sich anpassen musste? Starb meine Auffassung von Beziehung aus?*

- ❖ *Wer braucht einen Ehemann, wenn man einen Pförtner hat?*

- ❖ *Für manche ist Schmerz mit Wachstum verbunden. Aber woher wissen wir, wann die Wachstums-Schmerzen aufhören und die Schmerz-Schmerzen ein-*

setzen? Sind wir Masochisten oder Optimisten, wenn wir uns auf diese Gradwanderung einlassen? Wie erkennt man bei Beziehungen wann genug, genug ist?

- ❖ Hatte ich Big je wirklich geliebt? Oder war ich nur süchtig nach dem Schmerz? Dem erlesenen Schmerz jemanden haben zu wollen, der nicht zu haben war?

- ❖ Hatte ich die Grenze zwischen amüsant-neurotisch und nerv tötend-gestört überschritten?

- ❖ Unsere ganze Kindheit hindurch spielen wir Spiele. Waren diese nur Vorrunden für die Spiele, die wir als Erwachsene spielten? Waren Beziehungen nichts als ein großes Schachspiel? Strategien, Züge, Gegenzüge, die alle nur den Gegner verunsichern sollten bis man selber gewann? Gab es so etwas wie eine ehrliche Beziehung? Oder stimmte es: Musste man Spiele spielen, um eine Beziehung funktionieren zu lassen?

- ❖ Waren wir alle Opfer konditionierter Reflexe? Dazu verdammt, dieselben unbewussten Beziehungsmuster zu wiederholen? Hatten wir nicht alle in Wirklichkeit Beziehungen, mit der immer und immer wieder gleichen Person?

- ❖ Glaubte ich wirklich, dass eine Beziehung schwierig sein musste, damit sie funktionierte?

- ❖ Wenn Charlotte ihr Muster durchbrechen und mit jedem Mann in Manhattan ausgehen konnte, konnte ich da nicht auch eine tiefempfundene Beziehung mit dem Mann haben, mit dem ich seichten Sex hatte?

- ❖ War es möglich, dass jemand im Bett so stimulierend war und im wirklichen Leben so öde?

Carrie Bradshaw knows good sex*
(*and isn't afraid to ask)

- ❖ *Wenn Du mit jemandem zusammen bist, wie viele andere Menschen werden daran emotional beteiligt? Und wenn Du mit jemandem schläfst, vögelst Du auch seine Familie?*

- ❖ *Erhalten wir jedes Mal insgeheim Zensuren, wenn wir das Bett mit jemandem teilen? Sehr gut, gut, befriedigend, ungenügend? Ist miteinander schlafen wirklich nicht viel mehr als ein Vokabeltest? Und wenn Sex ein Test ist, wie erfahren wir ob wir bestehen oder durchfallen? Woher weißt Du ob Du gut im Bett bist?*

- ❖ *Sollten wir diese frisch geprägten Single-Frauen als Bedrohung für unser Überleben fürchten? Oder sie als ahnungslose Halbidioten bemitleiden, deren Träume verfliegen und deren Illusionen zerbrechen werden? Mädchen Mitte Zwanzig: Freund oder Feind?*

- ❖ *Wenn Du jemanden liebst und die Beziehung kaputt ist, wo geht die Liebe hin?*

- ❖ *In Mathematik haben wir gelernt, dass das X für eine Unbekannte steht: $a+b=x$. Aber was wirklich unbekannt ist: Was + was ergibt Freundschaft mit einem Ex? Ist das eine unlösbare Gleichung? Oder ist es möglich eine einstmals leidenschaftliche Liebe in etwas umzurechnen das ohne Schwierigkeiten in der Freundschafts-Schublade Platz findet? Kann man mit einem Ex befreundet sein?*

Staffel 3

- ❖ *Was, wenn der schöne Prinz nie aufgetaucht wäre? Hätte Schneewittchen ewig in dem gläsernen Sarg geschlafen? Oder wäre sie irgendwann aufgewacht, hätte den Apfel ausgespuckt, sich einen Job und eine Krankenversicherung gesucht, sich ein Baby von einer Samenbank in ihrer Nähe zugelegt?*

Carrie Bradshaw knows good sex*
(*and isn't afraid to ask)

❖ *Steckte in jeder selbstbewussten ehrgeizigen Single-Frau nicht doch eine zarte, zerbrechliche Prinzessin, die darauf wartete gerettet zu werden? Wollen Frauen einfach nur gerettet werden?*

❖ *Obwohl Politik mir sonst so wenig relevant erschien wie ein neuer Roman von Erica Jong, fand ich es doch interessant, dass eine Diskussion über Politik letzten Endes eine Diskussion über Sex, und eine Diskussion über Sex, letzten Endes zu einer Diskussion über Politik wurde. Ob diese beiden nicht unentwirrbar verbunden waren? Und wenn dies so ist, kann es Sex ohne Politik geben?*

❖ *Gibt es Frauen in New York die nur da sind, damit wir uns unwohl in unserer Haut fühlen?*

❖ *War sexuelles sich Wenden die Welle der Zukunft? Und wenn es so war, konnte ich das Spiel mitspielen oder war ich jenseits von Gut und Böse? Wenn Frauen sich in Männer verwandeln können und Männer in Frauen, und wenn wir entscheiden können mit beiden zu schlafen, dann existiert das Geschlecht vielleicht überhaupt nicht mehr. Wenn wir das Beste vom anderen Geschlecht nehmen und uns aneignen können, ist das andere Geschlecht dann ein Anachronismus?*

❖ *Seit wann sind Beziehungen eigentlich so abbruchfreundlich? Es gab doch mal Zeiten als ein ungeschickter Kuss oder eine Zigarette oder ein lächerlichen Traum Teil des Portfolios eines Menschen waren. Ist es auf dem heutigen flatterhaften Date-Markt richtig, bestimmte Aktien abzustoßen sobald sich zeigt, dass sie nicht die erwartete Performance bringen? Oder sollte man bestimmte Dinge abwarten und verhandeln? Was ist bei Beziehungen ein Deal breaker?*

Carrie-Bradshaw knows good sex*
(*and isn't afraid to ask)

❖ *War ich so abgestumpft, dass ich Romantik nicht einmal mehr erkannte, wenn sie mich auf den Mund küsste? Vielleicht brauchen moderne Frauen einen Spickzettel, um nicht zu vergessen, dass die Romantik noch lebt.*

❖ *Aber wie viele Männer sind zu viele Männer? Sind wir nur romantisch gehandicapt oder sind wir Schlampen?*

❖ *Wenn Dinge uns einfach zufliegen, werden wir misstrauisch. Muss alles erst kompliziert werden, bevor man glaubt, dass es echt ist? Man erzieht uns in dem Glauben, dass die wahre Liebe niemals den einfachen Weg nimmt. Es müssen sich immer im zweiten Akt Hindernisse auftun, bevor man im dritten Akt zum Happy End wieder zusammen finden darf. Aber was geschieht, wenn die Hindernisse nicht da sind? Bedeutet das, dass etwas fehlt? Brauchen wir Drama, um eine Beziehung funktionieren zu lassen?*

❖ *Kontrollierte das Schicksal jede Sekunde unseres Lebens? Oder ist es nur eine Abfolge zufälliger Geschehnisse? Wenn ich nicht ständig zehn Minuten zu spät dran wäre, verliefe mein Leben dann völlig anders? Wäre ich Big niemals begegnet und würde es jemals einen guten Zeitpunkt geben ihn zu sehen? Ist das Timing alles?*

❖ *Es scheint, dass es bei Herzensangelegenheiten immer zum Kampf zwischen dem kommt, was wir wissen und dem was wir fühlen. Was tut man in einer Situation die kontinuierlich zwischen der linken und der rechten Hälfte des Gehirns hin und her springt? Wenn es um Beziehungen geht, ist es da klüger dem Kopf, oder dem Herzen zu folgen?*

❖ *Von ihrer Geburt an wird modernen Frauen erzählt, dass sie alles sein und tun können, was sie wollen: Sie können As-tronautin werden, Chefin einer Internetfirma, Hausfrau und Mutter. Es gibt keine Regeln mehr. Und die Möglichkeiten sind unbegrenzt. Und offensichtlich kann man sie sich alle* nach Hause liefern lassen. Aber sind wir möglicherweise so verzogen von den grenzenlosen Wahlmöglichkeiten, dass wir keine Wahl mehr treffen können? Dass ein Teil von uns weiß, wenn man sich erst für etwas entscheidet, für den einen Mann, die eine wunderbare Wohnung, den einen tollen Job, dass eine andere Möglichkeit verschwindet. Sind wir eine Generation von Frauen, die sich nicht mehr für eine Sache entscheiden kann? War es für uns alles einfach zu viel? Oder können wir alles haben?

❖ Nur, wenn unsere körperliche Existenz bedroht ist, folgen wir bestimmten Richtlinien, um uns zu schützen. Aber was ist mit unserem Gefühlsleben? Wäre es nicht schön, wenn es eine Broschüre gäbe, die uns sagt, welches unsafe Verhalten mit hohem Risiko für uns selbst oder unsere Beziehung verbunden ist? Und auch, wenn Du alle Maßnahmen ergreifst und Dich emotional zu schützen Experimentst, wenn Du mit jemandem ins Bett kriechst: ist Sex jemals safe?

❖ Ist in einer Beziehung, Ehrlichkeit wirklich die beste Politik?

❖ Egal wie weit Du reist, oder wie lange Du davonläufst, kannst Du Deiner Vergangenheit je wirklich entfliehen?

❖ Ich finde, wenn ich eine Gangschaltung beherrschen kann, ist eine erfolgreiche Beziehung so viel komplizierter?

❖ Das Wetter zieht von Westen nach Osten. War es nur eine Frage der Zeit, bis die Wahrheit auch nach Manhattan hinüber wehte? Wenn es um Handtaschen, Männer und Städte geht, ist es da nicht das Äußere das zählt?

❖ Kleideten sich Jenny Bryer und ihre Freundinnen wie Frauen Mitte Dreißig? Oder Experimentten wir wie Teenager auszusehen?

❖ *Entwickeln sich die Frauen meiner Generation in unserer heutigen jugendfixierten Kultur zu gereiften verantwortungsbewussten Erwachsenen, oder sind wir 34 und werden demnächst 13?*

❖ *Aber was im Grunde erhob irgendwen von uns zum Experten? Bewies nicht unser Single-Status eindeutig, dass wir keine Ahnung hatten? Was wäre, wenn wir nach all diesen Jahren in New York nur älter, verwirrter oder tot wären? Werden wir klüger oder nur älter?*

❖ *Führte eine Reihe von schlechten Dates tatsächlich zu einem einzelnen Guten? Und darf der, der einen anderen in einer Beziehung schlecht behandelt, damit rechnen, in der nächsten selbst schlecht behandelt zu werden? Holt einen alles, was man tut letzten Endes wieder ein? Und wenn ja, kommt es angerannt und beißt uns in den Hintern? Gibt es so etwas wie Beziehungs-Karma?*

❖ *Was, wenn nicht alles die Schuld der Männer wäre? Ab einem gewissen Alter und nach einer gewissen Anzahl von Beziehungen, wenn es da immer noch nicht funktioniert und wenn die Exe einfach weiterzumachen scheinen und wir nicht, dann liegt das Problem vielleicht nicht beim letzten festen Freund. Oder dem davor. Oder vielleicht sogar dem davor. Könnte es sein, dass das Problem gar nicht sie sind, sondern, Grauen über Grauen, sind wir es?*

Staffel 4

❖ *Seelen-Verwandter. Zwei kleine Worte, zusammen eine große Vorstellung. Der Glaube dass irgendwer irgendwo den Schlüssel zu Deinem Herzen und zu Deinem Traumhaus in der Hand hält. Du brauchst ihn nur noch zu finden. Also, wo ist dieser Mensch? Und wenn Du jemanden liebst, aber es funktioniert nicht, war er dann nicht Dein Seelenverwandter? War er nur ein weiterer Kandidat in dieser Quiz-Show mit dem Namen „Und wenn sie nicht gestorben sind..."? Und während man von Altersspalte zu Altersspalte wandert, und die Kandidaten weniger und weniger werden, wird die Chance den Seelenverwandten zu finden, kleiner und kleiner? Seelenverwandte: Wirklichkeit oder Folterwerkzeug?*

❖ *Narziss. Ein Mann der von seinem eigenen Bild so gefangen war, dass er darin ertrank. Hatte er keine besten Freunde die ihm ein gesünderes Bild von sich selbst zurückwarfen? Und woran liegt es, dass wir unsere Freunde perfekt sehen können, aber wenn es uns selbst betrifft, egal wie genau wir hinschauen, sehen wir uns selbst jemals klar?*

❖ *In einer Welt, in der man Dates ohne Sex haben kann und vögeln kann ohne zu daten, und in der man die meisten seiner Sex-Partner als Freunde behält, wenn längst nicht mehr gevögelt wird, was definiert da wirklich eine Beziehung?*

❖ *Also da hatten wir es: Eine Beziehung ohne Sex, und Sex ohne eine Beziehung. Was hatte die besseren Überlebenschancen? Was war zuerst da: Das Huhn oder der Sex?*

❖ *Wenn eine Beziehung stirbt, geben wir ihren Geist jemals auf? Oder verfolgen uns in Ewigkeit die Geister der vergangenen Beziehungen?*

❖ *Helfen uns all diese Verbesserungen im Kommunikationswesen wirklich dabei zu kommunizieren? In Fragen der Liebe, sprechen Taten wirklich lauter als Worte?*

❖ *Beziehungen und partielle Lobotomie: Zwei scheinbar unterschiedliche Begriffe, die sich perfekt kombinieren ließen. Wie Schokolade und Erdnussbutter. Wie viel einfacher könnte alles sein, wenn es einen schnellen chirurgischen Eingriff gäbe, der alle hässlichen Erinnerungen und Fehler beseitigte und nur die amüsanten Ausflüge und schönen Ferien übrig ließe? Aber was soll man tun bis dieser Tag kommt? Sich auf die gleiche alte Kreuzstich-Philosophie des Vergeben und Vergessen verlassen? Und auch, wenn ein Paar es fertig bringt zu vergeben, hat je eines wirklich das Vergessen gemeistert? Kann man jemals wirklich vergeben, wenn man nicht vergessen kann?*

❖ *Computer stürzen ab, Menschen sterben, Beziehungen brechen auseinander und das Beste, was wir tun können ist durchatmen und neu booten. Und wenn das versagt, kann ein kleines Dingsbums namens Zipdrive ein erstaunliches Maß an Trost bieten. Und ein Freund kann es auch. Wenn man lernen kann ihn zu lassen.*

❖ *Beziehungen, und seien sie noch so gut, sind zwangsläufig eine Kette von Kompromissen. Aber wie viel von unserem selbst dürfen wir dem anderen Menschen opfern, bevor wir aufhören wir selbst zu sein? Wann wird in einer Beziehung die Kunst des Kompromisses kompromittierend?*

❖ *Unzufrieden mit dem eigenen Körper, unvorhersehbare Stimmungsschwankungen, Anrufe mitten in der Nacht, besessene Fixierung auf eine Beziehung – habe ich erwähnt, dass es sich hier um Männer handelt? Also vielleicht sind Männer und Frauen nicht von verschiedenen Planeten, wie uns die Popkultur glauben machen wollte. Vielleicht wohnen sie sehr viel näher zusammen. Haben wir, wage ich es zu sagen, sogar die gleiche Postleitzahl? Sind Männer nur Frauen mit Eiern?*

❖ *So viele Wege, so viele Umleitungen, so viele Entscheidungen, so viele Fehler. Während sie den Weg des Lebens entlangfährt, fühlt sich ein Mädchen zuweilen ein wenig verloren. Und wenn dies geschieht, dann muss sie wahrscheinlich ihr hättest, würdest, solltest sausen lassen, sich anschnallen und weiterfahren. Während wir diese endlose Straße mit dem Ziel „Wer wir zu werden hoffen" entlangrasen, kann ich nicht umhin ein wenig zu jammern: Sind wir noch nicht da?*

Carrie Bradshaw knows good sex*
(*and isn't afraid to ask)

❖ *Weiß irgendein Mensch wirklich, wann es richtig ist? Und woran merkt man es? Gibt es Anzeichen? Feuerwerk? Ist es richtig, wenn man sich wohlfühlt, oder ist sich Wohlfühlen ein Zeichen, dass es kein Feuerwerk gibt? Ist Zögerlichkeit ein Zeichen, dass es nicht richtig ist? Oder ist es nur ein Zeichen, dass man noch nicht so weit ist? Woher weiß man in Fragen der Liebe, wann es richtig ist?*

❖ *Wie viele kamen wohl gerade mitten aus einem Streit, so wie ich? Das Schwierige bei Kämpfen in einer Beziehung im Gegensatz zu denen im Madison Square Garden: kein Kampfrichter. Niemand sagt Dir, welche Kommentare unter die Gürtellinie gehen oder wann Du in Deine Ecke musst. Und folglich wird gewöhnlich jemand dabei verletzt. Und es scheint, je näher ein Paar sich kommt und je mehr Zeug sich zwischen ihnen anhäuft, umso schwieriger wird es herauszufinden, warum sie sich anschreien. Wenn es um Beziehungen geht: Wofür kämpfen wir?*

❖ *Wenn wir das gefunden haben, was wir suchen, warum sind einige von uns so zögerlich damit ihr Single-Selbst loszulassen? Ist das Single-Leben in New York so ein ständiger Wirbel aus Spaß und Freunden, dass wir sobald wir zur Ruhe kommen, sofort wieder den Drang verspüren alles aufs Neue zu verwirbeln? Und warum muss der, der Teil eines Paares wird, überhaupt zur Ruhe kommen? Vielleicht hatte Oliver wirklich den Schlüssel und wir sollten nicht von einem Mann alles erwarten und uns stattdessen mit dem Gedanken anfreunden, dass wir Verschiedenes von verschiedenen Menschen erhalten. Müssen getrennte Interessen zu getrennten Schlafzimmern führen? Muss man um Teil eines Paares zu sein, sein Single-Selbst zu den Akten legen?*

❖ *So fortschrittlich sich unsere Gesellschaft auch geben mag, es gibt immer noch bestimmte Lebensziele, von denen erwartet wird, dass jeder sie erreicht. Ehe, Babys und ein eigenes Heim. Doch wenn sich hierbei nicht Dein Gesicht mit einem Lächeln, sondern Dein Körper mit einem Ausschlag überzieht, stimmt* dann etwas mit dem System nicht? Oder liegt es an Dir? Und wollen wir diese Dinge tatsächlich oder sind wir nur so programmiert?

❖ Da saß ich nun: Eine 35jährige Frau ohne finanzielle Sicherheit, aber mit viel Lebenserfahrung auf dem Konto. Zählte das gar nicht? Es ist doch so: Herzzerreißende Trennungen sind die schwerste Arbeit überhaupt. Sollte es einem nicht gut geschrieben werden, dass man sie erträgt? Und falls nicht, wie soll man ein Gefühl für den eigenen Wert wahren, wenn man nichts Konkretes dafür vorzuweisen hat? Denn am Ende von wieder einer fehlgeschlagenen Beziehung, wenn man nichts mehr besitzt, als Kriegswunden und Selbstzweifel, muss man sich fragen: Was ist das alles wert?

❖ Manche behaupten, die Beziehung einer Tochter zu ihrem Vater sei das Vorbild für alle ihre darauffolgenden Beziehungen mit Männern. Ist das nur Populär-Psychologie oder steckt etwas Wahres darin? Und wenn man nun ein nicht unbedingt Vollkommenes Vorbild hatte, bedeutet dies ein Leben voller nicht perfekter Beziehungen? Welche Rolle spielt eine Vaterfigur?

❖ Diese verrückte Vorstellung, dass wir gar nicht wirklich für den Weg verantwortlich sind, den unser Leben nimmt. Dass alles vorher bestimmt ist. In den Sternen steht. Wenn man nun in einer Stadt lebt, in der man die Sterne nicht einmal sehen kann, erklärt dies vielleicht, dass auch das Liebesleben sich zuweilen ein wenig zufälliger anfühlt. Und auch wenn uns jeder Mann, jeder Kuss, jeder Herzschmerz aus einem kosmischen Katalog vorbestellt ist, können wir dann trotzdem noch einen falschen Schritt tun und von unserer persönlichen Milchstraße abweichen? Kann man einen Fehler machen und sein Schicksal verpassen?

Staffel 5

❖ *Diese sorglose Zeit, in der unsere Terminkalender so weit offen waren wie unsere Herzen. Die Zeit bevor Beziehungsballast und Babys und Herzschmerz uns alle belasteten. Schwelt dieser Abenteuergeist immer noch in uns? Oder hat unser sorgloses Single-Mädchen-Dasein ohne uns abgelegt?*

❖ *Vielleicht ist die Vergangenheit wie ein Anker, der uns festhält. Vielleicht muss man das loslassen was man war, um das zu werden, was man sein wird.*

❖ *Vielleicht ist es gar nicht einmal ratsam nach dem dreißigsten Lebensjahr noch Optimist zu sein. Vielleicht ist Pessimismus etwas, das man täglich auftragen sollte, wie Feuchtigkeitscreme. Denn wie soll man sich sonst wieder aufrappeln, wenn einem die Wirklichkeit sämtliche Glaubenssätze zerschlagen hat und die Liebe, anders als versprochen, nicht über alles siegt? Ist Hoffnung eine Droge, die wir absetzen sollten? Oder hält sie uns am leben? Was schadet es, wenn man glaubt?*

❖ *Die Menschen gehen aus dem gleichen Grund in Spielcasinos wie auf Blind Dates: in der Hoffnung den Jackpot zu knacken. Aber zumeist endet man doch pleite oder allein in einer Bar. Wenn wir wissen, dass die Bank immer gewinnt, warum dann spielen?*

❖ *Um den Jackpot der Zukunft zu knacken, musste man vielleicht darauf setzen, wo man in der Gegenwart war.*

❖ *Als allgemein akzeptiert gilt wohl Folgendes: Offen für alles sein = gut, Urteile fällen = böse. Aber urteilen wir damit nicht vorschnell, über das Urteilen? Vielleicht ist das Urteilen gar nicht so sehr eine willkürliche Entscheidung, sondern vielmehr ein Frühentdeckungs- und Frühwarnsystem. Wenn von vornherein klar ist, dass ein Mensch, ein Ort oder auch ein Beruf nichts für einen ist, ist es da besser ein vernünftiges Urteil zu ignorieren und zwischen den Zeilen zu lesen? Oder sollte man ein Buch nach seinem Umschlag beurteilen?*

❖ *In New York, so heißt es, ist man immer auf der Suche nach einem Job, einem Freund oder einer Wohnung. Sagen wir also, man hat zwei von dreien und die sind fabelhaft. Warum lassen wir uns von dem einem, was wir nicht haben, in unser Gefühl hinsichtlich der Dinge die wir haben, beeinflussen? Warum scheint eins, minus ein plus eins, null zu ergeben?*

❖ *Woran liegt es, dass wir offenbar nur die negativen Dinge glauben wollen, die andere über uns sagen? Gleichgültig, wie hoch die Zahl der Beweise für das Gegenteil ist. Ein Nachbar, eine Fratze, ein Ex-Freund, können alles auslöschen was wir einmal für wahr gehalten haben. Eigenartig. Aber wenn es um das Leben und um die Liebe geht, warum glauben wir da unseren schlechtesten Kritikern?*

❖ *Mehr und mehr Frauen eines gewissen Alters sind auf der Suche nach einem gewissen Ding. Und bei diesem gewissen Ding handelt es sich nicht notwendigerweise um einen gewissen Ring. Was für den Mann das kleine schwarze Adressbüchlein ist, ist für uns das kleine Schwarze. Und wir ziehen eine Fendi einem Ferrari vor. Aber angesichts der Beweise musste ich dennoch fragen: Sind wir die neuen Junggesellen?*

❖ *Was wohl für eine Beziehung nötig ist, damit sie funktioniert, bis dass der Tod uns scheidet? Die meisten Singles haben langfristig mehr Erfolg mit Freunden. Also ist es vielleicht die bessere Strategie einen Freund zu heiraten. Andererseits, bei Abwesenheit von Sex, sei es nun Teil der Verabredung oder etwas das sich über die Jahre so ergeben hat, was unterscheidet diesen Gefährten von unseren vielen anderen Gefährten? Wenn es darum geht, das Ja-Wort zu geben, ist eine Beziehung eine Beziehung, ohne Zsa Zsa Zsu?*

Staffel 6

❖ *Später an diesem Abend begann ich über den Aktienmarkt und Dates nachzudenken. Ist der Unterschied wirklich so groß? Wenn man eine schlechte Aktie hat, kann man das letzte Hemd verlieren. Wenn man ein schlechtes Date hat, kann man den Lebenswillen verlieren. Und wenn das Date gut ist, erhöht sich das Risiko sogar noch. Und nachdem man alle Hochs und Tiefs überstanden hat, kann man eines Tages mit vollkommen leeren Händen dastehen. Und so kam ich nicht umhin mich zu fragen: Wenn es um Finanzen und Dates geht: Warum investieren wir immer wieder?*

❖ *Wir erwarten als kluge Singlefrauen ja keine Perfektion, aber das Leben wirft uns immer wieder unspielbare Bälle zu. Wenn man die Mittdreißiger erreicht hat, sollte es vielleicht nicht mehr Date heißen dürfen. Es sollte heißen: darauf warten, dass das dicke Ende kommt. Und wenn es nicht beim Sex kommt, dann kommt es bei der religiösen Überzeugung. Warum muss immer irgendwas sein?*

❖ *Später an diesem Tag begann ich über gespannte Beziehungen nachzudenken. Und ich meine damit eine Beziehung in ihrem Spannungsfeld zwischen Vergangenheit, Gegenwart und Zukunft. Ab einem gewissen Alter hat wohl jeder Beziehungen hinter sich, die zwar Perfekt sind, aber nicht perfekt waren. Doch wie beeinflusst diese Beziehung im Perfekt unseren Traum von zukünftiger Perfektion? Und während ich selbst immer gespannter wurde, kam ich nicht umhin mich zu fragen: Hat man eine Zukunft, wenn die Vergangenheit noch präsent ist?*

❖ *Dass ein Gorilla-Weibchen verliebt ist, erkennt man unter anderem daran, dass sie Verunreinigungen aus dem Fell ihres Partners entfernt. Doch unter Menschen kann ein derart pingeliges Verhalten, einen wunderbaren Abend versauen. Ganz abgesehen von der Beziehung. Wie man weiß, sind Frauen gesprächiger als Männer. Aber wann wird eine an sich konstruktive Kritik, destruktiv? Gibt es Zeiten, zu denen die Damen ihre blöde Klappe halten sollten?*

❖   *Wenn sich die Rolle der Frau entwickelt und verändert, nehmen wir an, dass die des Mannes es auch tut. Es gibt aberhunderte Artikel über den neuen Mann. Aber gibt es diesen neuen Mann wirklich? Vielleicht ist er ja nur der alte Mann, den eine clevere PR-Frau umbenannt und neu verpackt hat. Fühlen sich die Männer von heute, durch eine mächtige Frau weniger bedroht oder spielen sie uns nur etwas vor?*

❖   *Am nächsten Tag begann ich über Gerichtsverfahren und verfahrene Beziehungen nachzudenken. Im Gerichtssaal entscheiden die Geschworenen. In einer Beziehung müssen die Opfer selbst über ihr Schicksal entscheiden. Wie sollen zwei Menschen die beide bis zum Hals drinstecken, jemals einen Ausweg finden? Brauchen wir Distanz um uns nahe zu kommen?*

❖   *Viele Menschen glauben, dass nichts ohne Grund geschieht. Bei diesen Menschen handelt es sich meist um Frauen. Und diese Frauen Experimenten meist, gerade eine Trennung zu verkraften. Wie es scheint, können Männer eine Beziehung sogar ohne ein Lebewohl hinter sich lassen. Aber Frauen müssen entweder heiraten oder etwas lernen. Warum haben wir es so eilig von konfus zu Konfuzius zu kommen? Glauben wir, der Schmerz lasse sich durch Lektionen lindern?*

❖   *So lange man jung ist, dreht sich das ganze Leben darum, Spaß zu haben. Dann wird man erwachsen und lernt es, vorsichtig zu sein. Man kann sich einen Knochen brechen. Oder auch das Herz. Man guckt bevor man springt, und manchmal springt man gar nicht. Weil nicht immer jemand da ist, der einen fängt. Und im Leben gibt es kein Sicherheitsnetz. Wann hörte es auf Spaß zu sein und wurde beängstigend?*

❖ Die Lebensentscheidungen der anderen wurden nicht mehr gefeiert, sondern beurteilt. Ist das Akzeptieren wirklich eine so kindische Vorstellung? Oder haben wir es ursprünglich richtig gemacht? Ab wann hatten wir nicht mehr die Freiheit Du und ich zu sein?

❖ Seit der High School haben die meisten Frauen einen besseren Geschmack in Bezug auf Kleidung, Frisur und Essen entwickelt. Aber in Bezug auf Männer? Vielleicht waren wir besser dran als wir noch weniger nachdachten und mehr küssten. Sind wir über die Fähigkeit, die wahre Liebe zu finden, hinausgereift? Hatten wir auf Fragen des Herzens in der High School schon die richtigen Antworten?

❖ Wenn die Frucht die New York City verkörpert, der Apfel ist. Dann ist das Geräusch das sie verkörpert, wohl die Krankenwagen-Sirene. Es scheint, als würden den ganzen Tag lang überall Menschen verletzt. Und die ganze Stadt muss davon hören. Aber was ist mit den Verletzungen die nicht ausposaunt werden? Ob man nun auf der Straße in ein Loch fällt, oder in eine alte Liebesbeziehung zurück: Wie gefährlich ist eigentlich ein offenes Herz?

❖ Einigen Wissenschaftlern zufolge, produziert der Körper einer Frau die Sex hat, eine chemische Substanz die sie gefühlsmäßige Bindungen empfinden lässt. Diese Substanz mag auch für die erschreckenden Fragen verantwortlich sein, die schon nach einem einzigen unverbindlichen Stelldichein in unserem Geist auftauchen. Fragen wie: Mag er mich? Ob er wieder anruft? Und der Klassiker: Wo führt das alles hin? Warum stehen wir bei Männern, trotz all unserer Hellsichtigkeit, letzten Endes immer wieder im Dunkeln?

❖ Am Leben in New York City ist unter anderem großartig, dass man seine Gefühle nicht unter Zuckerguss verstecken muss. Aber haben sich die New Yorkerinnen mit einem insgesamt zuckerfreien Leben abgefunden? Wir akzeptieren Tasty delight anstelle von Eiscreme, E-Mails anstelle von Liebes-

liedern, Witze anstelle von Gedichten. Ist es da ein Wunder, dass wenn man das Echte findet, es gar nicht mehr vertragen kann? Könnten wir uns daran wieder gewöhnen? Oder haben wir eine Romantik-Intoleranz entwickelt?

❖ *Nachdem Miranda das s-Wort zwei Mal verwendet hatte, begann ich zu überlegen, ob »sollte« wieder so eine typische Frauenkrankheit war. Wollen wir Babys und perfekte Flitterwochen oder denken wir, wir sollten Babys und perfekte Flitterwochen wollen? Wie trennen wir das was wir könnten, von dem was wir sollten? Und das Beunruhigende ist: Es ist nicht nur Druck von außen – es scheint aus uns selbst zu kommen. Warum be-sollten wir uns von oben bis unten?*

❖ *Die Welt fordert uns auf, der Wirklichkeit ins Auge zu sehen. Aber was wenn das Leben in der Wirklichkeit, ein Leben in Schmerz, Angst oder Brooklyn ist? Wenn uns ein Verteidigungsmechanismus durch schwierige Zeiten hindurch helfen kann, wie schlecht kann er dann sein? Vielleicht ist es Wirklichkeit, dass wir das Leugnen brauchen. Leugnen: Freund oder Feind?*

❖ *Man sagt ja, dass Gegensätze sich anziehen, aber keiner sagt einem für wie lange. Sollte der beziehungsgewandte Mensch, das Feuer der Leidenschaft mit dem Reisig von Freunden und Arbeit anfachen? Oder sollten wir uns mit der Romantik begnügen, solange sie lodert? Ich kam nicht umhin mich zu fragen: Wenn man seine Welt nicht miteinander teilt, kann auch die heißeste Beziehung erkalten?*

❖ *Ein ungeprüftes Leben, so meint Sokrates, sei nicht lebenswert. Aber was ist, wenn das Prüfen zu Deinem Leben wird? Ist das Leben oder nur Zaudern? Und was ist, wenn all die hilfreichen Lunchverabredungen und nächtlichen Telefonate mit Freundinnen, nur zu Frauengesprächen, nicht aber zu Taten geführt hätten? Ist es Zeit, keine Fragen mehr zu stellen?*

Carrie Bradshaw knows good sex*
(*and isn't afraid to ask)

❖ *Später an diesem Tag begann ich über Beziehungen nachzudenken. Da gibt es jene, die Dich für etwas Neues Exotisches öffnen. Es gibt jene, die alt und wohlvertraut sind. Jene die viele Fragen aufwerfen. Jene die Dich an einen unerwarteten Ort bringen. Jene die Dich weit von Deinem Ausgangspunkt wegführen. Jene die Dich zurückbringen. Aber die aufregendste, herausforderndste, wichtigste Beziehung von allen, ist jene die Du mit Dir selbst hast. Und wenn Du jemanden findest den Du liebst, und der Dich liebt, also das ist einfach fabelhaft.*

Der Film

❖ *Und als ich dabei war das Brautkleid wegzulegen, konnte ich nicht umhin mich zu fragen: Wie kann es sein, dass wir zwar unsere eigenen Ehegelöbnisse verfassen, nicht aber unsere eigenen Regeln?*

❖ *Vielleicht lässt man das eine oder andere Label doch lieber im Schrank. Denn wenn man es anderen aufdrückt, also Braut, Bräutigam, Ehemann, Ehefrau, verheiratet, Single, vergessen wir den Menschen hinter dem Label zu sehen. Und dort, in derselben Stadt in der sie sich als Mädchen kennen gelernt hatten, begannen vier New Yorker Frauen, die nächste Phase ihres Lebens. Von Kopf bis Fuß in Liebe gehüllt. Denn das ist das einzige Label das nie aus der Mode kommt*

LITERATURHINWEISE

- »Jeder bekommt den Partner, den er verdient – ob er will oder nicht« *Hermann Meyer; Goldmann Verlag, 1997*

- »Scheißkerle« *Roman Maria Koidl; Goldmann Verlag, 2010*

- »Überlisten Sie Ihr Beuteschema – Warum immer mehr Frauen keinen Partner finden und was sie dagegen tun können« *Stefan Woinoff; Mosaik bei Goldmann Verlag, 2007*

- »Die Kunst, den Mann fürs Leben zu finden« *Ellen Fein, Sherrie Schneider; e-book Piper Verlag, 1995 (2012)*

- »Ja! Zehn Regeln, um den Mann fürs Leben zu finden und zu heiraten« *Carina Hashagen; Hoffmann und Campe Verlag, 2011*

- »Wo bist Du und wenn nicht, wieso? Wie Sie den passenden Partner finden ohne zu suchen.« *Michael Mary; Gräfe und Unzer Verlag GmbH, 2011*

- »Das 1x1 des Liebesglücks – An diesen Männer-Fakten kommen sie nicht vorbei!« *Christian Sander; 2011*

- www.elitepartner.de/forum/

- Sex and the City, DVD-Staffeln 1-6; *Home Box Office, a Division of Time Warner Entertainment Company, 1998-2006*

- »Living dolls: Warum junge Frauen heute lieber schön als schlau sein wollen« *Natasha Walter; Fischer Taschenbuch Verlag, 2012*

- www.traumdeuter.ch

Literaturhinweise

❖ »5 Dinge, die Sterbende am meisten bereuen« *Bronnie Ware; Arkana-Verlag, 2013*